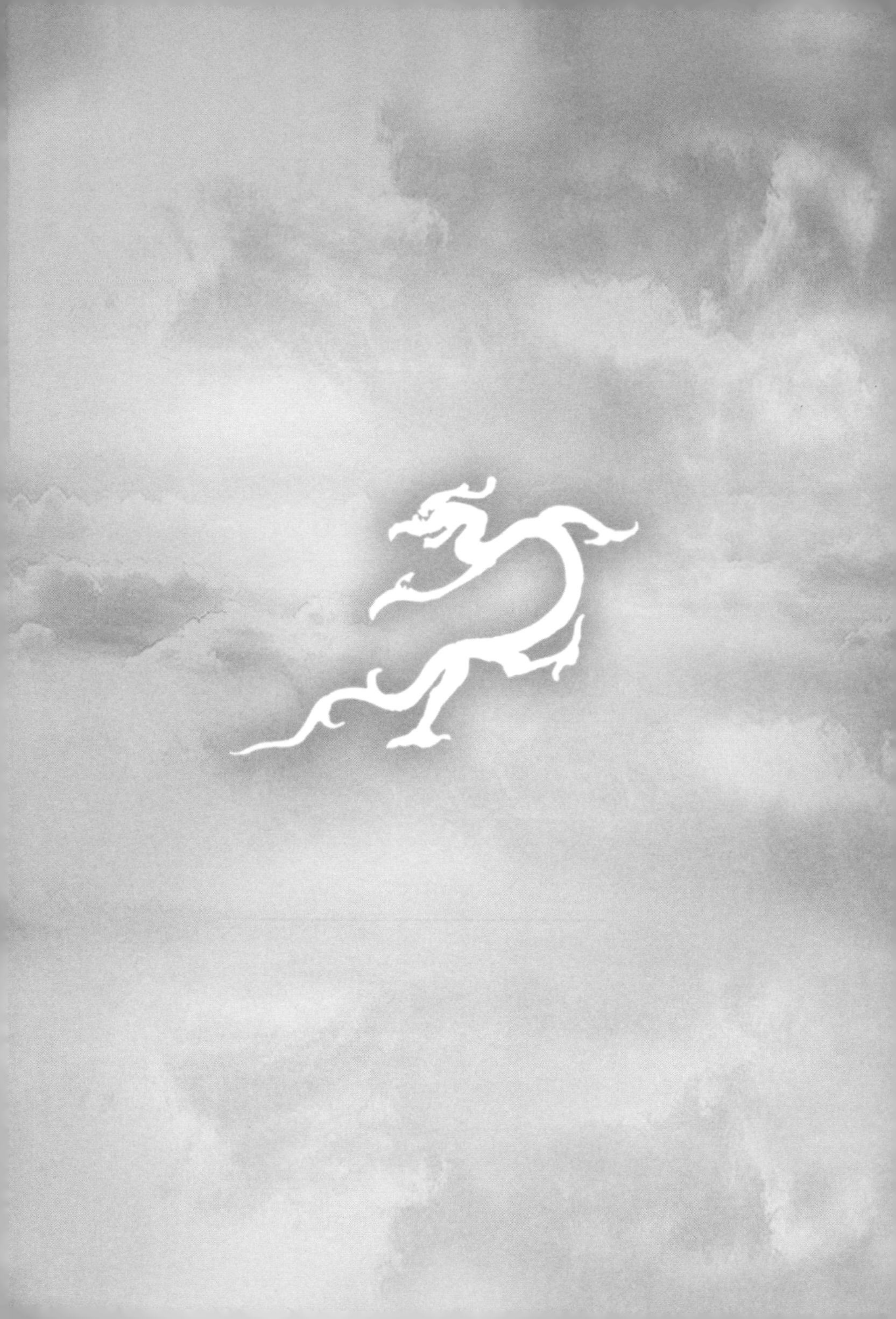

有華人的地方就有

龍人的作品

笑破蒼穹

1 千年奇才

龍人 策劃／易刀◎著

故事背景

大荒紀年。天鵬王朝。

大鵬王死後不到三年，古蘭叛亂。後五年，大荒群賊蜂起。

天泰帝繼位後，勵精圖治，平定大荒局勢。後來繼位數帝，窮奢極欲，民怨載道。

景河繼位，雖欲中興天鵬，但帝國積弱已久，又逢天災連連，盜王陳不風登高一呼，大荒亂賊四起。

大荒二六六一年，天鵬瑞吉十年，陳不風率奇兵攻破大都，天鵬帝國宣告滅亡。

次日，河東慕容無雙起兵，誓言復鵬，天下群雄紛起響應。

大荒史上，一個延綿兩百多年的戰國亂世就此拉開了序幕。

笑傲小辭典

＊大都三日——大荒三六六一年，天鵬瑞吉十年，十二月初九。義軍領袖陳不風帶兵起義，與天鵬王朝景河帝展開二十多天的激戰。大都血流成河，義軍搶掠燒殺，大火三日不止。後世史家稱之爲「大都三日」。

＊三王之變——大荒三六六三年，慕容無雙渡過天河佔領大都，兵鋒直指南角天關。當日會盟諸侯，卻起紛爭，雲州王蕭峰欲北上收復煙雲十八州，而黃州王楚劍卻欲收復蒼瀾一帶，三方各行其是。史家將此稱之爲「三王之變」。

＊寒山三問——美女寒山碧與才子李無憂之問膾炙人口、流傳千古的一段問答對話，後世的女子擇夫時多有效仿者。

人物簡介

◎驚世帝王榜

＊大鵬王忽必烈——

天鵬王朝開國之君。駕崩後，帝國即陷入動盪不安的局勢。

＊景河——

天鵬王朝亡國之君。本欲東山再起，卻時不我予，只能抱憾以終。

＊陳不風——

人稱「盜王」，義軍首領。亦爲造成天鵬王朝亡國之人。具有木水二性的金風玉露神功，打遍天下無敵手；與「大荒四奇」齊名。

＊慕容無雙——

風州王。天鵬瑞吉十年，陳不風率奇兵攻破大都，天鵬帝國宣告滅亡，慕容無雙起兵復鵬，率八十萬大軍與陳不風決戰於天河。

＊蕭峰——

雲州王。得到塞外羅雲可汗之助，一統煙雲十八州，建立蕭國。

＊楚劍——

黃州王。巧用火燒連城之計，打下了菅瀾十四州和崑崙三郡，建立新楚國。

＊珉王——

楚國四皇子。玉樹臨風，具有讓人臣服的帝王之相。文武雙全，一身武藝出自禪林無相禪師門下，一套般若神掌於京城罕逢敵手。

＊靈王——

楚國大皇子。年約四十，身形粗壯，雙手過膝，環眼圓睜，狀似鄉下農夫，與珉王氣度截然不同。頗具野心。

＊靖王——

楚國九皇子。三王之亂後獨霸一方。因鍾情慕容幽蘭，而與李無憂成情敵關係。

＊楚問——

楚國當今皇帝，號稱「龍帝」。對李無憂青眼有加，屢屢賜封李無憂爵位及各種恩賞。

＊蕭如故——

蕭國皇帝。統領煙雲十八州。弱冠之年即剷平叛亂，一統蕭國。絕世用兵天才。

人物簡介

◎異界英雄榜

＊李無憂——

如彗星般崛起的傳奇人物，五行齊備的千年奇才。人稱「大荒雷神」。原是市井無賴，絕處逢生時誤食五彩龍鯉，更得隱世高人傳藝，從此使他脫胎換骨，逐漸步上至尊之路。

＊龍吟霄——

禪林寺弟子。武術雙修，小仙級法術高手。正氣譜十大高手中排名第九。

＊柳隨風——

江南四大淫俠之首。身具獨門絕技「如柳隨風」。與寒山碧為生平摯友。

＊蘇慕白——

昔年江湖第一風流才俊。十二歲就做到新楚宰相。著有膾炙人口、傳頌一時的《淫賊論》。

＊文治——

正氣盟盟主文九淵的獨子，年僅十九，已官居不羅國的正氣侯。正氣譜排名第十九位。與李無憂比武後，甘願拜李爲師。

＊謝驚鴻——

人稱「劍神」。天下公認當世第一高手，胸懷俠義，重然諾，輕錢財。

＊慕容軒——

當世四大世家之一慕容世家的家主，慕容幽蘭之父。大荒三仙之一。十大高手排名第六。屬大仙級的法師。

＊司馬青衫——

新楚國右丞相，最大特點是好色如命。看似毫無鋒芒、才能平庸，卻被柳隨風認爲是心中第一英雄。

＊獨孤羽——

有「邪羽」之稱，地獄門弟子。名列妖魔榜第十。冥神獨孤千秋的嫡傳弟子。

＊任獨行——

擁有「劍魔」之稱。天魔門弟子。名列妖魔榜第十一。

人物簡介

***獨孤千秋**——

地獄門門主，有「冥神」之稱。其兄獨孤百年為蕭國國師。

***冷鋒**——

神秘殺手，傳說中從未失過手。不達目的絕不甘休。

***宋子瞻**——

妖魔榜排名第一的神秘人物。

***吳明鏡**——

有「大荒第一刀」之稱。

***厲笑天**——

有「刀狂」之稱。與劍神謝驚鴻齊名。正氣譜排名第二。

***任冷**——

人稱「天魔」，與冥神獨孤千秋、妖蝶柳青青並稱為三大魔門宗主。

◎絕色美人榜

＊柳姬——

景河皇帝的愛妃，後卻成陳不風的王后。

＊寒山碧——

風華絕代、國色天香。武術雙修，人稱「長髮流雲，白裙飄雪」。邪羅刹上官三娘的弟子，行事極爲狠辣。江湖十大美女中排名第三。妖魔榜排名第九。

＊程素衣——

菊齋傳人。人稱「素衣竹簫，仙子凌波」，江湖十大美女中排名第一。正氣譜排名第十。

＊諸葛小嫣——

玄宗門掌門諸葛瞻的獨女。人稱「一笑嫣然，萬花羞落」，江湖十大美女中排名第二。身懷玄宗法術之外，更自創獨門法術「彈指紅顏」。正氣譜上排名十五。

人物簡介

＊師蝶舞——

人稱「蝶舞翩翩，落霞秋水」，江湖十大美女中排名第五；正氣譜上排名第二十。一身「落霞秋水」劍法極是了得。

＊慕容幽蘭——

十大美女排名第六。胭脂馬和火雲裳爲其獨門標誌。其父即正氣譜十大高手排名第六的慕容軒，法術獲其父真傳。與李無憂一見鍾情。

＊唐思——

大荒四大刺客組織之一「金風雨露樓」排名第一的刺客，從無失手的記錄。妖魔榜排名第十四。與慕容幽蘭互爲表姐妹。

＊朱盼盼——

人稱「羽衣煙霞，顧盼留香」；十大美女排名第七。

＊劉冰蓮——

柳隨風對其曾有救命之恩，因之與柳展開一段情緣。

＊芸紫——

天鷹國的三公主，有「天鷹第一才女」之稱。性喜遊歷，常年輾轉於大荒諸國，豔名亦播於四海。

＊柳青青——

妖魔榜排名第四。無情門門主。有「妖蝶」之稱。

人物簡介

◎超級仙人榜

＊諸葛浮雲——

道號青虛子。玄宗創始人，已兩百多歲。與禪僧菩葉、真儒文載道、倩女紅袖並稱「大荒四奇」。亦是李無憂的結拜大哥。水滴石穿爲其獨門法術。

＊菩葉——

異界禪門的得道高僧。李無憂的結拜二哥。

＊文載道——

正氣門的創始人。也是李無憂的結拜三哥。獨門武功爲天雷神掌。

＊紅袖——

貌美無雙，聰慧過人。李無憂的結拜四姐。

＊劍仙李太白——

身懷五行之術，以一把倚天劍縱橫天下，世上罕有可與爭鋒之人。曾與藍破天爭奪當時的第一美女秦如煙。

＊藍破天——

刀神，使用的刀器爲「破穹刀」，藝通五行，是李太白生平唯一敵手。

＊無塵大師——

禪林寺羅漢堂首座。雲海的關門弟子，禪林掌門虛心的師叔。已年過八十，看來卻只有二十五六歲面貌。

人物簡介

◎奇人異士榜

＊楚誠——
景河的貼身護衛，身負景河交付的復國大任，卻因時空錯位，來到兩百年後的楚國。

＊慕容無爭——
慕容軒之子。慕容幽蘭之兄。化名「小黃」。

＊張承宗——
楚國斷州軍團最高統帥。

＊王天——
憑欄關守關元帥。用兵如神，人稱「軍神」。

＊張龍、趙虎——
楚國斷州城大將。後爲李無憂吸收，納爲手下。

＊蕭成——
蕭國當世名將。於蕭楚西門一戰中陣亡。

＊段治——

善於製鐵的奇人，後追隨李無憂，忠心不貳。

＊朱富——

既無資歷又不懂兵法、不會武功，卻被李無憂任爲航州參將。

＊百里溪——

楚軍梧州統帥。

＊耿雲天——

楚國太師。以小氣出名，實則城府極深，爲靈王人馬。

＊人面桃花——

桃花社的首席殺手。

＊葉清風——

清風閣閣主，亦爲頂尖殺手。

目錄

楔子

大荒三六六一年，天鵬瑞吉十年，十二月初九。大都城西門。

護城河已被屍體填滿，城頭城外火光熊熊。漫天的箭雨，將城下剛起的喊殺聲湮沒，卻立時換來更大的喊殺聲。偶爾炮聲響起，將一切聲響都淹沒，炮光未滅，城頭落下的滾油木石又帶起陣陣的慘叫聲。曾經固若金湯的城牆此時卻如衰草，在風雨裏飄搖，彷彿隨時都會倒塌。

「陛下，賊兵已經登上城樓，不如退回河東，再圖東山再起。」說話那人單膝跪地，雙拳抱於額前。瑟瑟寒風吹來，身上已染成紅褐色的殘缺披風獵獵著響，露出同樣殘缺的鐵甲來。

對面龍袍裹身的景河皇帝仿如石像，緊鎖的雙眉襯著三千華髮，爲他經風刀霜劍雕刻的臉平添了幾分憂愁之意。

「東山再起？東山再起？哈哈！京城沒了，柳姬也沒了，你叫朕怎麼東山再起？」景河凝眉冷笑，只是連他自己也不知道，那隨風迴盪的蕭索的聲音是在嘲笑膝下的男子，還是嘲笑自己，亦或是在嘲笑天意……也許，他只是想沒有任何意義地笑一笑吧。

此時地下那男子抬起頭來，一臉的血污，眉毛上都黏著一種叫疲憊的東西，布滿血絲的雙眼裏卻透露著堅毅。他咬了咬乾裂的嘴唇，勸道：「陛下，天鵬王朝不能就這麼完了啊？只要陛下還在，天鵬就還在。終有一日，我們一定會殺回來的。」

因爲太久沒喝水，他的嗓音顯得嘶啞而低沉，因此很快被周遭獵獵寒風、喧囂的喊殺聲所湮沒。

「天鵬王朝？哈哈，天鵬王朝！」景河仿如聞得世上最好笑之事，竟縱聲大笑，其聲直沖霄漢，將附近正爬城牆的十餘名義軍兵卒震得心膽俱裂，墜下雲梯。

「陛下？」地上那男子一臉的迷惑。

「自大鵬王忽必烈死後，這世上哪裡還有什麼天鵬王朝？」景河倏地轉過身，冷冷說道。只是那人卻聽出了他語聲中說不出的蕭瑟與無奈。

是啊，自大鵬王死後不到三年，古蘭叛亂，後五年，大荒也群賊蜂起。好在天泰帝繼位後，勵精圖治，才又平定大荒局勢。只是後來繼位數帝，窮奢極欲，弄得民怨載道。景河陛下繼位後，也想中興天鵬，只是帝國積弱已久，他雖英才蓋世，卻又怎能挽狂瀾於既倒？到得去年，天災連連，盜王陳不風登高一呼，便連大荒也亂賊四起。曾幾何時，威震縹緲的天鵬王朝已是風光不再。難怪景河陛下會感慨世上早沒了天鵬王朝。

「陛下……」地上那人還想說什麼，卻見景河擺了擺手，立時住口，「楚誠，你無須多說，趁陳不風尚未攻陷這裏之前，朕交代你件事。」

楚誠眼中熱淚打轉，卻終於還是沒有滴下，哽咽道：「陛下請示下。臣萬死不辭。」

「萬死？嘿嘿！只怕也差不多了。」景河的表情中居然帶出了一點玩味的笑意，不過隨即肅然，「這盒裏藏有一件東西，關係天下沉浮，你幫我帶到崑崙山，交給一個叫諸葛浮雲的人。」說時，他自懷中掏出一隻錦盒來，慎重地遞了過去。

楚誠雙手接過，揣入懷裏。

景河皇帝拂了拂衣袖，淡淡道：「快走。」

「陛下……臣願護送陛下一起走。」楚誠布滿血絲的雙眼中終於滴下英雄淚來。

一發流彈襲來，在二人附近炸開，激起一天的碎石屑。

「楚誠，朕命令你立即走。記住，保住錦盒，就是保住社稷。功莫大焉！」景河憤然作色。

楚誠最後看了一眼景河皇帝，毅然轉身飛掠向北門。

城外，義軍陣營。

「報陳王！三軍弓矢已將用盡，炮兵部隊又損失了五門龍炮，左將軍請求支援。」一個傳信兵騎著快馬奔到陳不風面前。

陳不風卻不理他，只是緊了緊腰間的長刀，笑著問身邊的劉三道：「我軍是什麼時候圍住大都的？」

劉三恭謹道：「稟大王，自上月十九夜，我軍冒雪圍城以來，已足二十天。」

「二十天了……」陳不風皺了皺眉頭，卻看見劉三肩膀上吊著的綁帶，便問道：「劉三，你什麼時候受傷了，嚴重不？」

「沒事。人在江湖飄，怎能不挨刀？小事而已，謝大王對小將的關心。」

劉三一本正經答時，心裏卻在祈禱自己昨夜和李四爭看漫畫版《金瓶梅》而大打出手的事不要被他發現。

「哈哈！媽的！老子現在是在戰場，鳥的江湖啊？」陳不風又笑了起來，復沉吟道：「江湖，江湖……算了，老子就冒一次險，用江湖手段吧。」

「大王是準備親自出手？」劉三眼裏冒出了火花，他已經有太多年沒見過天下第一高手陳不風親自出手了。

「傳我口令給左將軍：務必於今夜攻下大都。城破之後，允許搶掠三日。」陳不風揮了揮手，通信兵快馬而去。

他轉過頭來，「劉三，願不願意和本王去把景河捉下來？」

「末將願往！」劉三喜不自禁。

城頭。

無數的義軍士兵如潮水般湧了上來，眼中都露出前所未有的狂熱。

城頭的守軍士兵驚恐地看著這幫悍不畏死的強盜，奮力地將手中刀劍砸向眼前的敵人。上空，道法結界在義軍法師烈焰冰雨的攻擊下，已是瀕臨破敗。

一條白龍忽然出現於城頭上空，立時天地刮起一陣狂風。那些烈焰冰雨，如秋風掃落葉一般，被吹了個乾淨。

「白龍！是皇帝陛下！」

「天鵬必勝。」

「陛下萬歲。」守軍士兵歡呼起來。

下一刻，空中驀然多了一柄巨型長刀，奮力斬向那條正口吐狂風的白龍。同一剎那，一道青影，如閃電飛上城頭，帶起一圈火焰撲向正全力施展白龍符法的景河。

火焰近體，景河的身體忽然泛出一層白光，那人連人帶劍被震得倒飛而回。只是空中那條白龍同時也光彩一黯，被長刀斬下龍頭。

景河面如金紙，騰騰退了三步，張口噴出一大口血來。

「劉三。辛苦你了。」陳不風抹了抹他嘴角的血跡，笑道，「白龍結界已破，接下來，就看老子的吧。」

當是時，陳不風大吼一聲：「移海推山。」滾滾的浪潮自他雙掌之間，自護城河裏，自天際湧起。城牆一壁晃了幾晃，轟然一聲崩潰。

牆倒浪收。

景河冷靜地看著這一切，如一個旁觀者。

「啊！」所有人停止了交戰，呆呆地望著這一切。接著，卻是歡呼與哀鳴同時爆發。然後，雙方又殺到一處。只是守軍已無心戀戰，而義軍卻士氣如虹。

此消彼長，歷時二十餘天的大都之戰終於於黃昏時分結束。只是他們誰也沒看見，義軍攻破大都之時，北門，一道淡淡人影於萬軍中如風掠過。

陳不風彷彿感應到什麼，想躡腳追去，一提真氣，卻眼前一花，顯是方才用力過猛，「罷了！也許是景河命不當絕，隨他去吧。」

當夜，卻有人推進五花大綁的景河。

陳不風見此哈哈大笑，舉酒對諸人道：「本王生平盜寶無數，最得意的卻只有兩件。」

劉三忙識趣地問道：「不知大王最得意的兩件寶物是什麼？」

「這第一件，便是這天下江山。」陳不風指著景河大笑道。

「吾皇萬歲萬歲萬萬歲。」一干下屬立時起鬨，擁戴他為天子。

景河冷笑連連：「嘿嘿，江山？」

陳不風不理他，繼續道：「本……朕這第二件寶物，大家猜一猜是什麼。」

「莫非是倚天劍？」

「破穹刀？」

「東海神木精？」

「乾坤寶鑑？」

「五行密典？」

「陛下，不會是神龍內丹吧？」

「要老子說，陛下一定是得到了一株生於南山的萬年靈芝，可以增加功力千年的那種。」

「張將軍，陛下已是天下第一高手，萬年靈芝在陛下眼中又算得什麼寶物？」

一時間眾說紛紜，好不熱鬧。

陳不風面帶笑容，不住搖頭，終於他拍了拍手，一位如仙女子嫋嫋婷婷地碎步而出。

所有人張大了口，剛剛喧囂的聲響彷若刹那間被抽離開去，場中靜可聞針。

劉三呆呆地望著這個女子，彷如入魔，以致口中一道瀑布流出，竟是未覺。

陳不風笑罵道：「媽的！一個個都愣成東海木頭了？你們還不來參拜皇后？」

只是諸人癡傻如故。

「柳姬！」景河大聲驚呼起來，所有的人方回過神來。

那女子嬌軀微微一顫，對景河一福，歉然道：「奴家今已是陳王后，皇上多珍重。」

下一刻，轉過身去，再不看他一眼，形同陌路。

刹那間，景河如遭雷擊，隨即癲笑如狂：「好，好，陳不風，你這狗賊，真是好樣的！朕的江山，朕的美人……」

陳不風意態甚豪，大笑道：「江山美人盡在手，人生至此，更有何求？」

「哈哈！江山？江山早被我帶走了。狗賊，你永遠得不到了，得不到了。」景河皇帝披頭散髮，狂笑不止。

幾乎所有的人，都以爲景河瘋了。陳不風卻想起一個古老相傳的傳說，憶及城門口逸出的淡淡人影，驀然大驚站起，想去追那人，卻哪裡能夠？

他心中一動，食指微曲，一縷藍色柔絲迅捷點向景河胸口。擊中之處，一道強光射出，天下第一高手陳不風竟被反震出一丈開外。

再看時，景河全身血光暴射，根根亂髮同時上豎，形如妖魅，下一刻，熊熊烈焰將他全身包裹，不久整個人都化爲灰燼。

陳不風看了看自己折斷的食指，喃喃道：「好霸道的衝冠一怒爲紅顏！原來真有這種傳說中的自殺功法。」

當夜，大都血流成河，義軍搶掠燒殺，大火三日不止。後世史家稱之爲「大都三日」。

次日，河東慕容無雙起兵，誓言復鵬，天下群雄紛起響應。

大荒史上，一個延綿二百多年的戰國亂世就此拉開了序幕。

第一章　千年奇才

大荒三八五八年，崑崙山倚翠峰。

「閣下頭大眼凸、鼻歪口斜、雙耳招風，臉上又星羅密布，可說是面相儒雅；脖細背隆、肚大腰闊、腿短足跛，更難得的是手生六指，可謂骨骼清奇，如果小道沒有看錯的話，閣下應該就是武林中千年難遇的練武奇才啊！」

一個身著破道袍的少年神色肅穆，口若懸河。

拿劍架在他脖子上的中年男子只聽得心花怒放，一大堆麻子順著他的笑容起伏跌宕，那劍離少年的脖子即遠了幾分，只是他依然有一絲猶疑：「可為什麼俺師父說俺生得醜陋不堪，奇蠢無比啊？」

少年面不改色道：「那是他老人家騙你的。為什麼騙你？你想啊，以閣下這等羞死潘安氣活宋玉的容貌，還不得招來無數美女青睞？雖說閣下風流瀟灑，應付她們也是如魚得水，但多少也得花些時間心力去調解她們的關係是不？……對就好。另外，以閣下這般曠世奇才，習武自是勝常人千百倍，難免就有那麼一絲驕傲之心，如此難免有那麼一點用功不勤。兩樣加到一起，就將閣下擊敗劍神、成為天下第一高手的時間向後推了那麼個一兩年。閣下今年大概十八歲，到二十歲就可打敗劍神……哦，對不起，原來是三十八歲啊，我怎麼看閣下不足二十的樣子啊，呵，大俠，你不會是耍我吧？……哦！真是三十八啊！嘖，嘖，大俠內功深湛，駐顏有術啊，真是……你有空教教我，好，那就這麼說定了，不可反悔哦！太上老君保佑，媽，我今天撿到寶了……」

中年男子此時只剩下點頭的份，歪嘴笑開，一口黃牙在崑崙山的冬陽裏分外得刺眼。看著他手中的長劍，終於自離開脖子到慢慢垂下，少年暗自鬆了口氣。

只是禍福無常，那中年男子忽似想起什麼，面色一變，長劍又回到少年脖上，狐疑道：「不對啊，既然俺玉樹臨風，英俊不凡，那為什麼俺走到大街上，總有人指指點點的譏笑俺？」

少年正色道：「大哥，這就完全是您的錯了。」

他為示親近，稱呼也順勢改成「大哥」，心中卻想：老子能叫你一聲大哥，真是你祖墳冒青煙了，清明重陽記得多給你先人燒點紙錢。

中年男子奇道：「不對啊兄弟，他們都說我生成這樣是俺娘的錯，你說說，怎麼是俺的不是了？」

少年心念電轉：「生成這樣當然是你老娘的錯了，老子若有你這樣的兄弟，還不倒楣死了，不過你我既然兄弟相稱，一會兒即使說錯了話，你若要殺老子，也要顧慮一下是不是不夠義氣吧？」

面上卻肅然道：「大哥，這真不是伯母的錯。長得英俊不是你的錯，但你若出來嚇人就是你的不對了。就憑大哥你這舉世無雙的英俊容貌，朝大街上一站，那從八歲到一百八十歲的女子，無不嚇得如癡如狂……不懂？就是非常瘋狂，爲你神魂顛倒的意思……明白就好！她們對你指指點點，是因爲她們喜歡你。你看她們是不是總在笑……在笑就對啊！她們那不是譏笑，是高興的笑啊！你看過譏笑有這麼開心的嗎？沒有吧……沒有就對了啊！至於那些男人，他們就純粹是因你得到了一街女子的垂青，因此嫉妒你啊！他們笑，是爲了掩飾自己對你的妒忌啊！他們這是虛僞的笑，你想想他們那笑，虛僞吧……虛僞就對了啊！所以，大哥啊，其實也不怪他們，也不能怪伯母，要怪只能怪你太英俊，卻偏要出來行走啊！」

中年男子徹底將長劍撤下，一臉麻子又開始跳舞，笑道：「看來真是俺的錯了。兄弟你真是見多識廣，聽你這麼一說，俺是茅坑頓開，好不開心。」

少年聽他將「茅塞」說成「茅坑」，只差沒笑出聲來，心道：「茅坑既開，你老兄可以飽餐一頓，自然『好不開心』。」口中卻謙虛道：「大哥這是說哪裡話了，兄弟井底之蛙，比起您遠勝百曉生的見識來，那還不是魯班門前耍大斧？只不過大哥一向虛懷若谷，氣度遠勝禪林虛心方丈，視珍珠如草芥，不願意去深思自己的優點而已。小弟是旁觀者清，這才能看得清楚。」

長劍徹底垂到地上，中年男子喜笑顏開，口中卻不忘謙遜道：「哪裡，哪裡，遠勝說不上，俺見識氣度其實也就是比他倆強一點點而已。」

他似又想起什麼，忽道：「剛兄弟你說八歲到一百八十歲的女子都喜歡俺，難道其他年紀的女子就不喜歡俺了嗎？」

少年見長劍垂地，心下一寬，笑道：「她們也不是不喜歡大哥，而是她們不是太小就是太老，看了大哥一眼之後，再不敢看第二眼！」

「這是為什麼？」中年男子詫異道，「難道她們怕俺？」

少年心道：「你倒也有自知之明。」面上卻露出崇拜之色，口中驚嘆連連：「哎呀！哎呀！這麼高難度的答案都被大哥你想到了，大哥你真是智慧如海，胸中有日月，心上有乾坤，左臂藏青龍，右肩藏白虎……小弟對大哥的景仰有如滔滔天河之水，連綿那個不絕……」

中年男子不好意思地抬起左手摸了摸頭，傻笑道：「俺沒你說得那麼好了！對了，她們爲什麼怕俺？」

「大哥，你想想。您是潘安在世，宋玉復生，所有女人見到你，難免立刻就要興奮，可她們不是太小就是太老，心理承受能力當然就不怎麼好，若是多看你一眼，難免立刻暈倒，嚴重些的就會高興死掉了。所以她們心裏真的是非常害怕見到大哥你啊！」少年正色道。

中年男子恍然大悟：「難怪俺每次上街，總有些老太太高興得死掉。」他一頓，忽然皺眉道：「少了這麼多人喜歡，很有些不爽，兄弟，你有沒有辦法讓她們不要害怕俺啊？」

少年暗自幾乎沒將肚皮笑破，面上卻露出爲難之色，道：「大哥，辦法兄弟我有的是，但我新楚朝廷明文規定，八歲以下，一百八十歲以上的女人一律不准談戀愛。雖然您是世外高人，區區新楚國百萬兵馬，也不過彈指間就可讓他們灰飛煙滅，但無官則民不穩，您就算是看在新楚百姓的分上，外加給兄弟個面子，放過她們好不好？」

「好，就給兄弟你這個面子。」中年男子已是心花怒放，自不再計較這點美中不足，「兄弟，沒想到你看相的本領這麼高啊！俺一定要帶你回山，你也給俺師父說說，免得他老人家總是看不起俺。」說時，他伸出右手去抱那少年。

少年大駭，強笑道：「大哥，有事好商量。」足下卻倒退三步。

「兄弟，你別怕。俺師父雖凶了點，嘿，其實心地極好的。」中年男子憨厚笑時，又上前兩步。

奇的是少年竟面有懼色，不住後退，口中急道：「啊！大哥，不，英雄……豪傑……大俠，你別再過來！」

中年男子奇道：「兄弟，你別怕。俺真沒什麼惡意。哎呀！你別退了，你身後就是懸崖。」說時，他撲了上去，想將那少年抓回。

少年對他「沒什麼惡意」的言辭置若罔聞，見他撲上，驚叫一聲，大步後退，卻一腳踩空，掉下崖去。

立時一陣山風激來，少年神智迷糊，恍惚問他最後一個念頭卻是：他媽的！想我李無憂自詡千年難遇的曠世奇才，竟命喪於天下第一醜這等齷齪人手，蒼天，你何其不公啊！

那中年男子習慣性地抬起右手，去摸自己的頭，卻見眼前一道白光閃過，尙未回過神來，接著是一蓬血光暴起。他半個鼻子，隨即掉了下來。

在劇痛之中，天下第一醜想到的卻不是自己英俊的容貌不能保全，而是：「俺終於明白剛才好兄弟他爲什麼怕得向後退了。」——如果有人手持一把明晃晃的利劍揮舞著向不會武功的你撲過來，你會不會後退？

也不知過了多久，李無憂忽覺痛入骨髓，全身骨架幾已全散，他艱難地移動雙手，將一塊塊的骨頭拼好，卻一陣風吹來，又將骨架吹得七零八落。

他大怒道：「奶奶個熊，連這鳥風也與老子為難。」伸出手來，去揍那風，手心一陣劇痛，倏然驚起。

卻是南柯一夢。

睜開眼來，他立時為入眼奇景所醉：一瀑碧水飛掛於陡崖之上，如星河倒瀉，激到下面一塊巨石之上，濺起碎玉瓊珠。晨光透來，幻起道道彩暈，端的絢麗奪目。

瀑下，一泓清潭，如翠凝碧。清風微徐，折起波光粼粼。潭上一道虹橋飛架，上有仙鶴輕舞，群鷗翻飛。順潭而下，溪流潺潺，漸漸清澈，中有錦鱗游泳，蘭芷茵茵。

人在溪畔。

生平未睹如此美景，他心曠神怡下，不禁擊掌歡呼。但手心又是一痛，細看時，原是落地之時抓了一片雪亮蚌殼。

他皺了皺眉，卻隨即展顏一笑：「既然還知道疼，老子大概還沒死。」

扔掉蚌殼，他自道袍上扯下一塊布條，熟練包紮起來。

草草包罷，他輕輕拍拍屁股，站了起來。

走了幾步，身體竟了無異狀。極目上眺，唯見崑崙主峰直插雲霄，周遭雲霧繚繞，煙靄紛紛。他心下詫異：「自這麼高地方摔下來，竟然沒受一點傷？看來老子還真是福大命大。哈哈！」

想到得意之處，他忍不住縱聲長笑，卻驚得一群白鶴沖霄而起。

「切！聽到這麼動聽的笑聲還跑，真是沒見過世面。」他不屑地對空罵了一聲，心情依舊大好。

賞罷美景，他終轉過身來，打量周遭環境。四圍環山，人在井中。唯沿溪側有一條細曲石徑，直通深幽。漫路桃紅灼灼，火道修竹澳碧，芳草萋萋。

他呆立半晌，大是詫異：「現在是隆冬，這裏卻暖風熏人，桃花盛開，當真古怪。」

他想了片刻，終是想不通，便不再想，唯舉步而前。

小徑九曲，一路之上桃紅李白，茉香蘭郁，更有不知名的奇花爭妍鬥奇，異草芬芳可人，一聞之下，直沁心脾。

他終是少年心性，見得離奇之物，即細看逗弄一番，渾忘了身在何處。

如此走走停停，行了一陣，溪水一折，流入一片石縫之中。繞過一片嶙峋怪石，芳菲漸盡，乍現一片如火楓林。

「又成秋天了？真他媽的古怪！」他嘟囔了句，徐徐沿林而上。剛一入林，便見兩塊巨石聳立道旁，上書兩行斗大紅字：

非請勿入，道海浮沉不問世事人情。

無緣莫進，佛門來劫要憑前情今生。

李無憂心道：「字倒寫得不錯，話怎麼冷冰冰的，一點人情味都沒有？」他自幼孤苦，雖常口若懸河，其實識字不多，好在這兩行字簡單如白，倒也讀得明白。

進是不進？他心下躊躇，來回踱步，足下似踩到什麼東西，順勢踢開，卻是一骷髏頭骨！

「嚇我？老子偏要進去，看你能把老子怎樣？」他恨恨罵時抬足向前，但一條腿懸於空中半晌，終於又自收回，覓了塊乾淨大石，舒服躺下，猶豫半晌，拿定主意暫時先不進去。

一聲熟悉的「咕嚕」聲響起，卻是腹中腸鳴，他揉了揉肚子，嘆道：「大哥！昨天早上才餵飽你，你現在又來和老子搗亂。這鳥地方，走了半天，連果子也不見一個，叫老子到哪裡去找吃的？」

「嘿嘿，魚。」他忽然想起，方才溪水之中原有很多游魚。一念至此，萬事拋之腦後，當即如飛折返。

溪水不深，游魚甚眾，許多均是李無憂見所未見，聞所未聞。他輕輕淌入溪中，游魚自在已久，乍遇生人，竟不驚慌，繞膝而轉，如逢舊友。

李無憂嘆道：「你們當我是朋友，我卻不得不吃你們。好在天下事不平本多，你們也不要心存怨恨。」

說時，他雙手熟練一合，一條大魚即落入掌來。

細細看時，才發現那魚生得大是奇特，一身青綠鱗甲，大嘴嫣紅，小眼杏黃，一道弓脊如染墨漆，最奇特之處，卻是魚鰭如雪，周身隱有金色光華流動。

「這莫非是條神魚？吃了會不會遭神罰？」他微微擔心，卻腹中腸鳴又起，轉念即想：「算了，老子這條賤命早就無人理會了，已白活了十一年，就是現在交給閻王，也已不冤。」抓起那尾魚，樂呵呵地跳上岸去。

上得岸來，自懷中掏出一大包東西。「呵呵，寶貝都還在。」他得意地笑了笑，從中取出一柄小刀，熟練地將魚剔鱗洗淨放入調料，又取出火折，才發現周遭竟無枯柴。

他略一思索，又返回楓林，抱了一大堆楓葉回來。

望著熊熊火焰，聞得魚香，李無憂捶了捶跑得酥麻的腿，自語道：「李無憂，你雖然多跑了一趟，但是你從這學到，做任何事情都該有個周全的準備這個道理。呵呵，你看，你還是賺了。」

這樣一番自我安慰完畢，他面上又露出笑容來。

魚肉說不出的鮮美，入口即化，吞入腹中，立有一股熱氣自他丹田升起。

他從未有這般感覺，忙停下口來，忖道：「乖乖，再吃下去，肚子裏會不會生出火來？這玩意只怕有些古怪！」

只是魚肉太香，剛才入口滋味也未免太美，在吃與不吃之間，他大是躊躇。

終於，他一跺腳，罵道：「媽的！什麼都比餓死強吧？這魚既是神魚，老子吃了不定還會成仙呢！」心中既篤定，如饞貓般抓起那尾古怪的魚，大吃特吃起來。

陣陣熱氣自丹田騰起，如一條條小火龍在他腹中亂竄，那些火龍游遍他全身每一寸肌膚，似欲破體而出。他全身如浸蒸籠，說不出的燥熱。

「奶奶的！威脅我？誰怕誰啊？」他一咬牙，全不顧體內感受，只將手中魚肉一絲不剩地吞入肚裏。

腹中火龍越來越大，於他經脈中急速遊走，周身熱氣狂冒。他全不理會，拍了拍手，將魚骨扔到一邊，倒頭胡思亂想開來：

「老張家的三丫頭，今年十六了吧。奶奶的，那個標緻，真想摸一摸……不過比起李二嫂來似乎差了點風騷勁……無塵觀的牛鼻子最是可惡，老子不過是偷了一隻老君不吃的烤乳豬，居然就把老子打得皮開肉綻，等老子有本事了……」

想了一陣，體內火龍卻越來越多，越來越大，越竄越快，身上漸有輕微灼疼。又過片刻，熱氣更增，他整個人如浸烈焰之池。

「這他媽哪是神魚，是條妖魚還差不多——再這樣下去，老子也非成烤魚不可。」他忙縱身跳入那溪水之中，立時涼爽不少，只是片刻之後，全身火炙又起。

「看來得全身都浸入水裏才行，只是這裏溪水又清又淺……」他無意間瞥見那道瀑布，福至心靈下，游過深潭，爬上瀑下巨石。

巨石經多年沖洗，已是光滑異常。他亦足踩上去，一股涼意直透心底，說不出的舒服。

不知為何，瀑布一沖之下，全身亂竄的火龍立時自上而下游到足心。只是到了足心，卻再不游出，反游回小腹，也不停留，復至頭頂，又游回小腹。奇的是，如此游了一周，全身熱氣就減了一分。

李無憂一喜，默思那火龍的遊行路線，心道：「若是再游快些便好了。」

也不知爲何，那火龍果是游得快了。他大喜過望，越發祈禱那火龍變快，只是這次那火龍反是慢了下來。

他默默思索一陣，這才想起自己似乎未想那火龍的遊走路線。再試之下，果然火龍又快。

他默想越快，火龍奔游越快。他越玩越是有趣，到後來竟不再記得自己身上的痛楚。過了一陣，任他如何默想，那火龍奔行之速再不加快。

他尋思道：「我奔跑時，也有極速，想那火龍也是如此吧。那就讓牠自己跑吧。」當下不再默想加速。

也不知過了多久，腹中火龍竄了一陣，終於匯成兩條，各循著一定軌跡緩緩流轉：一條自腹中游過背脊，衝過頭頂，自眉間落下，經鼻口咽喉，流過胸膛，復轉回腹中。另一條卻自小腹起，分成四小條，各自流向四肢，又自反側流轉而回。

再過半晌，兩龍俱靜，聚於小腹，合爲一條，不再游動。他只覺通身再無一絲熱極之感，反是全身舒泰，飄然欲仙。

「哈哈！跳崖不死，火龍也烤我不死……難道老子竟是不死金身？」他得意大笑起來。

樂極悲生，一絲冰寒之氣，又自小腹漸起。瀑水沖到身上，幾如寒冰入骨，說不出的冷痛。他大叫一聲，忙跳下巨石，朝岸上游去。

上得岸時，他腹中寒氣已聚成無數冰龍，面上也已結出一層寒霜。

「媽的！那鬼魚，真他媽詭異得緊。」他心頭咒罵，忙朝火堆靠去。

一近火堆，那寒氣果是消了幾分。只是也僅此而已，身上冰龍依舊亂竄，凍得他直打冷戰。

他忽腦中靈光一閃，想到方才對付那火龍之法，當即心有明悟。他默想方才火龍遊行之路，念道：「諸位龍兄，請走此路。」

冰龍也是聽話，竟真順著那路奔行起來。每游一圈，那寒氣果就又消了一分。如此又不知過了多久，終於冰龍也漸漸聚於小腹，安靜不動。

冰火二龍同時駐在小腹之中，他全身卻再無一絲寒冷或炙熱之感。

「李無憂，閣下果然是天下千年難遇的天才。」他極是得意地誇獎了自己一句。

此時日影西斜，竟已近黃昏。他這一番折騰，竟已花了半日時光。

「也許該去找點東西來吃，不過……這次還是想法弄隻鳥來吃吧。」

他如此想時，站起身來。只是方邁出一步，小腹中又有一種無名氣息躥起，全身骨骼如銷似融，說不出的痛楚。

那氣息漸大，如龍狂走。他恨恨罵了一聲，立時故技重施，痛楚果是又減了一分。到得夜裏子時，那痛楚終於消失。只是接著又有兩種氣息次第躥出，他此時已是駕輕就熟，一一化解。

當痛楚消失時，已是次日清晨。

他疲累至極，倒在火堆旁，不時，竟沉沉睡去。

迷迷糊糊之中，他想起那副對聯，越想越覺不對：「老子三個月沒穿過一件整齊衣服，好不容易撿了件道袍裹身，好端端的在崑崙山頂曬一次太陽，卻被那蠢貨拿劍逼老子看相，老子使出渾身解數，說得那蠢貨心花怒放，卻最後還是摔到這懸崖下來，這許多巧合加到一起，難道不是冥冥中的天意請老子來的嗎？沒有緣分，老子又怎能找到這裏來？」

一念至此，鯉躍而起。下一刻，驚呼聲中，他整個人只如騰雲駕霧一般飄了起來。飄了兩丈後，跌落溪裏，激起大片水花。

李無憂躺在溪裏，一任溪水自臉頰流過，半天回不過神來。

剛才是怎麼回事？一覺醒來，老子怎麼會飛了？不會是昨天那尾「神」魚吧？不可能！那玩意差點沒要了老子的命。難道是昨天夜裏有神仙賜我法力無數？呵呵，該不會是老子天生神力，到今天才發揮出來吧？

哈哈，一定是有西天龍女見老子面相儒雅，骨骼清奇，趁老子熟睡時以身相許，一夜風流，渡老子百年功力……靠！老子好像不是天下第一醜那個蠢貨啊！要不……

他思忖半晌，終無所得，也懶得再想，站起身來，卻見手上布條不知何時已爲溪水沖走，露出一道疤痕來。細看之下，駭了一跳——這傷竟不知何時已是癒合。

這又是爲何？

「莫非……莫非……」

他莫非了半天，依然沒有答案，最後只好又歸結到仙女神怪身上。

半晌之後，他終於決定繼續朝楓林行去。

此時他只覺身輕如燕，稍一用力，一步跨出，就是一丈之遙。若大力跨起，便向前騰飛數丈。只是他會起不會落，幾次之後，已是摔得鼻青臉腫，砸死路旁花花草草無數。

他直被氣得狠聲大罵：「媽的！力氣大也有錯啊？」

其時，正有一群白鶴飛過，姿態優美如仙。他拍了拍頭，大笑起來：「老子真笨。學學這些小鳥不就可以了嗎？」

當下，他凝神觀摩那仙鶴起落飛翔之勢，漸有所得。初試之下，雖於落地時有些狼狽，但比方才又多飛了一段距離。到第十次起落時，姿勢竟已頗爲瀟灑。

另外，他還發現每次起落時，體內二龍都蠢蠢欲動，甚至有一次還衝到了足心，而這一次，自己飛起的距離，竟比方才遠了數倍。

「肚子裏的這些難道是飛龍？」李無憂沉思起來。

下次飛起時，他將體內的火龍引向雙足，竟飛出了五丈之遠。嚇了一跳後，下次便將冰龍引向雙足，也是一般結果。

李無憂驚魂稍定，又陷入天馬行空的胡思亂想之中：「如此看來，我手上的傷和會飛一事，多半就是昨天那尾神魚幫忙了。哈哈！老子真是洪福齊天。這地方定是個仙境……得快去找神仙……現在我能飛如此之遠，都是體內二龍所致，呵呵，這群鶴也功不可沒……嗯，這飛翔的姿勢就叫九天玄機龍鶴步吧！」

他識字不多，這「九天玄機」四字卻是自無塵觀借來的，但連他自己也不知道這套步法會成爲後來名震大荒的龍鶴掠影身法。

如此邊掠邊引體內二龍之一，每掠一次，均比前次遠了幾分。昨日足花了半個時辰的行程，竟盞茶時分即到。

楓林如火，石碑在前。李無憂嘿嘿一笑，大步跨過。一足方落下，土地下陷。他大吃一驚，忙使開龍鶴掠影之術，向後縱退。

泥土下陷，一塊巨石凸起，上書四個大字：君子自重。

「君子？」李無憂微微一怔，隨即釋然，「老子本來就只是李家集一個無賴少年，又算得鳥的君子啊？嘿嘿，自重好像就不必了吧？」於是大步前進。

行了一陣，並無異常，他忐忑之心漸漸放下，一種初來貴地、尋幽探勝心情取而代之。

沿著楓林中間一條石板鋪就小路，足有頓飯工夫，火雲漸消，層林染翠。不時有陽光自林間透下，紅裝翠裹，極是好看。

李無憂心情漸漸平和，展開龍鶴步法，飛騰起來。

又行盞茶時光，楓葉已無，夾道蝶柏翠、針葉柳漸多，天氣漸寒。再過百丈，大雪如鵝毛紛紛，樹林漸絕，四圍唯玉峰高立，前方一片空曠。

李無憂飛掠而前，心下大奇：「老子身著單衣，怎在這大雪中，竟不覺冷？莫非是體內火龍的緣故？」

漸行漸近，前方卻是一道陡峭冰壁。他笑了笑，向左右尋找出路。

半晌之後，當第三次見到冰壁，李無憂頹然倒下，喃喃道：「難道武林中千年難遇的絕世天才，英明神武的蓋世英雄，大荒百姓的救世主李無憂李大俠，竟要終身困在這鳥不拉屎的鬼地方？」

「鳥……哈哈！老子現在不是可以飛了嗎？」他忽然想到自己還有這一招，當真是如絕處逢生。

他將體內冰龍引向雙足，奮力躍起。鶴起三丈，卻再無升勢，冰壁光滑如鏡，他雙足方踏上，立時下滑。

惶急之中，他也忘記引龍於足，當即從三丈高空摔跌下來，如龜倒翻。此時龍鶴掠影，倒似龍龜爬步。

痛了半晌，李無憂終於搖搖晃晃地站立起來，他自嘲道：「呵呵，這裏風景優美，魚肥鳥大，能終老此處，上蒼待你畢竟不薄，李無憂，你還不知足嗎？」

話雖如此說，但他自幼孤苦，受盡欺凌，總夢想有朝一日能學成絕世武功，揚眉吐氣，此時卻被困在這崑崙谷底，難免說不出的英雄氣短。

「媽的！」想到恨處，他怒罵一聲，一拳擊在面前冰壁上。「轟隆」一聲巨響，冰壁竟陷出一個大洞來。

李無憂看看那大洞，又看看自己的拳頭，半天回不過神來：難道老子竟已練成絕世武功？

呆立半晌，他探進頭去，才發現那洞既深且窄，顯是故物。

「切！原來老子正好打到一道門上。」他恍然大悟下卻也有一絲遺憾。

「咦！怎麼洞裏什麼東西我都看得清清楚楚？」李無憂大奇，但隨即想到那古怪的魚，也就釋然。

山洞初時很窄，行了百步，才漸漸寬大，又過十丈，豁然開朗。李無憂且行且憂，若前方有怪獸當如何？若是個死洞，那又如何？若洞外依舊是個絕谷，又當如何？

也不知道走了多久，前方隱有水聲傳來，李無憂大喜，加緊幾步過去。水聲漸大，前方漸漸明亮。

不久，有陽光透進。李無憂歡呼一聲，飛掠而出。

下一刻，一聲慘叫傳來。美麗的陽光下，可憐的千年奇才如一隻死蒼蠅緊貼在一面石壁上。然後，如一隻壁虎，徐徐滑落。

原來此地是兩山夾著一條寬兩丈的小河，山洞出口緊連一條小橋，而他一掠出卻撞到了對面的山上。落地之處，正是橋之彼岸。

一個笑聲響起：「小兄弟，初次見面，怎行五體投地這樣的大禮？」

李無憂抬起滿臉血污的臉，卻見面前立著一面帶微笑的老者。這老者長髮披肩，一把亂七八糟的銀鬚，怎麼看也不像仙風道骨的神仙中人，偏著了一身髒兮兮的灰布道袍，足下草鞋，手無拂塵，卻在背後插了一把爛鐵劍。

李無憂被人奚落，本要破口大罵，卻見這老道鬚眉皆白，轉念想道：「看這牛鼻子如此裝扮，多半有幾把刷子，這地方處處透著古怪，老子還是小心爲妙。」因笑道：「李無憂因得見仙長，不勝欣喜，非五體投地之禮不足以表達小子喜悅之情。」

「呵呵，是嗎？」老道笑了笑，指著他臉道：「那你臉又爲何弄得如此狼狽？」

李無憂伸出手來假裝抹去血污，心念電轉間，已有計較，笑道：「小子因見到仙長太過興奮，引得鼻血狂噴。失禮之處，請仙長見諒。」

「哈哈！別人都是見美女鼻血狂噴，你卻是見了我這糟老頭子流鼻血……真有你的。」老道放聲大笑，「不過，你這小子很是有趣！隨我來吧。」

說罷伸手去推面前石壁，只是石壁紋絲不動。

李無憂這才看清面前石壁苔痕掩沒下露著兩隻鐵銹門環，這裏竟是一道石門？

老道銜他笑笑，道：「這破門，年久未用，怕是門樞已壞，得多花點力氣。」說時大力去推那門，只是任他如何用力，那門只是絲毫不給面子——巍然不動。

李無憂見他面泛紅光，顯是辛苦，陪笑道：「仙長，要不你先休息一下，讓晚輩試試？」

老道臉色更紅，忙擺手道：「不用，不用，我自已能搞定。你流了好多血，去喝幾口河水好好補補。」

李無憂心下狐疑：「這水莫非是仙水，還能補血？」卻樂得清閒，到河邊舒服地洗了把臉，返身回來，卻見老道已汗流浹背，氣喘吁吁，好心道：「仙長，要不要小子來推會兒，您老也去補補？」

老道想了想，笑道：「好主意，不過門沒開之前，你千萬別鬆手，不然前功盡棄。」

李無憂道了聲好，雙掌印到門上，努力後推，卻如推在一座山上，門紋絲不動。他心想果然好結實，得多使點勁才行。

推了個把時辰，只累得李無憂筋疲力盡，卻依然不敢停，深怕前功盡棄。

那老道一直瞇縫著眼曬太陽，此時忽然大聲道：「哎喲！不好，我忽然想起一件大事。」

李無憂有氣無力道：「仙長，你想起什麼了？」

「說出來，你可別罵我。」老道笑道。

李無憂心下狐疑，卻恭敬道：「仙長說哪裡話了，晚輩對仙長的景仰之情有如滔滔天河水，永無枯竭，如何會有絲毫對仙長不敬之意？」

「那再好不過……這門，好像不是往裏推，而是朝外拉的。」老道訕訕道。

李無憂：「……」

轟隆隆一聲巨響，那門豁然洞開。

「哈哈！小子，隨我來吧。大家等你很久了。」老道顯然對自己的臂力很滿意。

「等我？」李無憂大是不解時，老道已鑽進洞去，他忙緊步相隨。

「李……無憂是吧？」老道邊走邊說，「剛才讓你白費了許多力氣，你不會怪貧道吧？」

李無憂心下只差沒將他從祖宗十八代的女性成員都問候了個遍，面上卻笑道：「人有失蹄，馬有失手。神仙也有走眼的時候嘛，仙長不必放在心上。晚輩昨天吃得太飽，今天正好消化一下。說起來，晚輩還要感謝仙長助我消化呢。」

老道卻似沒聽出來他將人馬顛倒，似笑非笑道：「哦，那真是再好沒有了。前面洞口好像還有一大門，要不，你再消化一下？」

李無憂心道：「剛才差點沒把老子吃奶的勁給榨乾，還來？牛鼻子你真會說笑。」忙陪笑道：「這個……哎喲，晚輩肚子好像忽然有些不舒服，大概是昨天吃壞了東西……仙長，要不這事，以後再商量？」

老道哈哈大笑，不再言語。

李無憂心下忐忑，本有滿腹疑問，卻也強自收斂，不敢再說。

此洞不長，未走多久，已見天光。洞外卻是群山圍成一谷。遍地桃紅成八卦之形植於谷底，一條小河自卦形中線歡快流過，河邊和風弄草，楊柳堆煙。幾間竹舍散佈於群山之底。

「此處名爲忘機谷，是我和幾位老友的歸隱之所。你能到此處，緣法大是不淺。」老道邊走邊介紹。

李無憂心道：「能遇到老子這樣的蓋世英雄，你們才是緣法不淺。」面上卻笑道：「呵呵，我就說昨天早上喜鵲怎麼在我腦袋上拉了泡屎，原來是出門遇貴人。那麼，仙長，我從崑崙山頂摔下來，竟然絲毫未受傷，莫非也是你老人家暗中照顧晚輩？」

老道拍了拍頭，笑道：「瀑布上空，曾被我布下抽絲結界。顧名思義，這結界能將從山頂掉下的東西的衝力如抽絲般消解。只是可惜，這結界每十年才有一天發揮一次作用。

錯過這一日，那裏只是一片亂石，你跌下來，一定粉身碎骨。」

李無憂本以爲自己可能是摔到水潭裏面才保住性命，此時聽老道如此說法，真是吃了一驚，咋舌道：「老天！看來老子的運氣真是不是一般的好。」

話一出口，立時後悔：這「老子」二字，當著前輩高人講出，可算大是不敬。這老道德行好像極差，若是忽然翻臉，老子可是吃不了兜著走。

哪知老道卻不以爲忤，反笑道：「人生在世求的就是一個快意逍遙，想怎麼說話就怎麼說，想怎麼做就怎麼做，若總是循規蹈矩，又有個鳥的意思。無憂，你說是不是？」

這番話當真是說到李無憂心坎裏去了。他自幼父母雙亡，一個人四處流浪，飽經風霜，早將那人情冷暖看透，對世間禮法最是不屑。但幾年來爲求生存，他早學得圓滑異常，心裏不以爲然，口中卻極盡謙恭。此時他聞老道如此說法，立起知己之意，大笑道：「哈哈。太他媽的對了！道兄你若是晚生得幾年，老子一定要和你結爲兄弟。」

老道停下腳步，大笑道：「既然有意和老子結爲兄弟，又何分什麼早晚？」說時雙眼望向李無憂，目中大有期冀之意。

李無憂聞弦歌而知雅意，大喜之下當即拜倒，口中大聲道：「小弟李無憂拜見大哥。」

能張口即說粗話，當真是說不出的暢快。

老道將他扶起，大笑道：「好。兄弟結拜貴在知心，咱們也不用擺什麼香案，說什麼禍福與共的廢話。二弟，你且起來吧。」

李無憂依言站起，眉目之間喜氣洋洋。

「大哥俗家的名字是諸葛浮雲，現道號青虛子，你且都記住。」老道笑道。

李無憂覺得青虛子三字極是耳熟，卻一時想不起來，他也不以爲意，只笑道：「兩個都是好名字。」

青虛子大笑道：「你這名字也不錯。一輩子衣食無憂，美女無憂，只怕連封王稱帝也是無憂。」

「多謝大哥吉言。」李無憂哈哈大笑道，「老子這名字口彩原來這般的好。」

說到此處，他似忽然想起什麼來，「哎喲，大哥請恕小弟直言，你俗家的名字卻有些不划算。」

他又是「小弟」又是「老子」，說不出的不倫不類，青虛子也不以爲意，只是奇道：「怎麼不划算？」

「大哥，鎮上的說書先生說書時，老說『富貴於我如浮雲』，然後那人的家財一定散了個精光。」李無憂擔憂道，「大哥叫這個名字，豈不是……」窮二白？」

青虛子大笑道：「無憂你什麼都好，就是讀書太少。這句話是說人淡泊名利的，是句大大的好話。況且大哥我是出家人，要那麼多錢財做甚？」

李無憂心道：「老子讀書雖少，這句話的意思卻怎會不知道，這不過是討你開心而已！」卻敲了敲自己的頭，笑道：「原來是這樣啊。是我弄錯了。對了，大哥，為什麼我們不直接從這上面飛過去啊？」

青虛子傲然道：「飛過去？嘿嘿，這彎彎曲曲的路和周圍的花草河流合起來是一個無極八卦陣，用飛的，即使是李太白復生，太上老君臨凡，也永遠休想到對面。」

李無憂心道：「牛鼻子你牛皮吹得大大的，這陣多半就是你布下的了。」口中卻驚嘆道：「這麼厲害啊！不知這陣是哪位絕世天才的手筆呢？」

青虛子果然大笑道：「不才，正是大哥我了。」

立時自然引來李無憂諛辭無數，出於不污染讀者眼球的考慮，不再細表。

飄飄然一陣，青虛子忽想起什麼，正色道：「對了，你學過武功還是法術？」

李無憂一愣，黯然道：「沒有啊！我既沒學過武功，也沒學過什麼法術。沒人肯教老子。」說到最後一句，面上大有不平之色。

青虛子奇道：「方才我明明看見你一掠兩丈，怎麼會什麼也沒學過？」

李無憂忙道：「大哥，這事說來真是奇怪。昨天，我在那道瀑布下抓了一尾魚吃，今天早上就能飛了。」

「魚……」青虛子沉吟道，「莫非是飛龍魚？此物好像只產於東海啊，那魚是不是肋有雙翅？」

李無憂道：「沒有啊。這魚全身花花綠綠的，古怪得緊。我也說不上來。」

「怎麼個花花綠綠？」青虛子奇道。

李無憂想了想，道：「那魚一身青綠鱗甲，嘴特大，是紅色的。眼睛……很小，跟杏子的顏色差不多，脊背黑漆漆的，鰭好像白白的，最怪的是那魚全身好像有金光在流動的樣子。吃下去後，一會兒冷一會兒熱的，很是不舒服……大哥，你幹什麼？」

卻是青虛子抓住了他雙手。下一刻，李無憂便覺得一熱一涼兩股氣息自手臂鑽了進來，直闖進小腹，丹田中的冰火二龍立有感應，與那兩道氣息鬥於一處，片刻間即將其消滅了個乾淨。

青虛子呆若木雞，喃喃道：「果然，果然是……但……這怎麼可能？」

第二章　結拜金蘭

此時二人東繞西轉地曲弧而行，已堪堪轉過九圈，到了一間竹舍前。

「哈哈！青虛子，你不是在欺負貧僧的好徒弟吧？」屋中傳出一個笑聲來。

這人雖是大笑，但聲音中有種說不出的寧靜。

「非也。非也。青虛兄即便是欺負這少年，也是在欺負小生的弟子，而不是禪師你的弟子，這點事關天下蒼生之福祉，萬萬輕忽不得。」一個清越之聲隨即響起。

此音方落，一個幽谷新鶯般的女聲接道：「明明是小妹的徒弟，呵呵，二位大好男兒怎好意思與我一個弱女子爭呢？」

寧靜的聲音堅定道：「阿袖，別的事都好商量，但這個徒兒一定是和尚我的。」

清越之音亦道：「小袖我所欲也，徒弟我所欲也，二者不可得兼，捨小袖而徒弟者也！」

「哼！那咱們手底下見真章好了！」那女聲怒道。

「呵呵！正好。貧僧好久沒打架了！」

「子曰：道不行，乘桴而浮於海。比武，固所願耳。」兩個聲音同時接道。

接著一陣劈里啪啦的聲音響起。不時有劍氣掌風、火球金光等物飛出。

青虛子搖了搖頭，對雙足亂顫的李無憂笑道：「無憂，你別怕。這幾個老傢伙打了一百多年了，很有分寸的。」

李無憂看著險險從自己臉頰飛過的一道火焰，心頭罵道：「臭牛鼻子，你有神功護體，自然不用怕。這一道火焰若是燒到臉上，老子這英俊的容貌怎麼保全？」面上卻強笑道：「大哥，無憂不是怕，只是佩服。」

「佩服？」青虛子不解。

「幾位前……嘿老當益壯，切磋了這一百多年還有如此雅興。小弟當然佩服，呵，當然佩服。」

李無憂笑說時，掏出一條髒兮兮的手帕來，抹了一把臉，只是雙手兀自發抖，一道道小瀑布無情地瀉落下來。

他尷尬笑道：「瞧我這記性，剛在河邊洗完臉，竟忘了把毛巾弄乾。」

青虛子見他強裝膽大，暗暗好笑，卻也不揭破，拉著他向後飄了五丈，方笑道：「前日大哥算出一位江湖中千年難遇的習武學法的少年奇才要來，山居寂寞，這幾個老傢伙就都搶著要收他爲徒。這不，人剛到，就又打起來了。」

「乖乖！千年難遇的少年奇才啊？」李無憂笑道，「難怪幾位大哥爭來搶去。這位奇才呢？小弟也想見一見。」

「遠在天邊，近在眼前。」青虛子拈鬚微笑道。

「遠在天邊，近……近在……眼前，哈……哈……仙長，大哥，你……你不會是在說小弟我吧？」李無憂大驚之下，說話結巴起來。

「此地除了你，還有別的少年嗎？」青虛子笑道。

李無憂彈了彈額角散亂頭髮，傻笑道：「嘿，大哥，這個玩笑開大了。」

「二弟你面如冠玉，劍眉入鬢，目似朗星，唇紅齒白，可謂面相儒雅；猿臂峰腰，雙腿修長，足踏七星，可謂骨骼清奇，你若不是武林中千年難遇的練武奇才，那大哥兩百年的修爲便不值一提了。」青虛子正色道。

李無憂笑道：「不瞞大哥，面相儒雅、骨骼清奇什麼的，兄弟我也常對人說，不過都是哄人玩兒的。你我自家兄弟，大哥何必說這些虛話，讓外人聽了見笑。」

「誰會見笑？」青虛子淡淡道，「我青虛子說你是千年奇才，這世上有什麼人敢說不是？」

這話說得語調平淡，卻自有一種睥睨天下的狂傲之氣。

「青虛子？這名字聽著好生耳熟！啊！大哥，莫非你就是傳說中玄宗門的開山祖師，號稱『大荒第一神卦』的那個青虛子？」李無憂終於想起青虛子的身分，如遭雷擊，傻傻地張大了口。

青虛子微微一笑，道：「正是。你既聽過我的名頭，想必也知道大荒四奇吧？」

李無憂點頭如搗蒜，道：「狂道青虛子、禪僧菩葉、真儒文載道、倩女紅袖——二百年前與陳不風齊名的大荒四奇，傳說是今日天下四大宗門之祖。大哥，你不是要告訴我……房裏那三人就是四奇中另外三位吧？」

他邊說邊大搖其頭，這個想法實是太過匪夷所思。兩百年前就名動天下的大荒四奇居然尙在人間，一個已經與自己結拜爲兄弟，另三人卻還要搶著收自己爲徒……哈哈，他媽的，今天這夢做得有創意。

青虛子卻笑道：「四大宗門之祖雖不正確，但那屋中三人，就真是四奇中另外三人了。」

一聞此語，李無憂如被憑空掉下的一箱金元寶砸得暈頭轉向，眼前金光亂冒，再分不清東西南北。

「微笑拈花！」一個聲音忽地響起。竹舍中驀然衝出無數花影，那花影落地即無影無蹤，陣陣幽香卻凝久不散。

彼時，那清越之音大喝道：「正氣滿乾坤！」無數勁氣自屋中亂射而出，激得地上泥塵狂舞，落葉亂飛。

那女子嬌斥一聲「紅藕香殘玉簟秋」，屋中紅光射起，只將竹舍轟得四分五裂。竹舍既破，舍中三個光影恍惚亂動，時分時合，糾纏一處。

「無憂，想什麼呢？」青盧子拍了拍傻傻呆呆的李無憂問道，「不是被他們的武功嚇著了吧？」

李無憂回過神來，笑道：「不是。小弟是有一事不明，請大哥指教。」

青盧子大笑道：「大哥我前知一千年，後知五百年，你有什麼不明白的，只管說來就是。」

「這真是再好不過了。」李無憂撫掌道，「爲何武林高手交手的時候，都喜歡喊出自己招式的名字呢？這樣到底是爲了唬人，還是爲給自己壯膽？」

「啊！這個……這個……也不排除你所說的可能，但愚兄的想法是這樣做比較威風！

打贏對手之後，這套武功大概也可以跟著名揚江湖吧。」

青虛子萬萬沒料到這古怪少年的問題竟是這樣，一時胡言亂語，想敷衍過去。

李無憂心下大笑：「若是被打得斷腿缺胳膊什麼的，這套武功此後不是就威名掃地了嗎？愚兄？知道自己愚蠢，大哥你倒有自知之明。」口中卻道：「大哥果然博古通今，小弟佩服。」

「好說，好說。」青虛子竟面不紅氣不喘地接受了。

「不過，大哥。」李無憂笑道，「有幾個難題，小弟這幾年來百思不得其解，我想普天之下，也只有大哥這樣的絕世天才才能爲小弟指點迷津。不知大哥能否也一併幫忙解釋一下？」

這句馬屁拍得極是舒服，青虛子立時忘了方才的尷尬，傲然道：「但講無妨！」

李無憂笑道：「大哥，敢問李太白家的狗是叫旺財還是小強？藍破天的貼身內褲是什麼顏色？當年太上老君騎青牛出涵谷關的時候，路上一共遇到多少美女？鐵木真的第十八房小妾的月紅週期是幾天？」

「這個……那個……我得先算算……過幾天給你答案。」青虛子瞠目結舌半晌終於還是沒有答案，便岔開話題大聲道：「這三人都想收你爲徒，到底你想拜誰爲師呢？」

他話音方落，李無憂便覺面前光影一閃，驀然冒出三個人來。

「當然是拜老衲爲師。」說話的和尚壽眉如雪，白鬚垂地，一身白色僧衣纖塵不染，整個人說不出的瀟脫飄逸，想來便是那禪僧菩葉了。

「子曰：三人行，必有我師。三人立於面前，童子難道還不知擇誰爲師嗎？」說話的中年書生一抖手中白紙扇，顯出一個狂草的「文」字來。

李無憂只覺這二人一個飄逸瀟灑，一個方正文雅，一望之下，都有說不出的舒服來。但他的目光，卻最後落在了那倩女紅袖身上，腦中立時一片空明，渾忘了歲月短長。

這羅裙翠衫的女子，看來竟不過二八年華！他只覺得這女子極美，眉目鼻口每樣都有種說不出的好，一揚手一蹙眉，均有說不出的妙，但真要他細說這女子如何個美法，他卻又一點也說不上來。

這是一種奇特的境界。直到很多年後，他遇到生命中最重要的那個女子，才恍然明悟美麗到了極處，原非言語可以形容。

如針見磁，李無憂的目光再也移不開來。紅袖嫣然一笑，李無憂只如浴春風，全身每一個毛孔都舒泰到了極點。

「小鬼，一雙眼睛賊兮兮的，亂看什麼。」倩女紅袖笑罵道。

李無憂回過神來，笑道：「姐姐這般漂亮，我正在仔細分辨。」

「分辨什麼？」紅袖大奇。

旁邊三人也是一頭霧水。

李無憂正色道：「我正在分辨姐姐到底是蓬萊仙子，還是西海龍女。」

紅袖嫣然道：「小鬼嘴倒是極甜，那你分辨出來了嗎？」世傳蓬萊仙子和西海龍女均是貌美無雙，聰慧過人，李無憂這般說，倩女自是心下一喜。

李無憂道：「我想了半晌，發現姐姐和她們不可比。」

紅袖笑容轉淡，道：「哦？怎麼不可比？」

李無憂笑道：「姐姐有沉雁落魚之容，閉月羞花之貌，我雖沒見過仙子和龍女，卻知道她們一定沒姐姐漂亮。所以，是不可比。」

他讀書不多，只聽說書先生形容美女時常說「這女子有沉魚落雁之容，閉月羞花之貌，只恐是蓬萊仙女下凡，卻是西海龍女降世。」只是許久未用，那沉魚落雁卻給說成了沉雁落魚。

紅袖燦然一笑，只如春曉之花，說不出的明媚動人。另三人也哈哈大笑起來。

李無憂也笑，心中暗自得意：「老子果然是個天才。」

好半晌，紅袖方笑道：「小鬼，嘴上抹蜂蜜了啊？說得姐姐心裏很是高興。你又長得這般的俊，再過幾年，不知有多少女子爲你顛倒。不過，教你個乖，那話是沉魚落雁，而不是沉雁落魚。」

她先前搶著要收李無憂爲徒，此時卻自稱起姐姐來。

李無憂也不尷尬，只是笑道：「多謝姐姐教誨。好了，我想跟著姐姐學武，不過，我可不能拜你爲師。」

紅袖笑道：「小鬼真是會討價還價，不拜師就不拜師吧！真要拜我爲師，規規矩矩的，也少了許多趣味。」

「姐姐這話說得有理，不過，我可不是討價還價。我有苦衷！」李無憂覺得有些委屈。

「小施主，你有什麼苦衷？說來貧僧也許能爲你化解一二。」菩葉見他爲色相所迷，心下不甘，一開口便用上了正心理智的禪門獅子吼，聲如佛鐘長鳴。

李無憂卻不領情，心道：「老和尚，你嗓門挺大，怎麼不去天橋說書，一定賺個缽滿盤滿。」卻笑道：「大師此言差矣。所謂苦衷，自然是不可隨便說的，不然還叫什麼苦衷？不如叫甜衷、美衷算了？」

一番話，說得諸人都笑了起來。

文載道卻搖了搖扇子，正色道：「非也，非也。大丈夫處世，當光明磊落，事無不可對人言，又哪裡來的什麼苦衷？」

李無憂心道：「書生果然都是呆了。誰都光明磊落了，這世界早就完蛋了。連老子都懂的道理，你就是不明白，唉，這一大把年紀真是白活了。」口中卻道：「先生所言也是有理，只是小子年紀尚小，還未成家，連小丈夫都算不上，又哪裡是什麼大丈夫了？所以有點苦衷也是在所難免的。」

聞他如此說法，諸人笑得更是大聲。

文載道卻只聽得頭昏腦脹，這小鬼雜七雜八地瞎攪和一通，卻又自有一番歪理，不好辯駁。

「書生你也別逼他了。無憂已經和我結爲兄弟，他是顧全義氣，怕我比你們矮了輩分，才不肯拜師。」青虛子笑道。

李無憂早知他會如此說，卻故意嘆道：「大哥你怎麼說出來了？」

三人看他二人不似作假，一時間面面相覷，心中均想：「這老道果然不枉一個狂字。他兩百多歲，這少年才不過十一二歲左右，連他零頭都不到。居然……結爲兄弟！」

「呵呵！小鬼真是有趣。那姐姐也要和你結拜。」紅袖最是豪氣逼人，巾幗不讓鬚眉，當即也欲學一學。

李無憂笑道：「好啊！姐姐，不如咱們和青虛大哥一起結拜好了。你就當我二姐吧。大哥，你說好不好？」

青虛子笑道：「那要看你二姐答應不答應了。」言下自是認同。

紅袖也笑道：「好啊！大荒四奇齊名兩百多年，今日若能結義金蘭倒也是快事一件！」說時明眸望向文載道與菩葉。

李無憂何等樣人，看她眼色，如何會不明白？他當即拍手道：「人越多越是熱鬧。不若咱們五人一起結義，哈哈，以後小弟可就多了四個兄弟姐妹。哎喲！誰打老子？」回頭一看，卻是文載道。

文載道道：「是兄姐，而非弟妹。」言下自是答應。

李無憂一喜，也不去計較他方才打自己頭的小節。

菩葉微笑道：「和尚最近禪定艱難，料是塵緣未盡，不料竟是今日之事。好，也算我一份。」

青虛子笑道：「既是如此，那我們對月三拜，便算結義禮成。」

諸人除文載道外，都非拘泥於俗禮之人，便是文載道滿口的道德文章，其實也是重禮輕儀，是以當即對月三拜，禮儀即成。

敘到年庚，二百五十歲的青虛子最大，菩葉和尙爲次，文載道居三，紅袖是第四，而李無憂當然最小。

當是時，青虛子朗聲大笑道：「自今日後，大荒四奇，可就是大荒五義了！」眾人齊聲歡呼。此時誰也不知，這大荒史上最荒謬絕倫的一次結義，對大荒的影響將達千年之久。

當夜諸人歡飲達旦，便是向來滴酒不沾的菩葉和尙也碗來即乾，說不出的豪邁。閒談之間，李無憂這才知道了許多先前不解之事。

崑崙山曾是一座火山，山底埋了無數岩漿，同時谷底又有無數千年玄雪，兩者分佈不均，從而造成了谷底氣候的百步一變。四奇自百年前隱居於崑崙山後，離開忘機谷從未走過秘道，因此那冰壁上的洞口自然爲冰所封，李無憂誤打誤撞居然能闖入秘道，就只能用青虛子說的「緣法」二字來解釋了。

同時，李無憂也終於知道爲何青虛子不認同四奇是四大宗門之祖的說法了。青虛子、文載道二人分別是玄宗和正氣二門的創始人不假，但禪林寺的開山祖師卻是達摩，而天巫門是李儿真，菩葉和紅袖只不過是這兩派中傑出的弟子而已。

飲到酣處，文載道更是擊鼓高歌李太白的《將進酒》，李無憂跟著他大聲亂唱，竟也似模似樣，引得諸人一陣哄笑。

翌日清晨。

「無憂，有一個好消息和一個壞消息，你想先聽哪一個？」青虛子神秘兮兮地說。

「拜託！老大，你已經問了我三百二十一次了，我也回答你好壞各一百六十次了，無論好壞，你倒是先說一個啊！」李無憂強忍著對耳邊聒噪的蒼蠅飽以老拳的衝動。

「唉！我就是一直在想這個消息到底算是好消息還是壞消息，才不知道怎麼說啊！」青虛子嘆道。

李無憂：「……」

四分之一炷香後。

「五彩龍鯉？什麼玩意？」李無憂聽他所謂的好壞難分的消息就是自己所吃的魚的名字，便很有些不屑。

「據《大荒異物志》記載，五彩龍鯉是由地脈幼龍吸收天地靈氣，日月精華所生經千年而成形。」門口響起紅袖的聲音。

「姐姐來了啊，屋裏坐。」李無憂大喜。

紅袖悠然坐下，繼續道：「此龍常年躲於地底，每百年到地面飲水半日，而半日中也只有半刻間顯現魚形。魚本身蘊涵有五行神力，常人吃了必定會被溶化成水，但我們習武練法的人食後，以真氣或靈氣引導，可增加五十年功力。此尚在其次，最大的好處是可以脫胎換骨。」

「真氣？靈氣？什麼東西？」李無憂不解道。

青虛子代紅袖答道：「無論武功還是法術，使用時都需要氣所支持。武功所鍛鍊之氣，稱爲真氣，亦稱內力。修煉法術所煉之氣，稱爲靈氣，也叫法力。」

「哦！原來如此！」李無憂恍然，但立時又不解，「咦！不對啊，我好像沒練過武功，也沒學過法術，爲何沒化成水？」

紅袖嘆道：「說起來，你這小鬼的運氣真是好得無以復加了。你沒練過內功，也沒學過法術，本該化成一灘血水，卻被你陰差陽錯地跑到瀑布之下，水火相剋，讓龍鯉所含的火氣循著自然軌跡穿行，如此不但輕易打通了任督二脈，還開闢了一條真氣靈力運行道路，讓此後相繼生成的水金木土之力有運行之道，也算是自創了一種練氣之法。」

「任督二脈？金木水火土？」李無憂越聽越不明白。

青虛子詫異道：「任督也還罷了，你居然不知道五行？」

李無憂心道：「看你那架勢，不知道五行好像很丟臉一樣。」忙笑道：「也不是不知道，只是從山上摔下來，一時給摔得忘了。」

紅袖似笑非笑道：「小鬼，姐姐有門本事叫彼心知，專門用來分辨別人是不是說謊的。所以你以後少說點謊話，不然可別怪姐姐打你屁股。」

謊話被人當面戳穿，饒是李無憂臉皮極厚，也忍不住老臉微紅，但他隨即啊了一聲，大笑道：「這本事太有趣了！姐姐，你一定要教我。」

轉移話題原是化解尷尬的不二法門，更何況加上一招順水推舟？

青虛子果然中計，笑道：「這是你姐姐族裏的遺傳，旁人學不來的。」

李無憂輕哦一聲，滿臉的失望。

紅袖笑道：「小鬼，不要垂頭喪氣的。世間之事，多有定數，強求也是無用。」

青虛子也道：「正是如此。」

李無憂暗叫可惜，卻頷首道：「小弟記得了。」

紅袖知他尚未釋然，卻也不理他，只道：「記得就好。對了，無憂，你此後隨著我四人練功，切切記住，這不懂就不要裝懂，不然將來吃虧的可是你自己。」

李無憂深以爲然，忙點頭稱是。

紅袖見孺子可教，點頭微笑，繼續剛才的話題道：

「任督二脈太複雜，以後給你解釋。關於五行嘛，江湖中有句話叫『真氣分陰陽，靈氣合五行』，意思就是真氣有陰陽氣息之分，靈氣卻分爲五行，這五行就是金木水火土。真氣陰陽相生相剋，這五行也是如此。比如相剋，就有金剋木，木剋土，土剋水，水剋火，而火又剋金。呵呵，看你一臉茫然，以後再慢慢和你解釋這相生相剋的道理。你只需要知道我們每個人的身上其實都有五行屬性，我們一旦修煉了其中之一，就幾無可能再學其餘屬性法術，這也是先前我們爭著收你爲徒而不肯同時收你爲徒的原因。」

「難道沒有例外？」李無憂覺得少學了幾種屬性的法術，很有些吃虧。

紅袖幽幽嘆息一聲，眸中露出神往之色：

「傳說昔年劍仙李太白曾經一人身懷五行之術，以一把倚天劍縱橫天下，世上罕有可與爭鋒之人。當時，還有使一柄破穹刀的刀神藍破天，也是藝通五行，是李太白生平唯一敵手。自二人成神後，大荒再無一人身兼五行神功。」

她頓了頓，看到李無憂也是一臉神往，嫣然一笑，復道：

「兩百多年前，與我們四奇齊名的盜王陳不風，以同時具有木水二性的金風玉露神功打遍天下無敵手，但可惜無緣一見。另外，據說當年的成吉思汗鐵木真的天鵬縱橫魔功同時具有金木水三性，其孫忽必烈的天鵬功卻同時兼具金木水火四性，不過，也都是傳說而已。」

李無憂笑道：「奶奶的，難怪這些傢伙名震天下，原來都是身兼數種屬性的神功啊。四姐，你知道為何他們可以學別的屬性的法術嗎？」

紅袖搖了搖頭，道：「可能是奇遇，也可能是天賦吧，這個四姐也不是很清楚。我學的是巫術，五行屬性是火。曾有一次興起，想練一練道門的法術，卻才導氣入丹田……小鬼，就在你小腹以下，肚臍以上了……呵呵，不笑你了……才導氣入丹田就覺得如江翻海沸一般。四姐我當然不服氣啊，硬是撐下去，只是才將氣運行一周天，立時就全身麻痹，走火入魔了。要不是我師父湊巧到來，你四姐可早就香消玉殞了。」

李無憂笑道：「四姐你當年可真是夠倔的啊！我猜，你後來一定還試過別的法術對不對？」

紅袖嫣然道：「小鬼你真是聰明。四姐我後來還試過禪林的佛法，也練過你三哥門下的正氣法術，雖然沒什麼衝突反應，可練了幾年甚至比不上禪林寺的一個小沙彌或者正氣盟的一個掃地弟子。你四姐我可是不到天河心不死的角色，我一氣之下，就去找天魔門的人要魔功練，那個掌門的傢伙居然說魔功不外傳，死活不給我，我一怒之下便將那幫人都殺了。最後卻還是沒找到天魔功，這才作罷。」

青虛子大笑道：「當年江湖上人說起紅袖女俠雨夜獨闖天魔門，火焚魔門八怪，都對四妹的俠肝義膽佩服得五體投地，他們要是知道真相，還不狂嘔幾十兩血來？」

紅袖道：「愛怎麼想，隨他們去吧。姑奶奶才懶得理他們。」

青虛子見她橫眉微嗔，英姿颯爽，一如當年小女兒模樣，不由憶起當年舊事，心下微微一嘆。

李無憂卻咋舌道：「魔門八怪？四姐你當時可真是厲害！我們鎮上的大人現在還拿這八個傢伙嚇小孩呢！居然是被你一人給殺了！」

先前他從未聽過天魔門，是以紅袖說來，他尚無甚反應，這魔門八怪卻是幼時搗蛋時，母親用來對付他的殺手鐧，可算是自小認識的老朋友了。青虛子提及，立時引來他驚呼連連。至於鎮上大人用來嚇小孩云云，卻是事關面子問題，哪能不砌詞掩飾？

「呵呵！不是小時候你母親來嚇你的吧？」紅袖笑道。

李無憂忙道：「絕無此事。絕無此事。」卻見青紅二人笑意盈面，顯然不信，忙改口道：「我媽其實也說過，只是我自小膽大，一點效果也沒有。後來她就懶得說了。」

紅袖似笑非笑道：「哦？是嗎？多日沒用，也不知道我的彼心知功力是不是進步了呢。」

李無憂眼珠一轉，決定故技重施，當即大笑道：「哈哈！我知道你們四人都學的是什麼屬性的法術了。」

他不等二人反應過來，已接道：「四姐屬火，三哥屬木，二哥屬金，大哥……嘛，一定是屬水的了。」

青虛子與紅袖面面相覷，奇道：「你是怎麼知道的？」

「這還用問？四姐人生得美麗，又熱情豪爽，法術一定是火；三哥古板呆滯，一看就像木頭，不是屬木的才怪。二哥是和尚，金身羅漢嘛，他當然是屬金的。呵呵，至於大哥嘛，你胸懷寬廣，如大海一般，當然是屬水的。」李無憂侃侃而談。

「哈哈！你還真是能胡聯想，不過，確實有幾分見地。」青虛子拈鬚大笑起來。

李無憂也笑，心中卻想：「老子說你胸懷寬廣，沒有見地才怪！」

紅袖莞爾道：「小鬼你還真能胡扯，那你自己又是什麼屬性的？」

李無憂笑道：「當然是土啊！小弟找土裏土氣的，什麼都不懂，不是屬土又是什麼？」

三人大笑。

好半晌，紅袖方停下笑來，道：「小鬼，你將來所學法術的屬性絕不止土。」

「爲什麼？」李無憂知她必有下文，還是忍不住問道。

紅袖正色道：「據《大荒異物志》的記載，你先前吃下千年不遇的五彩龍鯉，具有易經洗髓、脫胎換骨的功效。現在開始，你不但可同時練陰陽真氣，而且還可以同修五行靈氣而不起衝突。你將是繼李太白、藍破天之後，又一個五行齊備的千年奇才。」

「也就是我以後將是另一個李太白或者藍破天？」

李無憂對此二人仰慕已久，聽紅袖如此說，當即心花怒放。

紅袖淡淡道：「你的資質、遇合，都是古今罕見，只要你肯努力，超過二人也並非不可能。不過，你若是不肯用心，將來能否達到我們的境界，也是個問題。」

李無憂忙道：「姐姐放心，小弟一定會奮發練功，不負三位兄長、姐姐以及大荒百姓的厚望。」

「我們還說得過去，大荒百姓對你又有什麼厚望了？」紅袖奇道。

李無憂慷慨激昂道：「啊！當今亂世，戰亂頻繁，大荒百姓身處水深火熱之中，他們一直在祈禱出現一位偉大的救世主、絕代的天才、蓋世的英雄去拯救他們的肉體和靈魂！」

「但這和對你的厚望沒什麼關係吧？」這次發問的是青虛子。

李無憂提示道：「大哥！你號稱大荒第一神相，難道你就沒看出我和這位將解民之倒懸、救大荒於水火的大英雄有些像嗎？」

青虛子斬釘截鐵道：「不怎麼像。」

李無憂雙眼一瞪，幾乎陷入絕望。

「誰說不怎麼像了？」紅袖不滿道，「大哥，出家人不打誑語，你怎麼忍心欺騙像五弟這麼純真善良的少年啊？」

李無憂大喜，肉麻道：「四姐，四姐，我愛你，就像老鼠愛大米。」

「我……我好像沒有啊？」青虛子覺得委屈。

紅袖正色道：「還說沒有？明明是從頭髮到腳指甲一點也不像嘛，你卻說不怎麼像，這不是語意模糊，存心給小鬼留下一絲幻想是什麼？」

「紅袖，我不認識你。」李無憂絕倒。

又四分之一炷香後，李無憂醒來，紅袖已經離開。

青虛子笑道：「無憂，你醒了就好。大哥我也要離開了，你還有什麼問題嗎？」

李無憂想了想，道：「對了，楓林口那副對聯是不是你們布下的考驗啊，害得我一晚上不敢進來。」

「瞎扯。沒那回事。」青虛子斷然否定，「你三哥以前練字找不到地方，就寫在了石頭上，我嫌他寫得難看，就給他扔到楓林口去了。他氣不過，就又寫了塊叫老子『君子自重』，老子才懶得理他，這次乾脆給他扔到地下去了，不巧被你給踩了出來。」

李無憂：「……」

當下青虛子就帶著李無憂將忘機谷一一熟悉，此時李無憂才知道四奇平時不是都居住在忘機谷裏，而是在崑崙山各處修煉。比如紅袖就在崑崙主峰的倚翠峰上有處叫浮雲閣的靜修之地。

李無憂聽青虛子說到四人御劍飛翔於各處山巒，大是羨慕，恨不得立時武功便高了，也能這般逍遙。青虛子卻道這御劍飛行之術雖然僅可用來飛行，卻是劍法中的至高境界，你若想學，至少要到三十歲後了。

李無憂咋舌之下，暗嘆了聲可惜，當即便要青虛子教自己武功，後者欣然應允。

半個時辰後。

青虛子問道：「無憂，我剛剛和你講的一百零八大穴與十二正經、九大副經與六大奇脈。你記住了多少？」

「這個……怕是要讓大哥你失望了。」李無憂玉面一紅。

「沒記全沒關係，想當年大哥我被譽爲師門百年不見的奇才，也花了一日時光才全數記牢。」青虛子面色和藹，「我明天再教你嘛，你剛記住了幾條？」

李無憂淡淡道：「對不起，大哥，我說要讓你失望了——我已經全部記住了。手足太陽分肺明，陽關陰橋入五谷，天地茫茫貫任督……」他邊背邊指自己身上經脈，青虛子只看得目瞪口呆。

「嗯，這個算你都記住了。」青虛子額角微汗，「那大小周天搬運之法，你會了嗎？」

「小周天，氣由丹田入會陰，出尾椎，走督脈十六穴……大周天……」李無憂語音清楚，條理分明。

「玄天罡氣的第二重，你已經會了嗎？」青虛子已冷汗如豆。

「大哥你好像忘了你剛只教過我第一重，但沒關係，我猜第二重一定是真氣走任脈，入曲池，遊百會……」李無憂道。

「……居然也對了五成。無憂，這可是開始習武的第一個時辰啊！這……這……以後我們拿什麼教你啊！」青虛子仰天長嘆。

事實證明青虛子完全是多慮了。雖然李無憂可以第一個月的時間裏將玄天罡氣練到了第四重、禪林般若心經練到第五層，他也可以在之後的半個月裏將文載道傳他的浩然正氣練到第三重，浮雲劍法練到第十三劍，他同樣可以在第一個月裏將紅袖教他的朱雀神功從聚氣成火、火球術練到煉火成氣，但這並不會導致他在今後的數年裏無事可幹。

不是說大荒四奇的武術無窮無盡，而是因為大荒有幾千年璀璨的文明——總計李無憂於忘機谷的最初兩年中，就學到的經典有青虛子教的《道經》三百卷、《水經》八百卷、《列子、莊子》三百卷、《抱朴子》九十八卷。菩葉和尚傳的《小乘佛經》兩千卷、《大乘佛經》三千卷、《佛祖語錄》一萬六千卷、《大荒歷代高僧禪機》九千二百卷。這一直讓李無憂在是立志成為一名偉大的和尚還是光榮的道士間徘徊不決。

至於文載道更是從《三字經》、《百家姓》講起，一直說到歷代詩詞歌賦與兵法典故。更變態的還在於歷史，他甚至詳盡到某年月日某某皇帝大小便次數，無一遺漏。

這樣的直接後果就是，號稱過目不忘、過耳成誦的李無憂在很長的一段時間裏，見到他一開口就是「陛下，今天你拉了嗎？」

比之三位非人的兄長，還是紅袖這個姐姐算是最有人情味的。但在這裏，李無憂除了學到江湖上許多失傳的頂尖巫術外，還要學針織女工的精髓、畫眉深淺的秘要、烹飪調味的深淺，最離譜的是，甚至有一次紅袖甚至打算教他肚兜的十八種戴法，好在李無憂以男兒志在四方這句話搪塞了過去，不然難保江湖上又多了一個大荒不敗什麼的。

拋開文化學識不談，在最初的兩年裏，李無憂的武術修爲是以一種海納百川兼收並蓄的姿態在茁壯成長。但到這年的冬天，他的法術修爲卻終於遇到了瓶頸。先是玄宗門的高級法術人浪淘沙無法練成，而文載道教他的李代桃僵也使得力不從心；接著是強練禪林寺的佛光普照失敗，最後是紅袖要他用劍封印一隻母狐狸，他反把自己給封住。

雖然最後這可以解釋爲處於青春期的少年對異性的盲目維護而手下留情，但毫無疑問，一個巨大的難題已經擺在了千年奇才的面前。

當他把自己的法術進展和所遇到的問題告訴四奇的時候，四人都瞪大了眼睛，只懷疑這小子撒謊。經過四人逐一試探，最後給他的結論是：你已遇到別的法師最少要修煉十年才有可能遇到的仙凡障壁。

仙凡障壁是普通法師和仙級法師的分水嶺，其出現雖因人而異，但一定是要法術修爲到了極高的境界才會出現，通常的時間是十年以上，卻不料李無憂竟在只學了兩年法術之後便碰到了。

四奇搞不清楚是因爲這傢伙天分太高，還是因爲五彩龍鯉增加了他五十年真靈氣的關係，但還是告訴了他突破的方法是拋棄舊我。

李無憂不明白什麼是拋棄舊我，他開始禪坐菩提樹下冥思，除偶爾飲些清水外，便不飲不食。

九日過去。

這日清晨，紅袖如往常一樣給他送來清水，卻驚奇地發現身放五彩光明的李無憂手結一個自己從未見過的印式。

彷彿感應到了她的到來，李無憂微笑著睜開了眼睛。這是一種美麗的微笑，如蝶破蛹後的輕盈，似雨霽新虹的悠然。

這一剎那，紅袖一任眼角珍珠亂滾，將他抱入懷裏。

在很久以後，李無憂才知道自己實在是個天才。古來能在如此短短九日的時光裏就能參透仙凡障壁的，怕只有昔年的李太白的七日悟道可與之並提了。

當夜，青虛子諸人一一與李無憂過招之後，面上都露出驚奇到了極致的眼神。聚四人法術絕學於一身的小仙級法師並不是等於四個小仙級法師之和，而是以級數相乘，雖然還不能對他們四位金仙級法師形成威脅，但已隱可與大仙級法師一戰了。

歲月流逝，光陰荏苒，到李無憂體內那二條龍又分分合合了九次，並終於合成一條不再分開時，青虛子已經在教他玄宗門最高深的武功道詣九式。

此時文載道已經開始教他劍法中的精義，菩葉也已經和他講禪林寺三大鎮山法術的運氣法門。

至於紅袖，則開始和他探討巫術與魔法可能存在的淵源和請教他做菜的方法。此時，他在崑崙山已待了六年，已從一個蓬頭稚子長成一位翩翩美少年。

這一日，陽光燦爛，春風和煦，崑崙山頂積雪已融，空氣異常清新。

但在這個普通的清晨，發生了一件影響李無憂此生命運的大事。

倚翠峰上，青虛子一臉嚴肅地看了李無憂一頓飯工夫，終於又勸道：「無憂，這件事情真的太危險，你還是再考慮一下吧。」

李無憂滿臉正氣，大聲道：「大哥你不要勸我了！事關天下蒼生福祉、大荒所有美女前途，我李無憂如何可以置身事外？」

一旁的文載道看他一副正氣凜然神情，不由狐疑：這小子莫非已將浩然正氣練到第十重了？

青虛子憂慮道：「話是這麼說，但千百年來，江湖中從來無人可以在你這個年紀做這件事。」

李無憂抬頭看了看天上雲霧，淡淡道：「我輩江湖兒女，自當以俠義爲先，即便是死了，十八年後，老子又是一條好漢。爲了蒼生，我李無憂當仁不……哎喲，哪個渾蛋踢我屁股……臭書呆，老子和你沒完！」聲音漸漸落下山底。

青虛子回過頭來，看了看文載道，擔憂道：「三弟。這樣亂用暴力，會不會破壞你一貫溫文爾雅的形象？」

文載道拍了拍鞋上的灰，不屑道：「誰說斯文人就不用暴力的？這個小王八蛋，不就是練一下御劍飛行，他非要和天下蒼生、大荒所有美女前途什麼的扯上關係，不是欠揍是什麼？」

「唉！」青虛子嘆道，「這就是你不瞭解無憂了。他的意思是說，像他這樣一位玉樹臨風、風流瀟灑、灑脫不羈的英俊少年，若是連御劍飛行這樣的低級武功（當然，你也知道這其實是劍法的巔峰）都不會，自然要讓將來崇拜他的美女們失望，從而影響他在大荒群眾中的威信，從而對他將來拯救蒼生產生巨大的不良影響。」

文載道傻傻地望著他，只懷疑這傢伙腦子有病，半晌方道：「其實我也是一番好意，我踢他屁股，也是想幫他飛起來嘛！」

「唉！無憂，你的鬼魂若來報仇，一定要記得是找你三哥。」青虛子嘆道。

這話讓文載道覺得毛骨悚然：「大哥，此話怎講？」

「因為你踹得太快，我還沒來得及教他御劍心法。」青虛子輕描淡寫道。

第三章　李代桃僵

……彼時，崑崙山底。

在刻著「崑崙」二字的石碑附近，一個滿身殘缺鐵甲的漢子撩開眼前凌亂的髮絲，抹了一把熱淚，激動跪倒於地，口中呼道：「終於到了！陛下，臣……臣終於到了崑崙山了！」

一道藍光如電撲來，接著轟隆一聲巨響。

李無憂拍了拍屁股，站起身來，輕輕跳了幾下，詫異道：「雖然主角不死乃是鐵律，但從這麼高的地方摔下來，老子居然毫髮無傷，這未免太奇怪了吧？易刀，你總得給老子一個解釋吧？」

便在此時，一個聲音怒道：「何方妖孽？快將木將軍放了！」

「誰在說話？」李無憂極目四顧，四野空曠，唯有山風寂寂，流雲來去。

那聲音狂吼道：「渾蛋，快把你腳挪開。」

李無憂驚叫一聲，跳起兩丈來高，才堪堪落地。方才站立之處，一堆亂草樣的東西遮著一顆圓圓的玩意，細看之下，眉目分明——竟是顆人頭！

他訝道：「哎呀！這位仁兄真是雅興不淺，竟然挖了個洞在道路中央看風景。此地雖然不是山明水秀，但也別有一番風味，您慢看，小弟就不打擾了。」說時轉身欲走。

那漢子只氣得七竅生煙，大怒道：「妖孽，既被你擒住，你要殺就殺，何必說這些風涼話？」

「妖孽？」李無憂憤然道，「兄台，你有見過這麼帥的妖怪嗎？別以爲老子不知道你的名字，就不會到官府去告你誹謗！」

那漢子怒道：「妖孽！你又何必惺惺作態？你身法快如閃電，一個回合便把本將軍砸到這岩石深處，不是妖孽又能是什麼？」

「哦……」李無憂恍然大悟，「老子就說從崑崙山頂掉下來，居然毫髮無傷，原來是有你老兄給我墊背啊！」

其實他之所以沒有摔傷，是因爲他輕功和法術中的御風術的造詣都已非同小可，惶急之中，二者相結合施展，身形當真已是輕如柳絮、矯如神龍，這才能保住性命。

當然，從這麼高的地方摔下來，饒是他武術了得，卻也還是產生了極大的衝力，之所以沒有摔得缺胳膊斷腿，這位墊背的仁兄是絕對功不可沒的。

「什麼？」那漢子依舊迷糊。

「啊哈，原來是一場誤會。其實呢，事情是這樣的，在下李無憂，不是你說的什麼妖孽……」李無憂口齒伶俐，一通碎語閒言，外加自我吹捧三千句，終於將事情始末解釋清楚。

那漢子聽到如此匪夷所思之事，只驚得目瞪口呆，半晌無言。

李無憂將他自地下拉出來，笑道：「這位大哥，真是對不住了，大恩不言謝，請到舍下喝杯水酒，兄弟也好一盡地主之誼。」

那漢子眼光忽然一亮，道：「小兄弟，你住在這崑崙山？」

李無憂看他神色，知是有事相求，便笑道：「我住在這好幾年了。除了幫你找個美女解渴這樣高難度動作或者找個茅坑拉屎這樣小兒科的事情外，你有什麼要求，儘管說。」

那漢子聽他說得有趣，神色漸平，笑道：「小兄弟，你說話真是有趣，不過，這兩件事都不要你幫忙。我想向你打聽一個人。」

「這你算找對人了。崑崙山上，不論是人是妖或是人妖，小弟都沒一個不熟的。你說你要找誰吧？」李無憂笑道。

那漢子大喜，忙道：「我是要找個叫諸葛浮雲的人，你認識嗎？」

李無憂聽得諸葛浮雲之名，心頭一動，笑道：「他啊，我熟得不能再熟了。不過，你是不是找他算賬？這老傢伙是嫖妓的時候讓你幫他墊了幾千兩銀子，還是他爲搶你家的母豬而殺了你家的黃狗？」

那漢子笑道：「小兄弟真是會說笑，諸葛先生俠名滿大荒，怎麼會做這些事？在下求見先生，乃是有要事相求！」

「你找貧道，有何事？」一個聲音接道。

卻是青虛子與文載道到了。

那漢子轉過身來，打量二人一眼，詫異道：「這位道長是？」

「他就是如假包換的諸葛浮雲了。」李無憂笑道。

先前文載道之所以敢踢李無憂下山，是因爲他和青虛子二人都深信自己能在李無憂落地之前將他截住，但沒有料到這小子現在輕功竟已達到臨虛化羽的地步，二人也就未出手相助。此時聽這漢子要找諸葛浮雲，二人好奇之下，方現出身來。

那漢子訝道：「江湖傳聞諸葛先生乃是一年方四十的白衣儒士，如何……如何是這般模樣？」

其餘三人面面相覷，不明他何以如此說。

文載道皺眉道：「這崑崙山地界，再無第二個諸葛浮雲。你不是找他，又是找誰？」

那漢子眼光游動，對青虛子道：「五年前潼關殺盡岳陽十霸，四年前長安城頭怒題貪吏詩，兩年前隻劍挑了塞外十八連環寨的便是先生？」

青虛子奇道：「這些事，確實是貧道做的，但那都是兩百年前的舊事了，你怎麼說是近幾年呢？」

那漢子吃驚地看著三人，強笑道：「先生莫要說笑，你怒題貪吏詩的那年，乃是天鵬瑞吉六年，今年不過瑞吉十年，怎麼會有兩百年了？」

李無憂嘻嘻笑道：「老兄，你一定看歷史小說太入迷了，精神有點不正常。天鵬王朝兩百年前早煙消雲散了，我剛進崑崙山的那年已是新楚天和十六年，今年該是天和二十一年了。」

「什麼新楚？什麼天和二十一年？」那漢子語聲驚恐，心下隱隱覺得不妥。

李無憂笑道：「老兄，你竟不知道新楚？那我給你說說。自大荒三六六一年，即天鵬瑞吉十年，陳不風率奇兵攻破大都，天鵬帝國宣告滅亡，風州王慕容無雙起兵復鵬，河東群雄爭起呼應，天下隨即大亂。大荒三六六三年，慕容無雙制軍八十萬與陳不風二百萬大軍決戰於天河。這一戰，慕容無雙用諸葛玄機之計，以少勝多，陳不風大敗，不得不退守南角天關。慕容無雙乘勢渡過天河佔領大都，兵鋒直指南角天關。但當日會盟諸侯卻立時起了紛爭，雲州王蕭峰欲先北上收復煙雲十八州，而以黃州王楚劍爲首的黃州派卻要收復蒼瀾一帶。最後誰也說服不了誰，各行其是，呵呵，這就是後來史家說的『三王之變』。

結果是，一年後，慕容無雙不聽諸葛玄機之計，落得兵敗南角天關，不得不退回河東。蕭峰得到塞外羅雲可汗之助，一統煙雲十八州，就是現在的蕭國。楚劍也因黃州派強大的實力，巧用火燒連城之計，如摧枯拉朽一般，在一年內打下了蒼瀾十四州和崑崙三郡，這就是當今新楚國的雛形。慕容無雙退守河東，卻爲屬下三人所殺。這三人卻又誰也不服誰，各領一軍，互相攻伐，最後有一人戰死，其餘二人收編了他的隊伍，各據了河東一半江山。這就是當今的天鷹國與平羅。至於陳不風卻據了河西南部十一州和南角六郡，這便是今日的陳國。三哥，我說的對不對？」

最後一句卻是問文載道，後者難得微笑點頭，以示嘉許。

那漢子如遭雷擊，恍惚道：「如果，你說的是真的……難道……難道斷裂之泉那土人說的話，就也……也是真的了。」

他一張飽經風霜的臉，現出又是驚疑又是悔恨的痛苦神情來，整個人彷彿刹那間老了十年。

青虛子與文載道對望一眼，齊聲道：「斷裂之泉？可是傳說中穗州與桂州交界之處的神秘之地那眼神奇清泉？」

「唉！」那漢子語音蒼涼，「就是這眼泉了。當日我被陳不風的人追殺，不巧逃入此地，想借這眼泉空間轉移，當地土人告訴我，這眼泉每千年會同時伴隨有轉移時間的情形。千百年來，只聽說真正的神仙可以縮地成寸空間轉移，卻沒有聽說過有時間轉移這樣荒誕的事情，我當時未將那土人的話放在心上，趁泉眼張開那日，跳入此泉。唉，睜開眼來，就到了崑崙山腳。沒想到……沒想到竟已是兩百年後！」

他語音蕭索，言語之間充滿無窮悔意。

其餘三人面面相覷，各自感慨：一個忠心耿耿的帝國將軍，爲了完成皇命，九死一生，終於將達成目標，卻不料彈指間已是二百年過首，恍似換了人間，造化弄人，竟至於斯！一時間三人都半晌無語。

終於，青虛子道：「將軍，事已至此，多想無益，請到寒舍休息一下，再作計較。」

那漢子擺了擺手，嘆道：「不必了，諸葛先生，感謝你相信我說的話。不過我全身經脈已斷十之八九，先前一直是用鎖魂於身之法，才堅持到此。」

李無憂驚道：「鎖魂於身，你不要命了？」

青虛子狠狠瞪了他一眼，對那漢子道：「將軍不惜自殘性命也要來找貧道，有何要事？」

那漢子雙目泛淚，動情道：「在下楚誠，本是景河陛下貼身護衛，三月前……對不起，我一時改不過來。」

聽到「景河」之名，青虛子面上神色一變，想說什麼，卻忍了下來。

李無憂走過去，扶住楚誠的腰，笑道：「無妨，我們能明白。」

楚誠感激地看了他一眼，繼續道：「三月前陳不風攻陷大都，景河陛下將這個盒子交給我，說關係江山社稷，讓我帶到崑崙山，交給諸葛先生。」說時自懷中掏出一個錦盒，雙手捧起遞向青虛子。

青虛子看了看那個錦盒，卻並不伸手去接，只是嘆道：「唉，天意弄人，你晚來了二百年，晚了二百年啊！」

楚誠顫聲道：「難道……難道，真再無一點希望了嗎？」

青虛子看了看文載道，見後者苦笑著搖了搖頭，他轉過身去，沉吟開來。

楚誠雙目欲淚，死死盯住他背影，仿若將溺之人抓住一根稻草。

好半晌，青虛子雙目一亮，轉過身來，道：「楚將軍，你將盒子交給我五弟吧，如果他能打開這個盒子，這件事就由他去完成，如果他打不開，那貧道也無能爲力。」

此言一出，其餘三人盡皆呆住。

李無憂張口想說什麼，卻見青虛子向自己使了個眼色，立時住了口。

楚誠想了想，忽對李無憂跪倒，懇切道：「李少俠，這件事，請你一定要幫忙。」

李無憂心道：「牛鼻子，你可真會給老子找麻煩。」伸手去扶楚誠，說道：「有事好商量，楚大哥你先起來。」

「請李少俠先答應楚誠。」楚誠堅持不肯起身。

李無憂看了青虛子與文載道一眼，二人朝他點了點頭，他一咬牙，伸手接過錦盒，大聲道：「好，我答應幫你。楚大哥，你請起來。」

卻見楚誠面露喜容，身子軟倒於地。李無憂吃了一驚，伸手去探，鼻息全無，竟已逝去。

當日，李無憂將楚誠葬在崑崙山一處絕壁之上，假惺惺地擠了幾滴貓尿，回到忘機谷便去開那盒子。只是那盒子卻整個是一塊奇異精鐵，全無縫隙，更不知於何處著手。

他帶著盒子去找青虛子，青虛子卻說，景河雖是他昔年好友，但盒子裏的東西他其實也不清楚，這事是你自己接下，旁人絕不能幫忙。

他心下痛罵牛鼻子過河拆橋，快快而返。本想將盒子扔到河中，卻又念及當日楚誠苦苦哀求，於心又自不忍，翌日向紅袖借了一把寶劍，使出生平功力，想將盒子劈開，卻不料長劍竟然折斷，盒子卻絲毫無損。

他大是惱火，將盒子置於床頭，再不理會。

日子又回到先前狀態，每日裏不是和大荒四奇習武學文，就是到處尋幽探寶。此時他御劍飛行之術已經學成，無論絕壁險壑均可去得。

崑崙山自古爲劍仙修真之地，洞庫繁多，留下的秘笈寶物什麼的確實不少。此時他武功法術均已大成，許多先前未見之處或有封印之地也多數解開，一月下來，尋了秘笈寶書無數。細看卻發現那些秘笈能及大荒四奇所授武功法術者全無，他痛罵一陣這些渾蛋欺世盜名，自此憤然，發誓要自創一派武術。

這一日，他打坐完畢，安然睡下。迷迷糊糊中卻見娘端了一碗熱騰騰的肉湯走進屋來，他一時大喜，接過就咕嚕地喝了個淨。

「哎呀！」他忽然拍了拍頭，「娘，我一高興就喝光了。」

「沒關係，娘早喝過了。」娘眼中露出了慈愛的眼神，摸了摸他的頭道，「無憂乖，娘要走了。今後你自己一個人過，記得要活得像個男子漢，千萬別做對不起祖宗的事，知道嗎？」

李無憂先是點了點頭，接著卻大驚道：「娘，你要去哪裡？你不要無憂了嗎？」娘笑了笑，也不言語，轉身朝門外走去。李無憂慌忙去抓她衣角，抓到手裏卻冰冰涼涼，入眼之物卻是當日楚誠送他的錦盒。

正是南柯一夢。

李無憂輕輕嘆息一聲，拭去眼角淚痕，卻立時一呆：淚水浸處，錦盒邊緣似有了一道縫隙。他微微一怔，潛運內力，錦盒竟開。

盒子內，表面乃是一行大字：

白龍神盒，玄鐵千鑄。遊子有淚，金石為開。

李無憂默然看了一陣，似懂非懂，再看盒內所放之物，卻是一幅羊皮地圖和一張宣紙。那地圖頂端有三字曰：白龍居。宣紙上端三個大字：大荒賦。其下有文字若干：

巍我大荒，雄雄兮崑崙！東海木兮西閣雨，北溟冰兮南山雲，築我脊兮鍛我魂……

他仔細看了數遍，卻全無頭緒。翌日找四奇商量，四奇驚奇之餘，也均道從未聽過白龍居這地方，都說不出個子丑寅卯。倒是文載道卻說那《大荒賦》寫得極有味道，以後要罰你，便罰你抄這。

李無憂頹然嘆了聲自作孽不可活，將地圖收進青虛子給他的乾坤袋，此事就這麼不了了之。

日子又在習武學法中過去，匆匆又是一年。

這一日，一身儒衫的文載道於崑崙山之巔，望著天上浮雲，輕搖羽扇說道：「天下之事，分久必合，合久必分。」

其時，佇立於他身後的李無憂諂媚道：「三哥天人，神算無敵。只是今日大荒六國鼎足，群雄並起已久，莫非又有什麼變數了？」

文載道捋了捋頷下短鬚，長嘆道：「是啊，一場大亂，爲期不遠矣。蒼生多苦啊！」言下一副悲天憫人情懷。

「古書上說大亂之後必有大治，正是大喜啊！小弟不明三哥何事哀傷如此？」李無憂搔了搔頭，一副大惑不解狀。

文載道笑而不答，羽扇一揮，天際浮雲，成萬馬奔騰之勢，驀然聚合。

李無憂看得一呆，卻依舊不解。

文載道羽扇再揮，那白雲卻又散開，各奔東西。如是數次。

「無憂，你有何感想？」文載道大有深意地看了李無憂一眼，眼神中充滿期待。

李無憂咋舌良久，方小聲道：「三哥！真要我說啊？」

後者堅定地點頭。

李無憂大哭道：「三哥啊！小弟最大的感想就是，從今天開始一定要努力練功，學成你這手驚世駭俗獨步宇內的浮雲扇。自明年開始，小弟定要懸梁刺股、鑿壁借光、囊螢映雪、守株待兔、緣木求魚、吹糠見米、落井下石……奮發練功。不學成浮雲扇，小弟誓不下山！」

說到後來，他一反初始「熟涕橫中流，野淚泛大荒」的哭面，竟是慷慨激昂起來，豪情萬丈得有些視死如歸。

——不過，現在才開春，他卻要到明年才開始努力，實在是一點誠意都欠奉。另外，好像「懸梁刺股、鑿壁借光、囊螢映雪」什麼的，也和「奮發練功」扯不上什麼關係吧？

「哎喲！三哥你幹嘛打人家頭啊？」本等著受表揚的某人委屈不已。

文載道此時哭笑不得，罵道：「小王八蛋，就知道耍滑頭。平時讓你好好讀書，你不肯用功。現在好了，什麼吹糠見米、落井下石都出來了。你還要不要大卸八塊、見色起意啊？」說時又是幾個板栗種到李無憂頭上。

李無憂委屈道：「三哥，人家的意思是說練功這種事情，應該有恆心，要像吹去米裏的糠一樣吹毛求疵。若學不成功，就抱著石頭跳落井裏。這個決心還不夠大啊？」

文載道舉手種栗，邊罵道：「我打你個吹毛求疵。」

李無憂大駭，抱頭鼠竄，卻邊跑邊道：「大卸八塊不是說將書分成八大塊來讀，正合了三哥落英十三劍第三招八方風雨的精髓啊？二哥常說『空即是色，色即是空。』如今三哥你見色而起意，乃是大覺悟的先兆啊？三哥果然是高人。每一言、每一行都深含玄機，小弟佩服得五體投地。」

文載道將手放下，苦笑半晌，方道：「算了！今天我心情好，就先放過你。剛我說到哪了？」

李無憂忙拍馬道：「三哥豁達。剛才我們說到天上的雲啊聚了又散啊，地上的人啊合了又分的……嗯，我也記不清了，大概就是這樣吧。」

「嗯！無憂啊，你看這天上的浮雲，在我扇下分分合合，全無半點能爲。便如這天下，統一再分裂，分裂再統一，只有百姓永遠還是那些百姓。一將功成萬骨枯，受苦的永遠是他們。曾經有個叫張養浩的人說過一句話極有道理。興，百姓苦。亡，百姓苦。」文載道正色道。

「哦！三哥說的是那首《山坡羊・潼關懷古》啊？」李無憂恍然。

文載道欣慰地點了點頭，笑道：「難得你居然知道，也不枉我教你多年。」

「無憂有一事不明，想要請教三哥。」李無憂恭謹道。

深悉他脾性的文載道明白這小子必無什麼好事，但本著夫子有教無類的大仁義精神，卻還是準備授業解惑：「你說吧。」

李無憂清了清嗓子，方道：「三哥，這山坡羊是什麼東西啊？難道是說山坡上有隻羊？如果山上有隻羊，這隻羊怎麼就立時想到潼關去懷古呢？莫非這隻羊其實是在潼關的山坡？如此一來，小弟就更不明白了，好好的羊怎麼會在潼關呢？我們大荒好像只有新楚國的岳陽郡才產羊啊，怎麼潼關也有羊呢？」

這一次文載道沒被氣死，實在是得歸功於平時打坐練氣的勤奮上來。他瞪大雙眼，以一種足以殺死千萬頭龍豹的眼神，溫柔地撫摩著自己親愛的五弟。

李無憂被他看得全身一寒，如入北溟玄冰池，卻強笑道：「三哥，大家有事好商量，幹嘛用這種企求的眼神望著我啊？」

文載道冷笑道：「現在知道怕了？晚了！」說時便欲發動。

「慢！三哥！我在你眼裏看到一樣東西。」李無憂知趣地轉移話題。

「哦？不是慈悲吧？」文載道半開玩笑半認真地說，「也別告訴我是眼屎。這一招你已經用過九十三次了。」

李無憂心道：「你都上過九十三次的當了，也不在乎再多一回吧？」口中卻訕訕道：「嘿！三哥你老人家疑心病真是重。小弟只是想提醒你，你的眼中好多血絲啊。多注意休息，晚上想女人的次數……」

他一句未完，文載道已是怒從心頭起，隨即惡向膽邊生，手中羽扇一指，一道絢麗藍光如電飛出。

「捆仙藍條！書呆子你好不要臉，居然又使這法寶。」李無憂駭然，心知被這道藍光捆上，又將是三天三夜的牢獄之災，口中譴責這書呆子慘無人道的惡行，展開龍鶴身法，亦跑亦滾，不時伸手抓向後背。

文載道見此，得意大笑，口中咒法念動，那藍條驀然加速。

李無憂手足並用之下，費了九牛二虎之力，總算是自背上拽出一口破兮兮的爛鐵劍。劍一在手人便狂。李無憂不再躲避那道藍光，大吼一聲「風起天河弄長柯」，爛劍刺出一道無形劍氣來。藍光撞上劍氣，發出嘶的一聲輕響，略略一曲，偏向一側。

文載道咦了一聲，左手食中二指一併，如劍遙刺，那藍光復直，激射向李無憂。後者一驚，忙氣貫鐵劍，破劍一震隨即一亮。

「看我玉碎山河！哈哈，破繩子，看你怎麼死！」李無憂大笑聲中，舉劍過頂，狠狠向下劈出一劍。

一蓬如山如海的力道隨劍而生，挾起一股大風，砍向那道藍光。藍光一頓，搖搖落下。

「呵！小子，幾天不見，落英十三劍和碎玉劍法又有新的領悟啊！」文載道面上在笑，只是手卻一點也沒停下來的意思。

「梅嶺孤香，正氣沖霄漢」語聲未落，天空一個大大的「正」字當頭砸下。

「浩然正氣?臭書呆子！和老子玩真的啊，老子今天一定要把你打敗下山去！」李無憂一怒，於東西南北中上下左右瞬間刺出二十四劍，每一劍刺出，便凝然不動。刹那間，空中便如有二十四把鐵劍。

「疾。」二十四劍影突起，呈一道直線撞向漸漸變大的「正」字。卻是落英十三劍中的一招二十四橋明月夜。

字散如煙，劍逝似隕。

李無憂得意大笑道：「奶奶的！幾天沒練功，想不到老子武功居然又高了不少嘛！」

樂極生悲，一道藍光忽自地上跳起——卻依然是那捆仙藍條。

李無憂鬱悶之極，手中鐵劍憤然斬出。

好準的一劍！只是，斬中之後，那藍條微彎不斷，卻繞過長劍，爬到他身上。於是，又一個藍色大粽子包好了。

「他媽的！臭書呆，你騙老子。這把破銅爛鐵真是傳說中昔年劍仙李太白東海屠長蛟的倚天劍？」李無憂怒道。

「一分不差！」文載道很肯定地說。

「那這把破劍爲何竟砍不斷你那藍條？」李無憂總覺得自己被這老王八陰了。

「就是這個樣式。」文載道笑著補充道，「這把劍確實是大哥仿照倚天劍精心打造，尺寸一分無差，斤兩十足。」

原來李無憂七年來日夜隨身的「倚天神劍」果然是一分不差。

「媽的！臭牛鼻子果然又耍老子！」李無憂只剩下咒罵了。

文載道既已得勝，面上自是笑容無數，得意揚揚道：「既然輸了。那麼……五弟，《大荒賦》第一千三百六十二次的抄寫，是不是該開始了？」

「哈哈！三哥，這次你可輸了。你仔細看看那破繩子上捆的是什麼？」一個聲音自側面響起。

文載道心下一驚，羽扇一揚，藍光遁去，原地不過是一片菩提葉，哪裡有什麼人？

「李代桃僵！好小子，你是怎麼做到的？」文載道吃了一驚。

「呵呵！三哥你又何必裝得後知後覺？你早知道我會施展你的李代桃僵。我第一次斬藍條的時候，表面上用的是三哥你的落英十三劍，可心法卻是二哥的『菩提無樹』，如果是這樣，一定還是瞞不過三哥你最近新創的法術兩兩相忘，但我這只是要吸引你的注意力。劈到藍條的看似劍氣，其實是我用大哥的獨門法術水滴石穿將一滴菩提葉汁逼出而成的水汽。但三哥你二百年前就已名動天下，這點伎倆三哥你也一定看出來了。」

李無憂的聲音飄忽不定，文載道卻知道這是因爲他使了菩葉的梵音佛唱，以自己之能一時也是找不到他的位置，便道：「嗯，第一次我看出來了，所以將計就計的讓菩提葉汁滴上。但是在你第二次實在斬中藍條的時候，我已經用移花接木將葉汁反激回你的劍上了，而第三次你斬中藍條的時候，我可是看得清楚，你絕無可能將菩提葉汁注到藍條上。」

李無憂笑道：「呵呵！三哥，你是個方正君子，自然不會想到我早算準你第二次一定會故意讓我把藍條打落，所以……」

「所以你用劍逼出菩提葉汁本身就只是掩耳盜鈴？最後施展揠苗助長需要的菩提葉汁實是你預先故意漏在地上的？」文載道雙眼一亮。

「呵呵！三哥，這你又錯了。我的木系法術全是向你學的，你既然看出了我用菩提葉汁，必然會猜到我一定會施展揠苗助長將菩提葉汁變成樹葉，然後施展李代桃僵。我又怎麼會蠢得一開始就在地上放下菩提葉汁？」

李無憂的聲音四處飄蕩，方即在此，頃即在彼。

「哦，那你到底是怎麼將菩提葉汁弄到藍條上的？」文載道更是奇怪。

李無憂的聲音笑道：「呵呵！三哥，你忘了我施展過一招二十四橋明月夜。」

「對。你剛才就是憑這招武功破了我的梅嶺孤香，出手的速度和力道都是夠了，只是可惜手法有點錯誤，你以後得多用功……但這和菩提汁液又有什麼關係？」文載道奇道。

「呵呵！二十四橋明月夜是三哥你落英十三劍中的絕招，你自然是熟悉無比，可是你忘了你傳我的浮雲山浮雲來去劍法的起手式浮雲如我。這一招比起落英十三劍，自然不算精妙，只不過這一招使動時可以產生一股旋力。」李無憂的聲音道。

文載道恍然道：「難怪！我就說你這小子聰明絕頂，怎麼會將二十四橋明月夜使錯，原來是融合了浮雲如我。不用說了，你一定是趁梅嶺孤香的光影散去的剎那，將菩提葉汁散到了藍條之上。最後劈到藍條上的那一劍，雖然沒有招式，但心法一定還是浮雲如我的逆行路線。但你又什麼時候施展的李代桃僵？」

「就是在劈出最後一劍的同時。先前的幾招都是使詐，最後的這招卻是憑我最近創出的心有千千結心法。這招心法其實沒有任何殺傷力，但可以讓我同時施展法術和武功。呵呵！目前還處於神功初創，所以只能同時使用一種法術和一種武功。」李無憂的聲音笑道。

「唉！你出來吧，我不再動手了。大哥說得不錯，五弟你確實是江湖上千年難遇的奇才！這樣的奇特心法都被你想出來了。我創落英十三劍的時候已經一百七十六歲，你如今才不過十八歲啊！」

文載道似是感懷往事，又似在感慨後生可畏。

不遠處，一棵菩提樹上，光影一閃，李無憂嬉皮笑臉地跳了出來，邊走邊笑道：「嘿嘿！大哥說本天才驚才羨豔，人中之龍，豈是你這種資質平庸人可以比的？」

若是外界有人聽到他說大荒四奇資質平庸，即使不將他暴打一頓，也要當他是瘋子了。

文載道卻不反駁，只是陰陰笑道：「不知道閣下有沒有聽過一句話叫天妒英才？臭小子這麼囂張，小心天打雷劈！」

李無憂小心地抬頭看了看天，碧空萬里，正是個好天氣。於是乎，拽拽道：「哦，是嗎？啊哈哈哈，我囂張，我願意，你管得著嗎？」

轟！平地一個旱雷！

下一刻，正得意中的天才被文載道的獨門武功天雷神掌擊成一塊黑漆漆的焦炭，他身後又出現了一個文載道來，這人輕輕拍了拍手，一直在和李無憂說話的那個文載道化作一片綠葉落到他掌中：「嘿嘿！臭小子，別忘了李代桃僵可是我教你的！」

李無憂第三十八次欲圖擊敗文載道下山的謀劃，就此宣告無疾而終。

倚翠峰於近山頂處，斜出一塊十丈巨石。浮雲閣如一隻蒼鷹棲於其上。

李無憂舒展四肢寫意地躺在紅袖的床上，嘴裏啃著一顆大大的雪桃，兀自不老實，邊吃邊嘟囔道：「四姐，你成天待在浮雲閣裏亂……亂……塗亂抹幹嘛？有時間多到山下去轉轉，你不是常說美女的生命在於運動嘛？」

紅袖推開軒窗，外面難得的雲收霧散，一蓬日光射來，落在她的臉頰，說不出的嬌媚。她看了看筆下的淡墨山水，卻不答他，只輕斥道：「小鬼，都這麼大了，還這麼沒規沒矩的。」

「呵呵！姐姐這床舒服著呢，每次一來就忍不住想躺一躺。」李無憂說時隨手一拋，桃核化作一隻朱雀，撲閃著火翅飛出窗口，漸漸渺去。

紅袖嘆道：「朱雀火羽雖然只是幻術，可畢竟是高級巫術，居然被你用來扔垃圾。祖師要是知道了，真不知該作何感想。」

李無憂卻聽出了她語下的讚賞之意，笑道：「物盡其用嘛！就比如姐姐的美貌，除了可以欣賞之外，也可以入畫流傳萬世嘛。」

紅袖收起畫卷，回眸笑道：「幾日沒見，小鬼誇人的道行可是又深了，連姐姐我可都有些飄飄然了。」

李無憂嘻嘻笑道：「一聽姐姐這話，倒是小弟我先飄了起來。」

紅袖笑道：「你這小鬼，真是油嘴滑舌得厲害。對了，你打算什麼時候下山。」

李無憂懊惱道：「別提了，昨天剛被三哥給教訓了一頓。你們四個，我一個都打不過，我看這輩子我是別想下山了。」

紅袖淡淡道：「你瞞得了別人，可瞞不過我。我們四人你誰也打不過不假，但我們有言在先，都只用和你等同的小仙級法力和賢人級功力和你過招，應該是誰也不是你這奸猾小鬼的對手才正常吧？」

李無憂自床上鯉躍而起，嘻嘻笑道：「姐姐果然是蕙質蘭心，冰雪聰明。其實在這裏吃的是奇珍異寶，穿的也是奇珍異寶，呵呵，你們教我的武功也是奇珍異寶，三位大哥和姐姐你也把我當奇珍異寶。我才不捨得走呢！」

紅袖沒好氣道：「小鬼，我看你就是個大活寶。」

話音未落，她自己已是先笑了出來。

李無憂跟著笑了起來，他忽見對面峰頂隱然透出一道霞光，輕咦了一聲，身影一晃，已是不見。下一刻，他整個人已站在那柄爛鐵劍上，朝倚翠峰頂飛去。

紅袖大奇，身法展動，隨即掠出。遠遠地，即見峰頂瑞彩千條，霞光萬道，竟是劍氣縱橫。

她心下不解：「這小鬼，招呼都不打一聲就跑了，難道是到這來練劍？」到得近些，卻發現場中一紅一綠兩道劍氣拚鬥正急。

紅光是李無憂鐵劍劍尖射出，而綠光根在一塊巨岩壁上，雖無人駕馭，卻忽長忽短，靈動異常。紅綠交接處，陣陣七彩異芒射出。

「好強的劍氣！」紅袖吃了一驚，大聲道：「小鬼，我來助你！」語罷便要飛近。

「姐姐不要過來！這劍氣遇強則強，屬性萬變，你我聯手反是不便，你快叫三位大哥來。」李無憂大叫道。

方叫罷，那綠光已轉黃，李無憂大喝一聲，劍尖紅光已轉藍。

紅袖大驚，忙自腰間取下一支玉笛，輕輕吹奏起來。繞指剎那，三道光影閃動，自遠而近，正是狂道禪僧真儒三人。

當是時，場中那黃色劍氣已經變藍，而李無憂劍尖藍光依舊不變，面上卻大汗淋漓，顯是苦苦支撐。

「五弟莫怕，大哥來也。」青虛子大喝一聲，一道沛然藍光自指尖射出。二人合璧，以二敵一，立時占了上風，無人駕馭藍光漸漸變淡。只是藍光陡地一變，卻成黃色。

「黃色屬土！我來。」文正羽扇一揚，一道無形之氣射出，但一近那黃光，立時顯出綠色來。李無憂劍尖藍光也變成綠色。

青虛子指尖藍光斂去，退到一側，額角隱現汗跡，顯是方才耗力極巨。

菩葉擔憂道：「大哥，這道劍氣強絕霸道，屬性瞬息萬變，想是上古神物，若只是以相剋屬性應付，怕是難以取勝。」

青虛子道：「是。但我們四人都是金仙級高手，無憂也是小仙級了，若我們五人同時出手，屬性相剋必大，即會有二人徒費力氣。」

紅袖急道：「徒費力氣也要出手啊，不然五弟豈不是身陷險境？」

此時那劍氣已變為金色，她忙揮出一道烈焰，射向那劍氣。

文正將羽扇一收，大聲道：「大哥，用百川歸海吧！」

青虛子喜道：「我怎把這招給忘了！」說時食指點出，一道藍光如電而出；菩葉叫聲阿彌陀佛，長眉一軒，掌心一蓬金光飛出；彼時文正羽扇揚處，綠光同起；紅袖將烈焰收回，射出一道紅光。

四道光芒瞬間射入李無憂背心，他全身異彩流動，卻瞬即如常，只是自他劍尖飛出的光芒陡盛。

百川歸海一式，傳為上古五神之一的夏禹所創，乃是將法力或真氣借與他人使用之法。此招於大荒流行極廣，但施展起來卻難度極大。只因一者，施法者內功法力必定要深厚，承接者也需功力深厚，不然不是無法傳承就是承接者筋脈爆裂而亡。二者，傳承之氣必定要屬性相同，不然輕則無用，重則反噬。

因為精力有限，大荒修煉者大多只能在武功和法術之間選擇擇其一，只是大荒四奇學究天人，李無憂天分極高，五人都是武術雙修。此時四奇輸入他體內之氣，非真非靈，亦真亦靈，此中玄妙，實非言語所能形容。

李無憂此時指尖光芒陡盛，那劍氣立時一滯，迅疾後遁，顯是欲走，只是根底似有羈絆，欲脫不能。片刻後，那劍氣忽地瞬息萬變，鐵劍劍氣亦是萬變，只是李無憂須隨那劍氣變換而變，終是慢了半拍。

「無憂，用心有千千結。」紅袖急道。

李無憂恍然醒悟，運氣於劍，剎那間，那柄鏽鐵劍忽然光華大盛，下一刻，碎成四段，化作四道彩虹各呈龍狀撲向那道劍氣。

那道劍氣一觸到四道彩虹，立如冰見火，光芒漸短，顯出一柄長劍的輪廓來。

此招過後，李無憂忽覺氣血上湧，恍惚間聽到「嗆啷」一聲響過，先前劍氣起處，一道黑光沖霄而去，迅即人事不省。

三日後，浮雲閣。

陽光透過軒窗，掠過紅袖風華絕代的倩影，落到李無憂英俊的臉上，即使於睡夢之中，他嘴角也掛著一絲俏皮的微笑。

這是一張將讓萬千女子爲之瘋狂的臉！紅袖這樣想時，眸子裏露出一絲溫柔的笑意來。

「倚天劍？」她忽然聽到什麼，面色不由一改，「大哥，你說這把靈氣屬性變換的鐵劍，就是傳說中的倚天劍？」

「只怕是這樣。」青虛子沉聲道。

菩葉停下輕撫壽眉的手，動容道：「那麼……隨著白光之後飛出崑崙山的那道黑光，該是傳說中的破穹刀了？」

文載道的神色難看起來，大聲道：「破穹魔刀……破穹魔刀竟然又出世了！這……這可……可如何是好？蒼生多難啊！」

「三哥，區區一把破穹刀而已，不用憂慮。」紅袖輕描淡寫道。

文載道急道：「四妹你倒說得輕鬆，你又不是不知道這破穹刀昔年曾擾得大荒十年不得安寧，若非劍仙李太白遊歷歸來，破穹之亂還不知要持續多久呢！唉！五弟這次的禍闖大了！」

紅袖道：「三哥，你這話可就不對了。刀劍本無神魔之分，關鍵在於用刀劍的人。破穹之亂也許只是藍破天野心所致，破穹刀到底是不是魔刀，誰又知道？」

「四妹……」文載道尚想說什麼，卻被青虛子打斷道：「好了，倚天破穹同時出世乃是劫數，這個劫數既是因無憂而起，自會因他而結。」

「大哥，你是要袖手旁觀嗎？」紅袖詫異道。

「阿彌陀佛！一切有爲法，如夢幻泡影，如露亦如電。」菩葉雙手合十，微笑道，

「緣生緣滅，五弟自有五弟的緣法，一切隨他去吧。」

紅袖怒道：「什麼緣法不緣法的？我們若不幫他，他一個小孩子怎麼能應付得了這場劫難？你們不願出手，我一個人幫他就是。」

青虛子笑道：「四妹，你別急。你想一想，那倚天劍可是上古靈物，隱藏於這崑崙山兩千餘年，偏讓無憂發現，顯是有擇無憂爲主之意。另外，無憂又豈是尋常之人？無憂今年可十八歲了，是個該有所擔待的男子漢了。破穹刀這副擔子，於他而言雖是重了些，但少年人多經些磨難未必就不是件好事。更何況我們可都是局外之人，莫非你忘了我們對那人的諾言了嗎？」

聽到「諾言」二字，紅袖面色立時平靜下來，她輕輕嘆了口氣道：「唉！諾言……小鬼，這次的事，你可得自己解決了——既然醒了，怎麼還賴在床上？」

李無憂笑嘻嘻地坐了起來，道：「小弟見三位兄長與姐姐言笑甚歡，多躺一會，原是一番不打擾的好意，姐姐怎麼用『賴』字這麼難聽？——呵呵，姐姐的彼心知功力可是越來越深厚了，小弟使盡全身的本事裝昏迷，卻依然瞞你不過。」

原來他方才早便醒了，一直在假裝昏迷。

「小鬼，你也別往姐姐面上貼金，你心有千千結，姐姐哪那麼容易就猜得到你在想什麼？多半是你自己想醒來了吧。」紅袖笑了笑，「不過，回頭想想，你的武功法術都得我們四人的真傳，已是青出於藍，現在又有神器倚天劍在手，天下確實大可去得。」

「不是吧！姐姐，這麼說連你也不幫我了？」李無憂雙目立時一紅，似欲滴下淚來。此時他若往路邊一坐，少不得會有大把碎銀子自慈眉善目的老太太們手中遞來。

紅袖卻笑道：「小鬼，少來這一套。正如大哥所說，你已經是個男子漢了，該獨自下山去闖一闖了。」

「哦！」李無憂自床上跳了下來，大踏步向門口走去。

諸人面面相覷，這小鬼不是生氣了吧？

青虛子喊住他：「五弟，你上哪去？」

李無憂頭也不回：「下山，衛道除魔啊！」

「不用這麼快吧？說什麼也要吃頓酒再走吧？」文載道詫異道。

李無憂停下腳步，轉過頭來，笑道：「嘿嘿！三哥，話可是你說的。那今天我可得把那罈三百年的竹葉青喝光再走！」

文載道不料禍從口出，唯有苦笑道：「有朋向遠方去，不亦悅乎？正該痛飲，正該痛飲才是。」

「哈哈，老三，你把那罈酒深埋崑崙山底五十多年了，居然還是被這小鬼知道了。」菩葉捋了捋白鬚，大笑起來。

「二哥！你將那南山佛玉汁扔在忘憂河底也快百年了，大概你都快忘了，是不是也該讓兄弟帶個幾瓶走？廢物利用嘛！對了，還有你那降魔金缽，想來留在你這也沒什麼用，小弟一併帶出去威風威風吧？你也知道，現在江湖越來越險惡，你也不想小弟有個閃失是不？二哥你不搖頭算是答應了！（面如枯葉的菩葉其實忘記了怎麼搖頭）真是好兄弟！大哥，看你笑得那麼開心，證明是真心關心兄弟的（青虛子笑容立斂），小弟真是感動非常，那把你那件太極道衣也送給兄弟吧。呵呵！不要苦著個臉嘛，容易變老的。對了，既然這把爛鐵似的劍就是倚天劍，我就勉爲其難的帶在身上吧。（收起倚天劍）四姐，咱們姐弟情深，想來你不會虧待兄弟吧？聽說你有只翠玉妖戒，你留著也沒什麼用，不如……喂！不是吧，這麼快就走光了？靠！還手足情深呢！」

他唧唧歪歪地說了一大堆，卻不料話音未落，四奇已趁他雙目放光的當兒，一溜煙飛了個精光。

「老子算是明白絕世輕功是怎麼練成的了。」

李無憂憤恨完畢，若有所思地看著四道光華消失的方向喃喃道。

第四章　初涉江湖

翌日清晨，紅彤彤的太陽爬出崑崙山頂，山周霧嵐一空。山底。

紅袖遞給李無憂一個乾坤袋，然後拍了拍他的肩膀，笑道：「經過四姐與你三位大哥的徹夜長談，終於決定把你要的東西都送給你。用法我們已寫到這本書上，你一併拿去吧。」說時又遞過一本破破爛爛的書去。

李無憂忍不住親了一下她的臉頰，笑道：「姐姐你真好！」

他將書接過，看了看封皮上的字，詫異道：「《巫醫奇術》？四姐你不是要我吧？」

紅袖忙道：「哎呀！怎麼拿錯了。這是巫門的不傳之秘，快還給姐姐。」

李無憂笑道：「既然拿出來了，姐姐你好意思收回啊？」說時將書往乾坤袋一扔，書近袋時，波紋晃動，迅疾沒入，一如滴水入海，了無痕跡。

紅袖無奈嘆了聲氣，道：「小鬼真是貪心。算了，就當是姐姐多送你一件寶貝吧。」

說時將一冊新書遞了過去。

李無憂接過，確認是法寶用法無誤，順手扔到袋裏，笑道：「諸位，你們還有什麼吩咐嗎？如果沒有，小弟可要走了。」

青虛子道：「不忙。有件事大哥要提醒你。破穹刀受倚天劍壓制多年，此時脫困元氣未復，正潛於某處恢復。我昨夜替你卜了一卦，此刀當於三載後出世。你有三年的時間去遊山玩水或鍛鍊自己的力量。」

「切！算了吧，大哥。『諸葛神卦，十錯其八。』你說三年，鬼曉得是一年還是十年。」李無憂撇嘴道。

一旁的文載道絲毫不給面子地大笑起來，菩葉捋了捋長鬚，亦是面露微笑。便是紅袖也毫不淑女地放聲大笑起來。

青虛子老臉一紅，怒道：「明明是『諸葛出手，十準其九』嘛！就算是偶爾出差錯，那也是天數使然，與人無關！對了，剛才那話是哪個渾蛋說的？」

李無憂輕輕彈了彈額角的長髮，淡淡道：「自然是聰明絕頂的李大俠我說的了。七年中，大哥你數次信誓旦旦地預言說崑崙山有貴人來訪，你自己想想都來了些什麼鳥人？不是南山的搶水強盜，就是鼓山的偷蛋老鼠，再不就是大都的要飯惡乞。最離譜的是去年來的那傢伙，居然是惡人谷都唾棄的笑面蝴蝶……您老人家其實一次都沒準過，老子說十錯其八，實是給看在你看出我是千年奇才的分上，不然……嘿嘿，你還想要個十準其九，未免太也那個……」他只差沒將「不要臉」三字說出口。

「五弟！這你就有所不知了。其實主要是太巧了，這幾次都屬於這不準的一成裏的，要我說，還是十準其九。」青盧子正色道。

「少賴！十錯其八！」李無憂神色堅毅。

「十準其九。」青盧子當仁不讓。

「十錯其八。」

「十準其九。」

……

日影西斜。

「十……錯……其……八。」唇乾口燥的李無憂緩慢而堅定地說道。

「十……準……其……九。」同樣唇乾口燥的青盧子同樣緩慢而堅定。

停止打呼嚕的文載道伸了個懶腰，笑道：「五弟，你就要離開崑崙了，有件事關係你的前途命運，三哥覺得有義務告訴你。」

「哦？什麼事如此重要？三哥但說無妨。」

李無憂立時來了精神。

青虛子親熱地攬過他頭，笑道：「五弟，你不用理這書呆子，趕快上路才是正經。我們和廣大讀者都催著呢。」

李無憂心道：「老子看就你這臭牛鼻子催得厲害，一定心裏有鬼。」卻撥開他的手，笑道：「大哥，日頭還沒下山，時間長著呢！」

文載道笑道：「正是。聽聽又有何妨？其實大哥一直有愛才如命的伯樂胸懷，昔年闖蕩江湖的時候，遇到年輕的少年，第一句話通常就是『閣下骨骼清奇，面相儒雅……哎喲！以我看相五十多年的經驗看來，閣下竟是江湖千年難遇的奇才！今日相逢真是三生有幸，來來咱們去喝一杯。』當不滿三十歲的青虛道長喝了八百頓不用結賬的美酒後，江湖中就又多了八百位千年難遇的江湖奇才。所以……他的卦相實在是……嘿，你又何必與他爭來爭去？」

李無憂搖了搖頭，正色道：「基本上，關於青虛道兄昔年卑鄙無恥欺騙初出茅廬的江湖新手外帶誘騙未成年少女的可恥行為，我七年前就已一清二楚……」

文載道大喜，以爲他終於要走了，卻不料他話鋒一轉，「但，我與他爭論的是十錯其幾的原則問題，一定要分辨清楚。」

「撲通！」

四響過處，四人絕倒。便是一直在打盹的紅袖再也支持不住，悲壯地仆倒於地。

……

四分之一炷香後。

李無憂拱手道：「有道是『天下無不散的筵席』，又說『送君千里，終須一別』。三位哥哥，姐姐，今日我們就此別過。兄弟下山去辦完正事，再回來與各位把酒言歡。」

「五弟。江湖風波惡，你自己多珍重。」紅袖關切地拍了拍他的肩。

「早日消滅或封印魔刀，最好帶個弟妹一起回來喝酒。」青虛子打了個哈欠，終於說出了一句人話。

「五弟，切記，己所不欲，勿施於人。時刻以蒼生爲念，你可省得？」文載道輕搖羽扇，正色道。

「阿彌陀佛！二哥沒有什麼對你說的了。有機會，到禪林寺去看看，對你的佛法領悟，當有所助。」菩葉合十道。

李無憂難得正經地點了點頭，道：「各位金石良言，小弟銘記在心。這就別過。」說時掉頭大踏步而去。

片刻後。

狂灑了眼淚無數，正準備返回忘機谷的大荒四奇，忽見前方一陣煙塵暴起。滿面塵灰的李無憂急道：「大哥，我忘了給你說件重要的事情。」

「哦？五弟，什麼事？」青虛子頗受感動，這小鬼畢竟還是關心自己的。

「大哥，你一定要記住，是『諸葛神卦，十錯其八』。」李無憂一臉的嚴肅。

其時，一群金鵲於千丈高空飛過，卻被青虛子沖霄殺氣全數擊落。

在美麗的春陽下，以文載道的修為仍忍不住打了個冷戰。

據當地山民事後回憶說，當時淒慘的叫聲傳遍了崑崙九峰，方圓百里的孩子在這一天之後，晚上再不會哭鬧。無塵觀的道士們甚至懷疑崑崙山上有夜梟出沒，聯絡附近寺廟的和尚和有經驗的獵戶組織了個「滅梟小組」入山搜尋。夜梟沒找到，卻因此捕獲崑崙虎五十頭、龍豹三十隻、梟狀熊九隻、珍珠兔若干，從而使當地狩獵經濟增長又提高了幾個百分點，但卻因此踩死花花草草無數，從而影響崑崙山草被覆蓋率降低了千分之零點零零幾，又因此導致了當地太守的連任失敗，從而又使得集上瓷器店的趙老闆送的厚禮打了水漂，從而導致長工阿三被辭工，阿三因此大醉，燒了集上三十六間大房……

因此，李無憂被青虛子暴打了一頓的這件事，間接導致了數人命喪黃泉和數百人流離失所。但，除了當事人，外人一直迷惑的是，爲什麼當時一向宣導「以柔克剛」的玄宗門開山祖師會對自己一直寵愛有加的五弟使用暴力。

直到十年之後，李無憂酒醉之後，才用一句話道出了「真相」，而這句話也被寫到了《無憂語錄》的扉頁：沒別的理由，長得太帥的男人一出生就注定會成爲醜男們攻擊的對象。其下有注解「木秀於林，風必摧之」云云。

史載：

大荒三八六五年三月初三，李無憂遍體鱗傷，被逐崑崙，時人未知其因。十載後，李醉後戲言曰：「昔吾初下崑崙，藍衫淡雅，形貌英俊，為長兄所妒，因是暴打而走……」未知其真假。（《大荒野史・無憂傳》）

海闊憑魚躍，天高任鳥飛。

李無憂御劍飛出崑崙山，回首向來之處，唯見雲濤幻滅，倚翠主峰若隱若現。憶及七年前自己破衣爬上峰頂，為天下第一醜長劍相逼之事，莞爾之下，亦起前塵如夢之感。於空向忘機谷方向三拜之後，他收拾情懷，御劍而西。

行了約莫頓飯時光，真氣漸竭，他暗罵一聲，落下地去。

「唉！看來老子真氣還是不夠純，像牛鼻子大概能飛兩個時辰吧！媽的！老子若是能再增進個百八十年功力的，也成為聖人級武者就好了。雖然老子練功一年等於那些庸才練十年，但大概短時間內是沒法子了。或者能成為大仙級的法師，將御風術提升個等級就好了。」

李無憂越想越是憤慨，「這幾個老傢伙，讓他們教我如何進大仙位，就是不肯說。唉，居然連四姐也拿『該明白時自會明白』這樣的空話來敷衍老子……哈哈，一定是他們嫉妒本天才的天分，怕老子太快超過他們。唉！天才就一定要遭人妒，李無憂，這點你可一定要記住。」

他如此邊胡思亂想，邊大步向前，行了約莫半個時辰，前方出現一片樹林。

李無憂忽然想起過了這片樹林，可就是李家集了，心中莫名地燃起一股鄉愁：一別七年，昔日棲身的山洞還在不在？二狗子可好？張家的二丫頭該早已嫁人了吧，小柱子還是經常偷李老實家的雞嗎？無塵觀的道士可還像以前那麼勢利？呵呵，老子現在去偷烤乳豬，該不會那麼容易被發現吧？即使發現了也沒關係，老子一定要打得他們也大叫「救命」才行。哈哈！

「救命啊！」一個聲音響起。

「不是吧！老子什麼時候達到了以意傷人的境界了？還沒動手呢，他們就開始叫了。」李無憂搖了搖頭，繼續向前。

「來人啊！救命啊！」又是一聲響起。

「怎麼是女聲？無塵觀什麼時候收女弟子了？」李無憂這次聽得比較清楚，「不對。是樹林左邊傳來的聲音。」

他迅疾朝聲音響起的方向掠去。

掠出十丈，前方陡然一空，遠遠的看見三個持刀男子圍住一名白裙女子。

「哈哈！英雄救美的機會來了！感謝佛祖，感謝太上老君，感謝易刀。」李無憂暗自竊喜，施展龍鶴身法，神不知鬼不覺地掠到貼近四人的一棵大樹。

既近大樹，默念青木訣，霎時融入樹中，再無痕跡。人在樹中，身形一轉，正對四人方向。

「哈哈！小妞，別白費力氣了。你也不去打聽打聽，這方圓百里有誰敢壞我們崑崙三虎的好事?」其中一個疤臉大漢大笑起來。

樹中李無憂一愣,心道:「老子每天只顧著學藝,居然連這崑崙山什麼時候出了三隻老虎都不知道。唉!可見世上之事,果然是有得必有失。」

那白裙女子一甩長髮,露出一張梨花帶雨的瓜子臉來,李無憂心頭刹那間閃過四個字:楚楚可憐。下一刻,他腦中幾乎一片空白,只有幾個念頭在亂閃:風華絕代、國色天香、傾國傾城、娶之爲妻。

卻見那白裙女子抹去淚雨,嫣然道:「是麼?」她說這話時,一瀑齊腰長髮驀地暴長七尺,如漫天烏雲飛過。

李無憂一驚,隨即暗讚一聲:「好漂亮的長髮,好漂亮的招式!」

疤面大漢身側二人只覺面前一黑,同時脖子一緊,喉頭骨節脆響,立時人事不知。

長髮收回,白裙女子嫣然如故,李無憂卻覺一股寒意自心頭升起:好辣的手段!

疤面大漢冷戰連連,顫聲道:「長髮流雲,白裙飄雪。你……你是……寒……寒……寒山碧?!」

李無憂見那大漢怕得幾乎沒把褲子丟下,心下尋思:「寒山碧?她又是何方神聖?」

那女子輕輕甩了甩長髮,柔聲道:「楚巴山,算你好見識。崑崙三虎倒也不算全是浪得虛名。」

她說這話時語音清爽，如春風輕拂，入得耳來說不出的好聽，而一張俏臉更是說不出的嫵媚動人。

寒山碧軟語相向，楚巴山卻汗如雨下，雙腿直抖，戰戰兢兢陪笑道：「多……多謝寒仙子誇……誇獎。」

「哼！」寒山碧面色一寒，輕哼一聲。

楚巴山雙腿一軟，當即跪到地上，磕頭如搗蒜，口中大呼：「仙子饒命，仙子饒命。」先前囂張跋扈的崑崙老虎不過是條可憐蟲而已。

李無憂心下詫異，這楚巴山哪裡說錯話了，竟惹得這丫頭翻臉？

「仙子？你們這些臭男人，背後不都是叫我妖女嗎？」寒山碧冷冷道，「本姑娘生平最討厭口是心非的男人。楚巴山，姑娘我本待留你一命，這可是你自作孽，怪不得我了。」

「啊！妖女饒命，妖女饒命！」楚巴山慌忙改口。

李無憂暗笑：「這傢伙見風使舵，資質倒也不錯，若非面目可憎，老子不定會出手幫他一幫。」

哪知寒山碧卻大怒：「妖女？敢罵姑娘是妖女？你找死！」

話音方落，驀地裏一道寒光驚起，直取她玉頸。卻是跪在地上的楚巴山聽她似欲出手，忽然發難，以求先發制人。

這一刀全無花哨，卻迅快至極。堪堪抵近寒山碧的咽喉，楚巴山的臉上已露出笑意來，他太清楚死在自己這迅雷一刀下的人數了。

「啊！」一聲慘叫過後，一大蓬血雨飛起。楚巴山的身子如斷線風箏，憑空飄出三丈開外方始落下，一條持刀的右臂卻留在了原地。這幾下峰迴路轉，雖不是驚心動魄，李無憂卻已看得目瞪口呆，心道：「這丫頭好深的心計！」

「閣下可看夠了？」寒山碧理了理長髮，忽然輕啓朱唇，吐出這樣一句話來。

李無憂嚇了一跳，自己用青木神訣隱身樹中，這丫頭居然還是發現了自己？他正待現身，卻見左方樹林裏忽閃出一道金光，金光過處，場中現出一個昂藏的大漢身形來。

這大漢年紀不過三十左右。身高七尺的他亂髮不簪，一張國字臉說不上英俊，卻英氣逼人，雙目顧盼之間，神光湛湛。上身只著了一青布坎肩，只將寬闊的胸膛和條條龍肌盤踞的雙臂露在外邊。一把無鞘大刀倒提右手，左手卻持了一古舊酒葫蘆，足下青靴，亦比旁人大了一號。

李無憂一見之下，暗自喝了聲彩：好一條大漢！

卻聽寒山碧咯咯笑道：「我當是誰，原來是我們的龍吟霄龍大俠啊，這千里迢迢的追隨本姑娘，莫非是對姑娘我有意思啊？」

龍吟霄微微笑道：「寒姑娘說笑了。在下不遠千里追來，實是想請姑娘到禪林寺洗心閣去做幾天客而已。」

「呵呵！到洗心閣去做幾天客？龍大俠說得可真是輕鬆，我這江湖知名的妖女到了號稱江湖第一聖地的洗心閣，還能留下命麼？龍兄堂堂大俠，卻也用這般卑劣的欺詐手段來對付我這樣一個弱女子，當真不怕江湖中人恥笑嗎？」寒山碧面上笑意不減一分，卻詞鋒如刀。

李無憂只聽得暗暗好笑：你若是弱女子，崑崙三虎還不成三隻小螞蟻了？

卻聽龍吟霄道：「久聞寒姑娘極善顛倒黑白，強於指鹿為馬，今日一見，果然名不虛傳。不過，長風鏢局十八條人命，卻不是姑娘三言兩語可以遮掩過去的，姑娘總該給敝門一個交代吧？」

寒山碧嫣然道：「交代？本姑娘高興殺誰就殺誰，又要向誰交代了？想抓我，龍大俠只管放馬過來就是。」

她巧笑倩兮，雖是說要與人動手，聲音卻依舊清清爽爽，渾不帶一絲殺氣。

龍吟霄面色平靜，淡淡道：「那恕在下得罪了。」說時左手酒葫蘆朝空一拋，右手大刀虛劈，霎時一道至強金色刀氣斬出。

刀氣在空，連繞十三個氣圈，圈圈連環，遞向寒山碧。

「咦！他使金剛伏魔刀前，似先使了禪林法術沾衣十八連環，他能使出十三圈，想必也已是小仙級法術高手了，咦……這龍吟霄竟也是武術雙修！」

李無憂忍不住吃了一驚，下一刻憐香惜玉的念頭卻迅疾閃過：「哎喲！這麼個如花似玉的美人兒不會被這廝就這麼殺了吧？」欲待出手，場中局勢已變。

寒山碧扯下一根頭髮，口中咒語念動，那頭髮竟變作一朵淡菊，她纖手一揚，淡菊一變為二，二化為四，因四得八，八朵菊花憑空飛起，撞向那十三金色氣圈。罡風激蕩後，菊碎圈落。

這一招，二人竟是秋色平分。

李無憂卻又微微一驚：寒山碧竟也是武術雙修！嘿嘿！現在的江湖真是人才輩出啊，有意思！

龍吟霄面露異色，點了點頭道：「原來寒姑娘也是武術雙修，難怪正道豪傑抓了你五年依然不能成功。」

李無憂卻心下恍然：「原來這丫頭是老子入山後才成名的，難怪老子不知她名字。」

其實他未入崑崙之前，於江湖上人事不是從說書先生瞎掰就是道聽塗說，認識也極其膚淺。不過經大荒四奇一起教訓七年，此時他於武術所知甚至已經超過四奇中的任何一人，而絕對是天下第一人了，潛意識裏便以為自己對於江湖人物武功應該很瞭解一樣。

卻見寒山碧理了理額前青絲，風情萬種地笑道：「原來龍大俠也是武術雙修，難怪年紀輕輕竟躋身正氣譜十大高手之列。」

龍吟霄卻嘆道：「江湖中臥虎藏龍，所謂的十大高手也不過是虛名而已。」他頓了頓，復道：「寒姑娘，你有如此身手，龍某再無把握將你生擒，為防你繼續危害江湖，只有全力出手，將你誅殺。得罪勿怪！」

李無憂暗暗好笑，心道：「要殺就殺嘛，偏這許多廢話！看這傢伙的裝束，還以為是個灑脫之人，怎看怎比那書呆子三哥還迂腐。」

卻聽寒山碧咯咯笑道：「龍大俠，你武功法術均在小女子之上，小女子可無把握能勝你，為防你加害於我，只有逃之夭夭，得罪勿怪。」

話音未落，整個人已化作一道白光朝西南方向遁去。

龍吟霄長笑一聲，喝道：「哪裡走？」手中大刀一揮，一道金色光華已如影隨形追上藍光。

白光一觸即落，現出寒山碧曼妙身形來。

「不是吧？這姓龍的怎麼就沒一點憐香惜玉之心？」李無憂心中有數，卻還是看得義憤填膺。

卻見東北方向憑空濺出一絲火花，龍吟霄雙眉一軒，大聲道：「鬼蜮伎倆，也敢現眼？」說時大刀一揮，一道無形刀氣射出。東北林中立時飛濺出無數火花來。

下一刻，林中又現出一個寒山碧的身影來。她隨手一招，地上的寒山碧化著碧光，落到掌中，卻是一根長髮。

她笑盈盈道：「連佛光天羅陣都用出來了，龍大俠，你真是那麼想要小女子的性命嗎？」

李無憂心中一動，立時想起當日菩葉傳自己此陣時說的話來：「佛光天羅陣乃是禪林至高降魔陣法，向不傳門外弟子。此陣本身並無殺敵之能，卻可將人獸妖魔困在其中，若不明陣法之妙，任你飛天遁地也無處逃出。」

這龍吟霄果是禪林弟子。奶奶的，這下老子要想救這丫頭，豈不是和二哥的徒子徒孫爲難？但老子如此一個如花似玉的老婆，就這麼香消玉殞，豈不是大大的可惜？唉！真是傷腦筋，只好隨機應變吧。

他這般想時，勁凝右手，打算隨時出手相助。

場中，龍吟霄淡淡道：「寒姑娘，你若此時束手就擒，龍某可以在鄙門方丈面前，爲你求情。」

「哦？」寒山碧笑道，「撇開長風鏢局不談，這幾年無辜死在小女子手上的人，沒有一千，也有八百了。禪林寺號稱四大宗門之首，專門主持天下正義。龍大俠，你倒說說你打算如何爲我求情？」

龍吟霄一愣，隨即正色道：「人誰無過？只要寒姑娘肯痛改前非，廢去功力，於洗心閣誠心懺悔百年，龍某以性命擔保，天下絕無一人會爲難姑娘。」

寒山碧笑道：「痛改前非？小女子可不認爲自己做錯了什麼，自然也沒改的必要了吧？不過，龍大俠一番好意，小女子還是先行謝過。」語罷，微微一福。

龍吟霄嘆道：「不……」「必」字尚未出口，身形猛地朝左側一旋，一蓬銀光飛過，撞到不遠處陣法虛空，激起蓬蓬火花，仿如朵朵百合綻放。

「呵呵，龍兄武功驚人，連如此暗襲都能躲過，小女子真是佩服至極，龍兄的提議，小妹忍不住又心動了。」寒山碧淺笑盈盈道。

李無憂忍不住暗自叫好，這丫頭可真是夠厲害。明明是她行禮之時偷襲龍吟霄，經她如此一說，倒好像是自己在試探龍吟霄有沒有本事保護自己一般。

龍吟霄摸了摸面頰，一絲火熱兀自停留，剛才若非自己機警，怕是已經命喪黃泉了。他卻又不好發作，只得淡淡道：「百合針太過歹毒，姑娘以後還是少用為妙！不知姑娘對龍某的提議，到底作何打算？」

寒山碧笑道：「好，龍兄說少用，那小妹以後絕不多用。」

李無憂暗暗偷笑：「別人是問你去洗心閣如何，你卻扯到不用百合針上。你裝傻的本事倒好似得到了老子的真傳，哈哈，人他媽有意思了。小丫頭，老子救定你了——不過，看你這般狡猾，這鹿死誰手還未可知呢。」

龍吟霄卻非傻瓜，淡淡道：「寒姑娘既是不願去洗心閣，說不得，龍某刀下可不容情了。」說時雙手一緊大刀，橫砍一刀，一道無形刀氣隨著刀勢橫斬向寒山碧纖腰。

寒山碧笑道：「龍兄萬勿誤會，請聽小妹解釋。」右手卻憑空一抓，手中忽多了一把短劍，短劍一豎，一道淡藍光華飛出，堪堪將刀氣抵住，整個人卻向後倒退三步。

龍吟霄再不開口，左手法印一結，一道烈焰燃起。下一刻，口中咒法念動，那烈焰竟飛到他右手大刀之上。右手大刀劈出的無形刀氣，立時竟成了火焰刀氣，一套禪林寺最普通的金剛伏魔刀，由他使來，竟說不出的凶險。

李無憂又是一驚，忖道：「火雲法印之移山印！這龍吟霄究竟什麼來頭？」

寒山碧雖依舊笑意盈盈，手中短劍卻倏然凝出一段長長水柱，短劍如流星舞動間，那水柱化作水帶圍她繚繞。

李無憂看去，她倒不似在與龍吟霄動手，反似在凌波獨舞一般。

二人鬥到一處。寒山碧面帶笑意，不時開口說笑，想亂龍吟霄心神。龍吟霄卻面色凝重，不論寒山碧說什麼，只過耳未聞，手中大刀法度謹嚴，每一刀砍出，熊熊烈焰夾著刀氣，只逼得寒山碧不得不全力應付。

越到後來，寒山碧言辭漸少，手中短劍凝水漸短。

水本剋火，但寒山碧法力略遜龍吟霄一籌，而龍吟霄武功又勝她一籌，兩般加到一起，寒山碧自是落了下風。好在她不時打出一支百合針，逼得龍吟霄不得不小心提防。一時間二人竟鬥了個旗鼓相當。

李無憂隱在樹中偷窺，與自己所學一一印證，獲益大是不淺。先前他雖與大荒四奇常常切磋，卻總是點到即止，遠不比今日這二人生死相搏來得真切。寒山碧詭計多端，武功法術俱是江湖頂尖，龍吟霄看似迂腐，其實內蘊聰明，這二人各逞心計，鬥到一處，真是說不出的精彩刺激。

片刻間，龍寒二人已鬥了千招，龍吟霄憑著深厚的功力，漸漸占了上風。又過百招，寒山碧已是拙於應付。下一刻，龍吟霄一刀劈出，刀氣呈火龍之形，怒嘯著朝寒山碧抓去。

「天龍狂吟！」李無憂又是一驚，這龍吟霄竟已練成禪林武功三絕之一的天龍三式！

寒山碧微微一笑，挽劍如菊，長髮暴長，如黑龍撲向那火龍。

「武術同施！」李無憂只差沒呻吟出聲，普天之下，除自己之外，竟也有人會武術同施！嘿嘿！莫非當真是夫妻連心，連這獨門絕技都成一樣了？

電光火石間，兩龍一撞，激起一聲巨響，龍寒二人卻各自悶哼一聲，倒飛三丈，各自坐到地上，半晌不動。

先前動手，寒山碧一直示弱，到龍吟霄使出絕招，她方武術同施，以收奇效。只是龍吟霄亦是江湖中罕見的奇才，倉促之下，竟將刀鋒一偏，逼得寒山碧與他一招硬拚。

龍吟霄強絕刀氣上雖也附了火雲之力，卻終究不比寒山碧武術同施來得厲害。若非寒山碧功力稍弱，這一招龍吟霄非吃大虧不可。但，如今之勢，卻是兩敗俱傷！

「哈哈！奶奶的，兩人都受了重傷，老子既可英雄救美，又不必傷了和禪林寺的和氣，真是再好沒有了。」

李無憂心下一喜，便要跳出樹來，卻見龍吟霄竟緩緩站起，提刀晃悠悠朝寒山碧走去。走得幾步，步伐漸穩。

李無憂看他面如金紙，雙目金光粲然，心中一嘆：「好傢伙，這丫頭是殺了你父母，還是姦了你子女？不然，你怎麼爲了殺她，竟連佛化金身這種自損功力的法術都使出來了！」

刀鋒指到寒山碧咽喉，龍吟霄正色道：「寒姑娘，你驚才羨豔，竟創出了這武術同施的奇招，若再過一年，龍某絕非姑娘敵手。可惜姑娘罪孽深重，龍某不得不替天行道。你有何未了之事，只要不違背俠義，龍某定當竭力爲姑娘完成。」

寒山碧伸手抹去嘴角血跡，道：「我生於世，有十九年，就快意了十九年，此時死去，無憾無怨。你動手吧！」說時淡淡一笑，星眸合閉。

龍吟霄點頭，大刀向前一遞，欲結束她性命。但那大刀如重千斤，竟紋絲不動。他大吃一驚，運真氣於右手，再提時，依然如故，四顧之下，卻並無一人。

「片葉須彌！」龍吟霄忽想起禪林失傳的一種法術來，朗聲道：「本門哪位前輩到此？請現身一見。」

「老子今日心緒不佳，不想見你。這女娃娃與我大是有緣，你將他留下，自己走吧！」一個蒼老的聲音在林中迴盪。

龍吟霄知道這聲音迴盪之技當是禪林伏魔神功之一的梵音佛唱，心下越發肯定此人是禪林前輩，沉吟道：「前輩。晚輩奉家師之命追殺寒姑娘，如此空手而歸，難於向師門交代。請前輩諒解！」

蒼老的聲音怒道：「現在的後輩，真是越來越沒規矩了，連我老人家說的話也敢不聽。你師父是誰？」

龍吟霄一凜，恭敬道：「晚輩不敢。家師無心禪師。」

「雲、無、虛、空，你該是虛字輩的了，雲海、雲淺這兩個小和尚你可認識？」蒼老聲音道。

雲字輩的師祖在他眼裏竟是小和尚？這人到底是什麼來歷？龍吟霄暗自一驚，忙道：「雲海祖師閉關多年，晚輩未曾得睹祖師法顏，深以爲憾。雲淺乃是晚輩的師祖，晚輩常聆聽師祖教誨，是以認得。前輩莫非是菩字輩的高僧？」

蒼老聲音道：「小娃娃，你倒有幾分見識。看在雲海、雲淺的面上，老子不與你計較。你將人留下，自己走吧！」言下頗似欣喜。

龍吟霄大是躊躇，道：「這個，前輩有所吩咐，晚輩本當遵從，只是這就返回師門，師父那裏，著實難以交代。不若請前輩移駕方丈山，晚輩等也好向前輩請教佛法精義。」

蒼老聲音怒道：「你多般推脫，是在懷疑老子的身分，對是不對？」

龍吟霄面色不變，道：「晚輩不敢。不過，禪林雲字輩的高僧已是寥寥無幾，菩字輩的前輩，無論僧俗，已是多年未聞佛蹤，晚輩若是就此回覆，怕是難以取信於師門。」

蒼老聲音道：「這也有理。這樣吧，我給你件信物，你帶回禪林，雲淺見到，自然識得，絕不會爲難你。」

龍吟霄喜道：「如此甚好。」

他話音方落，即見四面空中，各有一道金光飛來。四道光華會聚於他面前，漸漸凝成一點。光華散去，現出一片金色菩提樹葉來。

龍吟霄接過樹葉，神情激動，顫聲道：「前輩方才所施的傳物法術，莫非就是傳說中的四面迦葉？」

既得菩提葉，又見識了如此多的失傳法術，這位前輩的身分簡直已是呼之欲出，也難怪他緊張如斯。

蒼老聲音一愣，繼而大怒：「這幫廢物，四面迦葉竟已失傳了嗎？」

龍吟霄恭敬道：「回前輩的話。四面迦葉失傳已達二百年，晚輩也是從藏經閣的書中看到過這樣的記載。」

「好了。改日有暇，我將這招法術傳你就是。現在，你可以走了。」蒼老的聲音似已不耐。

「多謝前輩，晚輩告辭！」龍吟霄神情複雜地看了看地上的寒山碧，將大刀收回，身化金光，幾轉幾折，消失不見。

寒山碧強自掙扎著站了起來，搖搖晃晃地沿龍吟霄方才所行之路走去。

「小丫頭，站住！」蒼老的聲音喝道。

寒山碧依言停步，卻笑道：「小鬼，少裝神弄鬼了，出來吧！」

李無憂自樹裏鑽出，一臉的詫異：「你一開始就看見我藏在樹裏了？」

寒山碧回過頭來，細細打量李無憂良久，方笑道：「你輕功那般了得，連在林外布陣的龍吟霄都沒發現，我又怎麼會看到你？不過，我師門有種法術叫讀音術，你雖然裝得惟妙惟肖，但聽在我左耳中的依然是你的原音。」

「世上竟然有如此奇妙的法術？」李無憂表面嘖嘖稱奇，心念卻是電轉：聽大哥說，讀音術好像是羅剎門的不傳之秘，我老婆如此美貌，怎麼像羅剎了？

「呵呵！當然沒有了！」寒山碧斷然否認，「騙你玩的！呆子。好了，你救我一命，我幫你解決了一個問題，咱們算是扯平了。我走了！」

說時當真又舉步朝前。

「喂！等等！這樣就算扯平了啊？按江湖規矩，我救了你，你好像該以身相許以報救命之恩啊？呵呵，即便不以身相許，也該請救命恩人吃頓飯什麼的吧？」發現被騙的某人當然沒有半點施恩不望報的大俠胸懷。

「有這樣一個江湖規矩嗎？我怎麼不知道？」寒山碧頭也不回道。

「小說上都這樣寫，說書的也都是這麼說的啊！」李無憂理直氣壯。

寒山碧回眸笑道：「便算有這樣一個規矩吧，可姑娘我最喜歡恩將仇報，你又能如何？另外，我好像也沒求你救我吧？」

「話是不錯，不過……不過……」饒是李無憂巧舌如簧，也被憋得一時說不出話來。

「這就對了。」寒山碧道：「不過嘛，以身相許這種事，雖然老套，但也不是不可以考慮，如果你答應我一個條件的話！」

李無憂大喜道：「好！即便你是想要南山之月，還是北溟之鰲，我也都可以給你找來。」

此時暮色已深，參斗久橫，透過林間縫隙，隱隱可見一彎殘月高掛夜空。

寒山碧望了望天色，道：「我又不是十二三歲的小丫頭，要那些做什麼？這個條件待會再說，你先扶我出陣去吧。」

李無憂叫了聲好，上前抓起寒山碧左手，將她左臂搭在自己左肩，扶著蠻腰，小心翼翼地朝林外走去。

走了幾步，李無憂笑道：「寒姑娘，你手如此之暖，你倒不該姓寒，不如改姓溫好了。」

寒山碧微嗔道：「小鬼，我身負重傷，才讓你占了便宜。居然得了便宜還賣乖，等我傷好之後，一定要將你一雙髒手剁下來，你信是不信？」

李無憂心知這妖女心狠手辣，說什麼就能做什麼，暗自警惕，卻嬉皮笑臉道：「千萬別，不然你一定會後悔的！」

「我後悔沒有連你這條油滑的舌頭也一起割下來。」

「嘿嘿！你又沒嘗過它的滋味，怎麼知道它滑？」

「砰！」

「哎喲，你幹嘛打我臉？」

「幫你打蚊子。」

「我臉上沒有蚊子！」

「嘿嘿！你又看不到自己的臉，怎麼知道沒有蚊子？」

「……」

……

第五章　十大美女

夜風徐徐，二人近在咫尺，陣陣幽香傳入鼻來，直沁心脾，李無憂不由一蕩，只盼這陣法永無休止。但天不從人願，雖然百折千迴，盞茶工夫，二人終於還是走出陣來。

透過稀疏的林木，隱見前方燈火闌珊，顯是李家集在望。

既出陣來，李無憂問道：「寒姑娘，你剛才說要我做的那件事到底是什麼？」

寒山碧道：「剛才呢，確實有件事要你幫忙。不過現在沒了……」

「啊！我明白了！原來你根本不知道如何出佛光天羅陣，你剛才要我做的事，就是讓我幫你出陣！」李無憂悲慘地發現自己又中了妖女的詭計。

「你還不算笨。」寒山碧笑道，「對了，我們今晚就去集上過夜吧。」

李無憂喜道：「正合我意。」

寒山碧冷冷瞥了他一眼，眼神極是不屑。

李無憂忙一本正經道：「寒姑娘，你別誤會，在下只是想你傷勢太過嚴重，正是需要好好休息。絕沒有一點想占你便宜的意思。」

寒山碧嫣然道：「男人啊，不是有賊心沒賊膽的孬種，就是一肚子男盜女娼，偏滿口禮義廉恥的衣冠禽獸……李大俠，您千萬別誤會，小女子真不是說你。」

剛才陣中閒聊的時候，李無憂已經告訴了寒山碧自己的名字，她也就不再叫他「小鬼」。

李無憂心道：「小娘匹，你這不是指著和尚罵禿驢嗎？」口中卻道：「阿碧，你就別口是心非了。實話和你說吧，老子第一眼看到你，就喜歡上你了，發誓非娶你做老婆不可。呵呵，把你弄上床的心思，自然也是有的，但你心下若不願意，李無憂絕不會碰你一個指頭。」

爲示親近，他順勢也將稱呼從「寒姑娘」改成了「阿碧」。

寒山碧不見喜怒地看了看李無憂，眸光閃動，半晌無言。

故地重遊，自然輕車熟路，有李無憂領路，二人很快住進了集上唯一的一間客棧。

既入房來，掩上門，寒山碧道：「扶我上……」「床」字尚未出口，面色一變，一口鮮血噴在李無憂身上。

李無憂顧不得擦衣服上的血跡，忙伸手貼到她頭頂百會穴，渡過一道真氣。

盞茶時間，寒山碧悠然醒轉，見李無憂額角微汗，神情緊張，便問道：「你是不是喜歡我？」

李無憂不料她方醒轉過來，張口即問這個問題，卻立時笑道：「這事連瞎子都看得出來啊。」

寒山碧點頭，又道：「如是有一天早上起來，我變得奇醜無比，你還會不會喜歡我？」

李無憂看她雖是在笑，但眸子中光華隱隱，顯是認真至極，便道：「何自有情因色起，當然不會。」

寒山碧神色複雜地看了他一眼，忽正色道：「我若嫁給你，你還會不會娶別的女人？」

李無憂沉吟半晌，終於道：「不知道。世事無常，更何況老子從來不是個君子。」

以上這段對白，就是後來流傳千古的寒山三問及其答案。後世的女子擇夫時多有效仿者。

「答得好！」寒山碧撫掌道：「若非我不久於世，倒真可嫁給你。」

李無憂大喜：「此話當真？」

寒山碧道：「絕無虛言。不過，我怕是過不了今夜了……」

「哈哈！你既是命中注定要做老子的老婆，哪那麼容易死。阿碧你大可放心，不論多重的傷，到了神醫李無憂手上，無不起死回生。」李無憂大笑道。

「神醫？」寒山碧頗是狐疑，「那你知道我受了多重的傷嗎？」

李無憂胸有成竹道：「龍吟霄這小子貌似忠厚，其實奸猾得很。他將你打得十二正經斷了七條，十三奇脈也塞了八條，真靈一氣無法凝聚，五臟六腑移位。他自以爲你沒救了，才賣老子一個人情。不過，阿碧，你別擔心，這點小傷，老公我還不放在眼裏。」

經脈斷裂，臟腑移位在他眼裏不過小傷，江湖上的神醫們若聽到這話，不群起攻之才是怪事。

寒山碧聽他說得一分不差，先是一笑，忽而語聲變冷：「那好。你若真能讓我恢復到未受傷時一樣，寒山碧必定嫁你爲妻。若違此誓，天誅地滅！不過，你若是不能治好，今生可得唯我驅策！」

她似乎忘了自己若是死了，還怎麼驅策別人？

李無憂見她忽喜忽悲，時而語笑嫣然，時而冷言冷色，尋思道：「老子有這麼個老婆，日後一定有得罪受。不過，真他媽的奇怪，老子怎麼就喜歡她了呢？」卻笑道：「你說如何，就如何吧！你先把外衣脫了，閉上眼睛，盤膝坐好，待會兒無論發生何事，均不可妄動。」

寒山碧看他說話時眼光浮動，立知他心懷鬼胎，淡淡道：「不動可以，不過你若是乘機占我便宜，可別怪姑娘掌下無情。」

李無憂本是存了此心，被人揭破，如何會認？忙否認道：「當然不會！絕對不會！肯定不會！君子不欺暗室，我李無憂堂堂男兒，怎會做那等齷齪噁心骯髒下流卑鄙流氓無恥之事？」

寒山碧不置可否，脫去外衣，將雙眼閉上，不再言語。片刻後，她忽覺面上一熱，一種溫潤之感自唇間傳來。她不明所以，卻想起李無憂之言，強自忍住睜眼衝動。下一刻，只覺口中有一股熱流傳進，如江水奔流而下丹田，頭頂卻有一道柔和勁道如春風透過全身，融入經脈之中。體內被震散，真氣如落葉之遇春水，似寒梅之逢白雪，蠢然欲動。下一刻，體內真靈二氣各緩緩聚起，通達全身經脈……

月掛當空。

寒山碧悠悠醒轉，啓眸一看，卻見隔著一床棉被，李無憂和衣斜躺在自己身上，沉睡正酣。

她運功默查自己傷勢，不禁呆住：先前被龍吟霄震散的真靈二氣均已重新凝聚，而經脈也盡續上，臟腑歸位，傷勢竟是好了五成以上。這幾是不可能之事！身側這少年卻如何辦到的？

便在此時，窗口，一道輕煙般的人影疾閃而過。她心念一動，默誦隱身訣，身法展動，悄然隨之而去。

翌日清晨，李無憂悠然醒轉，卻見枕畔空空，幽香宛在，伊人已去。桌上蓮羹一碗，蘭箋一張。他一驚，湊過一覽，其上幾行娟秀字跡：

蒙君垂青，賤妾何幸？本欲立與君結連理之枝，奈何故人來訪，不得以匿跡相隨。君若有好逑之心，當三日內南來航州。但妾恐君貴人事忙，片刻難至，特於君體植下女兒香一枚以增力氣，此香理應無毒，君當大放寬心。孤山柳隨風，妾生平摯友，當解君之疑。臨行匆匆，謹送蓮羹一碗，以表妾心。巾短情長，未盡之意，悉憑揣摩。阿碧。

李無憂默查體內暗香殘留，看著桌上蓮子羹熱氣嫋嫋，只能輕嘆一聲：「妖女就是妖女！」

女兒草，苜蓿科，性屬陰寒。此草若與龍涎香混合，再經法師以水系法術「水乳交融」研磨，便成奇毒女兒香。女兒香常時並不發作，唯起交合念時，必骨骼如熔，痛徹心扉。其解藥需以無根水為引，配以百溟玄冰五錢、東海神木一克、十年以上的臭豆腐若干、七足蜈蚣三條……另傳有一秘法可解此毒，但記載不詳。——《巫醫奇術‧卷九奇毒篇》

「這個妖女，什麼毒不好下，非要下這種沒品味的毒！難道我李無憂像是對老婆不忠的人嗎？」搜索過腦內關於《巫醫奇術》記憶的李無憂簡直是鬱悶至極，這麼多的藥材，自己是不可能費心力踏遍整個縹緲大陸去尋找了。但既然知道了這種毒的特性，他就並沒有快馬加鞭趕往千里之外的京城航州，反是在李家集上逗留了起來。

和當年的狐朋狗友胡天黑地了兩日，大談當年如何如何，又說了些「苟富貴，勿相忘」之類的廢話，終於在這日黃昏趁醉買了匹瘦瘦的黃馬，哼著小調，慢悠悠朝航州進發。但夜黑不明路況，到次日清晨，他行了也不過兩百里，來到了青州附近的朱仙城。

起源於天河的蒼瀾河，入黃州，經青湖二州，過梧州，如一道曲弧繞過了新楚四州，又流入天河，而蒼瀾沿岸的土地就是大荒有名的糧倉蒼瀾平原。

朱仙郡正好是蒼瀾河所經之地，因此河上貿易頻繁，朱仙城的繁華程度比青州也不多讓，有「小青州」之稱，此時正在城裏最好的酒樓得意居二樓臨窗獨酌的李無憂對此的感觸最是深刻。

不過是凌晨，大街上熙來攘往的人群就已是摩肩接踵，小販的叫賣聲此起彼伏，各種美食的醉人香氣也是撲鼻而來。

此時，剛剛用菜刀爲李無憂將牛肉分細的店小二小黃，正繪聲繪色地爲這位初出江湖的毛頭小夥講百曉生：「公子，撇開正氣譜和妖魔榜不提，這江湖十大美女的排名也足以讓百曉生盛名不衰了。比如今年剛出爐的十大美女就贏得了滿堂彩。」

「十大美女？呵呵，都是哪十大美女？」聽到「美女」二字，李無憂明顯的精神爲之一振，於是一個小銀錠就送到了小黃的手裏。

見到銀兩，小黃的精神也是爲之一振：「多謝公子——這排名第一的就是人稱『素衣竹簫，仙子凌波』的程素衣，這位菊齋傳人在正氣譜上的排名是第十，但已有人說她的武功早已超過排名第九的龍吟霄……排名第二的是玄宗門掌門諸葛瞻的獨女諸葛小嫣，她的稱號叫「一笑嫣然，萬花羞落」，據說她除身懷玄宗法術之外，更自創了一門法術叫『彈指紅顏』，非常厲害，她在正氣譜上的排名是十五……排名第三的是被稱做『長髮流雲，白裙飄雪』的妖女寒山碧……」

「寒山碧？難怪！」李無憂一愣，復恍然。

「公子認得她？」小黃詫異問道。

「不認識。只是覺得她名字很好聽。」李無憂當然要否認。

小黃似乎頗爲失望地哦了一聲，接著笑道：「那公子還是不要認識她的好。名字好聽又怎樣？聽說這妖女心狠手辣著呢！據說只要輕薄的男人膽敢多看她一眼，鐵定難逃毒手！（李無憂暗自冷汗淋漓：那老子連她手也摸過，甚至還偷偷吻過她，那豈不是……）出道不過四五年，死在她手上的人，沒有一千也有八百了！她妖法厲害得很，在妖魔榜上的排名是第九。據說她的姿色和本事都和程素衣在伯仲之間，只不過因爲她是邪羅刹上官三娘的弟子，而本身行事又極狠辣，才被排到了第三……排名第五的是『蝶舞翩翩，落霞秋水』師蝶舞，此女一身『落霞秋水劍法』極是了得，而她在正氣譜上排名第二十……」

聽到這裏，李無憂感慨道：「唉！現在難道是陰盛陽衰了嗎？這十大美女居然有如此多的人排進了正氣妖魔兩榜的前二十！」

「呵呵！公子，話也不能這樣說。」小黃堆笑道：「其實正氣妖魔兩榜前二十名裏還是有好幾位年輕的公子的。比如出身禪林的龍吟霄大俠，就排名正氣譜第九，而正氣盟的文治文少俠就排名正氣譜第十九位，另外還有地獄門的邪羽獨孤羽和天魔門的劍魔任獨行，分別排名妖魔榜的第十和第十一呢！」

「哦？看來四大宗門和三大魔門果然都有些門道。」李無憂點頭道：「小二，你有沒有這三譜，給我一份？」

「呵呵！公子你算找對人了，我非但有這三大榜的排名，還有各人的詳細資料。不過嘛，這榜得來不易……」小黃說到後來沉吟起來。

一錠銀子遞了過去。

「啊！多謝公子！」

見到銀子的小黃變魔術般拿出一本厚厚的書，封面幾個大字：江湖三榜珍藏紀念特別版。其下一行小字：江湖出版社某年月日，得意居小黃特別推薦……

「劍神謝驚鴻，刀狂厲笑天，苦禪雲海，天巫燕飄飄，情道太虛子，大仙慕容軒……正氣譜前幾名的果然還是這些老人！」李無憂接過《江湖榜》後，興致盎然地翻閱起來，「嗯，天魔任冷，冥神獨孤千秋，妖蝶柳青青，這三大魔門的宗主能列入妖魔榜的前四，本不足爲奇，不過這排名第一的神秘人物宋子瞻又是何許人也呢？你也不知道？那算了……嘖嘖，這十大美女要是能一起嫁給老子就好了……咦，小黃，這排名第六的慕容幽蘭竟然就在……」

「咚！」李無憂話音未落，樓下大街忽然傳來一聲雄壯的鼓響。

「咚，咚，咚咚，咚咚咚……」那鼓聲越來越大，越來越密，只如晴天旱雷，像似要將整個朱仙城都震裂一般。其餘聲響，皆被湮沒。

李無憂好奇之下伸出頭去，卻見長街的盡頭，遠遠地走來一列威風凜凜的銀甲騎士，但當先一騎，卻馬似胭脂，人衣如火，遠遠看去，仿若一朵白雲霞中的一團烈焰。雄壯的鼓聲卻是源自騎兵身後的步兵隊列中三輛鼓車上的巨鼓。

李無憂不明所以，小黃解釋道：「那些騎兵隸屬於斷州銀甲騎軍，至於他們身後那些步兵，則是剛徵募的新丁，正開赴斷州呢。聽說那邊的蕭狗最近攻得很凶。」

李無憂奇道：「蕭國不是有近二十年沒犯邊了嗎？什麼時候又來了？」

「都打了一個月了，公子竟然不知道？」小黃詫異問道。

「哦！前幾個月，我去雲龍山採藥了，這兩天才回來。」李無憂敷衍道。

「這就難怪了。」小黃釋然，隨即解釋道：「聽說最初是兩個月前蕭國的風、煙二州聯合作亂，蕭帝御駕親征，一個月後叛亂終於被平定，斬首了五萬多人。後來不知怎麼搞的，蕭帝平定叛亂後並沒有回師雲州，反而順勢攻打我國西邊國境。猝不及防下，流平關不過半日就被人打了下來，十萬守軍死了一半，另一半逃到了斷州城。現在蕭狗好像已經入境百里，打到斷州城了。」

「原來如此！」李無憂點了點頭，「不過，霍南山下的斷州城自古就是兵家必爭之地，朝廷應該一直屯有重兵在此，即便是蕭國兵鋒再盛，也不至於需要徵新兵前往支援吧。莫非還有別的什麼事情發生？」

「唉！公子猜的不錯。」小黃嘆道：「偏在兩個月前，陳國和西琦兩國又聯合出兵，同時攻打我國的梧柳邊境，梧州統帥百里溪將軍請求斷州支援，斷州張元帥眼見蕭國陷入內亂，無力攻楚，就派了一半軍力約十萬人前往支援梧州。現在蕭國提兵三十萬攻來，士氣大盛，斷州自然壓力奇大，而百里溪將軍又剛剛吃了一場大敗仗，損兵折將，無法回援，同樣柳州那邊西琦人又攻得太猛，王軍神也無法派兵支援。所以，龍帝陛下就下旨讓斷州附近三州的常備民團入伍，開赴前線。我們青州緊鄰斷州，自然在受召之列。」

「原來是三面受敵！難怪。」李無憂終於明白過來，眼神又朝窗外看去，那列軍隊已經行到得意居樓下，而當先那紅衣騎士竟是位二八年華的美麗少女！

「小黃，這位貌若天仙的姑娘莫非就是……」李無憂見到美女，立刻就忘了軍國大事。

小黃神色複雜地點了點頭：「公子你猜的不錯，這胭脂馬和火雲裳，就是十大美女排名第六的『胭脂爲馬，火雲作裳』慕容幽蘭將軍的獨門標誌，她父親就是正氣譜十大高手排名第六的慕容軒，而她本人不但法術已獲其父真傳……啊！救命啊！」

話未說完，他整個人已莫名其妙地四足騰空，呈一道曲弧朝樓下的慕容幽蘭撞去，而他手中正拿著剛才割牛肉的菜刀。

啊！滿街的人都張大了口，卻忘記了驚呼。

禪林寺有一門武功叫隔山打牛。顧名思義，這種武功的特性是可以隔著障礙物擊中敵人，而障礙物本身卻不受傷。很不幸，李無憂正好會這門武功。

「不幸」二字，是對於小黃而言，因爲此刻他正是莫名其妙地成了這種武功的受害者。剛才他正滔滔不絕的時候，李無憂看似隨意地拍了一掌在自己身上，而一股衝力立時透過李無憂自己的身體，鑽入了他足下的樓板，接著就傳到了小黃的足上，然後就發生了前文所述的那一幕。

當是時，空中的小黃手持菜刀，張牙舞爪地朝慕容幽蘭撲去，街上的慕容幽蘭冷靜地揮了揮手右手，她身後的銀甲騎士迅疾拈弓搭箭。

同一時刻，樓上李無憂大喝一聲：「姑娘休怕，李某在此！」一撩衣襟，以一個瀟灑到了極致的姿勢掠出得意居，朝小黃撲去。

「嗖」的一聲，慕容幽蘭身後數十名騎士手中的箭在李無憂掠到半空的時候離開了弓弦，而這個時候，李無憂離小黃的距離已不足一丈。

亂箭橫飛。本是打算上演英雄救美的李無憂，立時和小黃一起陷入了被射成刺蝟的危險當中。

箭雨離小黃還有三尺的時候，李無憂已飛到小黃上空，左手一探，抓住後者的腰帶，同時右手長袖一揮，一股呈漩渦的無形勁道應勢而生。

眾目睽睽，奇景乍生：漫天亂箭，如針見磁，呈圓錐形一支不少地飛到了李無憂右手中。

下一刻，李無憂以一個對鏡揣摩過千萬次的瀟灑姿勢穩穩落在長街之上。

全場靜可聞針。片刻，人聲鼎沸，掌聲雷動。

李無憂將小黃和箭扔到地上，乘機暗暗抖了抖發麻的右手，微笑著作了個四方揖，最後對慕容幽蘭深施一禮，微笑道：「在下來遲一步，累得姑娘受驚了。」

「多謝少俠相救。」慕容幽蘭先是矜持地點了點頭，卻隨即花容失色，「啊！這位刺客……」

「這位刺客讓姑娘受驚實是罪大惡極，絕不可輕饒！」李無憂話音剛落，小黃慘叫一聲，身體劃過一道優美的弧線，消失在天邊。

「這……」慕容幽蘭張大了口。

「這是他罪有應得，姑娘不必介懷！」李無憂輕輕地撣去靴子上的灰塵，輕描淡寫的神情與當年文載道踢他下崑崙時並無兩樣。

「其實……」

「其實姑娘待會兒還是可以細細地審問他，我剛已腳下留情了，他最多重傷，想死哪那麼容易？」

「可是……」

「可是他還是十天半月起不了床。」

「然而……」

「然而姑娘也不必太感謝在下，畢竟我輩俠義中人施恩不望報，隨便請在下吃頓飯，然後給個千八百兩金子，最多也只能以身相許，千萬不能超過這個底線……」

李無憂一本正經的神情和張口閉口的「以身相許」，很是能讓人懷疑他腦子是不是有病。

「這些都不是問題。不過，剛才那人好像是被我爹罰在得意居做苦工的哥哥呢！」慕容幽蘭蹙眉道。

李無憂：「……咦，慕容姑娘，貴馬神駿非凡，莫非是西琦名馬汗血？嘖嘖！這毛真是好滑好漂亮！」

「啊！你別碰她……胭脂，快停下！」慕容幽蘭驚呼起來，而被李無憂撫摸頭部的胭脂馬狀如發瘋，撒蹄狂奔起來。

李無憂暗自將一撮馬毛放進乾坤袋，裝出一副大驚失色的樣子，叫道：「慕容姑娘休怕，我來救你！」說時飛身上了自己的瘦黃馬，卻打馬朝相反的方向奔去。

一炷香後。

瘦黃馬長嘶一聲，終於在狂奔了十餘里後，於蒼瀾河畔停歇下來。

李無憂哼著小調，暗自慶幸：「奶奶的，老泰山也真是無聊，好好的，讓兒子去做什麼店小二嘛？害得老子的英雄救美大計泡湯！幸虧老子機警，不然還不被數千人圍毆而死？哈哈！李無憂你果然是個天才。」

「不要走！」

「小無賴，快快受死！」

「狗娘養的，你給老子站住！」

隨著一陣夾雜著馬蹄聲的咒罵，數十騎如風馳來。當先二人，正是鼻青臉腫、滿面血污的小黃和慕容幽蘭，身後數十銀甲騎士人人拈弓搭箭，引而不發。

「媽呀！」剛剛還在自我陶醉的某人嚇了一跳，當即便想逃之夭夭，轉過身去，卻呆在當場——橫亙面前的是滔滔不絕的蒼瀾河！

怎麼逃走啊？

游過去？不過聽說蒼瀾河落羽可沉，除了沉香木，連鳥羽都浮不起，更別說人了，另外，李無憂好像也沒有做活靶子的覺悟。

用輕功一葦渡江或者凌波微步？既瀟灑又實用，但既然連羽毛都浮不起，怎麼能借力？

使用水系法術分水訣？別搞笑了，蒼瀾河最少寬三十丈，自己現在的分水訣最多可維持到十丈距離吧。

御風術？這種法術飛行速度是出了名的慢，如果飛到半空不被人射成刺蝟，那絕對是沒有天理。

唯一可用的，大概是御劍飛行，既瀟灑又安全。但是如此一來，自己立刻就要名揚天下，然後就是一大堆的挑戰者……

看來……只有拚了。暴露一些實力，大概也沒什麼關係吧？

「咦！這不是小黃兄嗎？怎麼片刻見，又英俊了不少啊？」李無憂再次轉過身來的時候，就撞到一個恨不得生生將自己撕裂的眼神，正是化名作「小黃」的慕容家大少爺慕容無爭。

他身邊的慕容幽蘭，臉上掛著一種李無憂非常熟悉的笑容——在街頭看耍猴的人，大抵臉上都掛著這樣的笑容。

「狗娘養的！覺悟吧你！」慕容無爭再不如方才在得意居那麼謙卑，怒吼一聲，雙掌驀然一合，口齒翕合間，蒼瀾河內立時有無數冰箭飛起，朝李無憂電射而來。

「哎喲！大哥，你怎麼連冰箭法都使出來了，若是將這小子射死了，可就不好玩了！」卻是那慕容幽蘭似乎很擔心地叫道。

李無憂聽到背後風聲，忙施展龍鶴身法閃避，心下尋思：「據大哥說，慕容世家的水性法術雖不比玄宗門那麼如江海奔騰一般大氣磅礡，卻於冰雷系上有獨到之處。這傢伙如此隨便就能施出冰箭法，老子得小心些。」面上卻對慕容幽蘭壞笑道：「慕容姑娘如此關心在下，莫非對在下一見鍾情麼？」

慕容幽蘭大羞，氣道：「死無賴，誰對你一見鍾那個什麼了？大哥，你好好教訓這登徒子。」

口上雖是如此說，但雙頰飛紅，嬌羞無限，不得不讓人懷疑她口是心非。

此時李無憂龍鶴步法展動，身形時而清若羽鶴，時而矯若神龍，當真是說不出的瀟灑，所有冰箭在他閃動間已一一落空，射到地上，只激得花草亂飛，落英繽紛，煞是漂亮。

聞得妹妹的話，慕容無爭冷靜下來，神色凝重地點了點頭，雙掌乍分，大吼道：「水龍一怒吞天地！」

隨著他的話音，蒼瀾河內忽然捲起一股滔天巨浪，那浪才出水面，立時凝固成一條張牙舞爪的巨型冰龍朝李無憂噬來。

「黃兄，黃兄，咱們兄弟，情如手足，怎麼可以兵戈相見呢……喂，臭龍，別咬老子……黃兄，你聽小弟解釋啊！千萬別聽我老婆挑撥！啊……差一點就被咬中命根子了……」李無憂口中胡言亂語，身法卻越來越快，總在間不容髮間閃過冰龍的攻擊。

那冰龍屢撲不中，大是惱怒，張口噴出一大蓬冰箭朝李無憂射來，李無憂足下一旋，側身避過。卻不想那冰箭如有靈性，一擊不中，又迴旋反激射而來。

李無憂微微一驚，袍袖一拂，於瞬間拍出三掌，那三掌恍如雲煙，遞出的三重勁道層層相疊，如雲捲雲舒，正是倩女紅袖昔年的得意絕技雲起潮落掌中的一招「雲煙三疊」，用之對付這些冰箭，當真是殺雞用牛刀了，紅袖若是見他如此施爲，不被氣暈才怪。

冰箭碎裂成沫，四散飛逸。冰龍又已撲上，其身未至，一股凜冽寒氣已是撲面逼來。

「哈哈！臭流氓，小心哦。」慕容幽蘭拊掌大笑，與先前那溫柔矜持的少女判若兩人。莫非這才是她的本來面目？

「媽的！老虎不發威當我是病貓啊！」李無憂咒罵一聲，浩然正氣遍走全身，一團橘黃的光芒迅疾罩住全身，那些冰箭一靠近那團光芒如冰入火，當即消失了個乾淨，而那條冰龍方近李無憂三尺，便碎裂成塊，落到地上，消融成水。

「浩然正氣！」法術被破的慕容無爭面如金紙，驚叫一聲，吐出一口鮮血，倒退三步。

「嗖！」的一聲，數十支箭在慕容無爭倒退的同時，同告離弦，那些銀甲騎士好像放亂箭上了癮。

李無憂大喝一聲「去」，一蓬浩然正氣打出，勁箭被打得倒折而回，騎士們雖有銀甲護身，李無憂也手下留情而沒折返箭頭，卻依然被打得慘叫連連，全數跌下馬來。

「呵呵！還打不打了，各位？」李無憂嬉皮笑臉地拍了拍手，彷彿做了件微不足道的小事。

慕容幽蘭神色變冷，輕吟道：「掌水之神，唯汝獨尊，以禹之名……」

「住手，二妹！」慕容無爭打斷了她的咒語，對李無憂陪笑道，「公子身負專破天下法術的絕世武學浩然正氣，我等皆不是對手，不必打了。方才魯莽得罪之處，請少俠多多見諒。」

李無憂見他挨了打反而轉瞬間就換上了笑臉，心下鄙夷：「被老子打得吐血，反而又會笑了？你老兄可真是賤得可以。」面上卻裝出茫然神色：「什麼浩然正氣？」

慕容無爭只道他不願暴露身分，故作詫異道：「浩然正氣？在下沒聽過。想是公子聽錯了！」

李無憂見他如此老辣，心下暗罵了聲小狐狸，笑道：「原來是我聽錯了！我就說嘛，黃兄，咱們兄弟情深，怎麼黃兄會是狗娘養的呢？」

慕容無爭聽他出語譏諷，不禁大怒，但面前這少年武功奇高，更像是正氣盟少盟主文治。**（江湖傳言：能習得浩然正氣的，只有正氣盟盟主文九淵和他三位弟子，而唯一與李無憂的年紀吻合的，只能是少盟主文治；慕容無爭正因為作出了如此推斷，才阻止了慕容幽蘭的出手。）**

慕容世家雖然也非弱者，但無論如何是惹不起四大宗門的。便裝作沒聽見他的譏諷，只乾笑道：「嘿！大俠說得對。這都怪我二妹喜開玩笑，一場誤會……啊哈，一場誤會。大俠大人大量，請千萬不要放在心上才好。」

李無憂聽他片刻間已將「狗娘養的」換成「公子」，又換成了「大俠」，卻並不領情，心道：「若非老子神功蓋世，早被你殺死了，到時候老子和閻王去說是你這烏龜和我開玩笑，請您放我回去？媽的！想你這烏龜也沒這麼大的面子。」

面上卻嘻嘻笑道：「哦！原來慕容小姐是黃兄的妹子？呵呵，黃兄別開玩笑了，你老兄蠢笨如牛，慕容姑娘卻貌如天仙……哦，確實是親兄妹，你叫慕容無爭啊……呵呵，原來是慕容兄……沒得說，令妹天真直率，雖然能當上千騎長很可能是張承宗瞎了眼，不過總體上來說，還是位巾幗英雄啊，能認識她實是三生無幸……哦，不好意思，是三生有幸，又怎會見怪呢？……要請我去貴莊做客？這個我看就不必了吧！你也知道我這人武功實在太差，若是不小心撞到箭啊刀啊什麼的，還不嗚呼哀哉了，況且我還有要事在身，後會有期哦。」說時翻身躍上瘦黃馬。

慕容幽蘭早不耐李無憂譏諷連連，見他要走，怒道：「先別走。留下姓名！」

李無憂嘻嘻一笑：「問我的名字做什麼？莫非想嫁給我為妻？」

諸人齊色變，慕容幽蘭氣道：「是又怎樣？」

李無憂哈哈大笑：「可惜，老子並不想娶你！」語畢，策馬揚塵而去。

「你們先帶大少爺回去治傷，然後自領兵來斷州，我們在城外的紅楓林會合！」慕容幽蘭向部下們下達完這個命令的時候，胭脂馬已朝李無憂的方向追出了三丈。

「二妹，你回來！」慕容無爭大叫，卻徒勞無功。

李無憂見慕容幽蘭果如自己所料的不捨追來，心道：「嘿嘿，既然你願意追來，這一輩子可就逃不出老子的手掌心了！」心下如此想，卻快鞭打馬，想故作姿態地拉開一點距離。

但慕容幽蘭的胭脂馬是西琦神駿，奮蹄疾奔，比他刻意挑選的瘦黃馬也不多讓，李無憂一時間無法將她撇下。

慕容幽蘭見此，得意道：「小無賴，快跟我回去受死！」

李無憂雖飽經世故，少年老成，但見她竟有如此嬌憨的一面，也不禁動了少年心性，笑道：「小丫頭，敢不敢和我打個賭？」

慕容幽蘭撇嘴道：「有什麼是本將軍不敢的？打賭就打賭，誰怕誰啊？」

李無憂道：「好！慕容姑娘果然巾幗不讓鬚眉——在今日黃昏前，你若能追到我，我就任你處罰；不然，你可就得嫁我為妻，你看如何？」

慕容幽蘭想也不想道：「好！是好漢的就說話算話！」打馬猛追。

胭脂、瘦黃二馬皆是千里神駿，腳力不分上下，但慕容幽蘭卻是久經沙場，騎術之精，自然遠遠勝過疏於騎馬的李無憂，過了一里，二人本是十丈的距離已經縮成五丈。

又過兩里，慕容幽蘭爽朗清脆的聲音又在李無憂耳邊響起：「嘻嘻！臭無賴，我這就要追上你了。我得想想，到時候是讓你扮烏龜好呢，還是扮小狗好……」

李無憂大駭，回顧過去，卻見慕容幽蘭的胭脂馬的馬頭已近自己馬尾，眼珠一轉，對胭脂馬做了個揚手欲打的手勢，橫眉兇道：「瘟馬，不許跑快了。」

經他這一嚇，胭脂馬果然就慢了下來。

李無憂敢和慕容幽蘭打賭，當然是有備而來。方才這看似尋常的一揚掌，其實大有名堂。當年他習成御劍飛行之技後，滿崑崙山的找秘笈法寶，雖然找到的大多是垃圾，卻也有不少稀物，其中有套叫《定身神掌》的法術秘笈很是有意思。這套法術修煉到最高境界時，上至神佛，下至跳蚤，無一不可封定。

以李無憂此時法力想要定住神仙自然不能，但要定住一個普通人已是綽綽有餘，而剛才那揚一掌卻是定身神掌的初步技巧——遲緩。慕容幽蘭自然不知其中訣要，大罵臭馬不爭氣而揚鞭猛催。

好在這個法術持續時間不過幾息，過了片刻，胭脂馬就又追了上來，慕容幽蘭自是得意揚揚，李無憂無奈之下只好要賴重施故技。如是反覆。二人只顧鬥得高興，並不擇路，信馬由韁。

到這日黃昏時分，天空忽然下起了大雨，而此時二人也已馳出了千里之外。

一日奔波，李無憂有武功在身還不覺如何，慕容幽蘭卻只會法術，雖然久經沙場，卻也未曾吃過這樣的苦。彷佛骨架都快散了的她，當即嬌喘連連地提出休息一陣再繼續比。

李無憂回頭見她滿面風塵，形容憔悴，憐意大起，好勝之心立時便淡了，卻故意逗她道：「呵呵，要休息也可以，不過這樣便算你輸了。」

慕容幽蘭立時來了精神，撇嘴道：「誰認輸誰是小狗！走，咱們繼續比。」說時又打馬追了上來。

李無憂見她如此倔強，不由對她既佩且憐，見前方有個密林，因笑道：「不如我們在前面避一下雨，明天再繼續比如何？」

慕容幽蘭道：「好……咦，紅楓林！我們怎麼到斷州城外了？」

李無憂勒住馬韁，跳下馬來，走過去將幾乎已軟成一團泥的慕容幽蘭抱下馬來，且笑道：「看不出你這樣千嬌百媚的美人竟也能有如此騎術，很是了不起。」

慕容幽蘭聽他第一次出言讚美自己，心情大好，立時便有了幾分精神，撇嘴道：「那是自然。本姑娘的騎術可是火鳳軍第一呢！」說時得意地甩了甩鞭子。

無巧不巧的是，這一鞭正好落在了胭脂馬的屁股上。胭脂馬長嘶一聲，奮蹄朝林內奔去。二人大驚，急忙追去。

第六章　陰差陽錯

大荒三八六五年三月初六，斷州城。晨光微曦。

張承宗步上斷州城樓，極目望去，天際朝霞如錦似火，不遠處天地相接的地方，霍南山上蕭國大軍的旌旗遍野，遮天蔽日。

山下，鐵騎浩蕩，雲梯滿列，一派蔚然景象。

他收回目光，城頭巨鍋中，混了火油的金汁沸騰不止，箭矢石塊猶自從牽牛引驢的老幼婦孺手中不斷增加，士卒們或正將那巨石滾木一一堆積，或手持刀槍一動不動地目視前方，所有人的眼神中都透著一股堅毅。

這位已經三日夜沒有休息一下的老將滿意地點了點頭，胸中充塞了說不盡的豪氣，忍不住縱聲長嘯：「蕭狗！來吧！爺爺們等著你！」

隨著這一聲有若晴天霹靂的大吼，城頭的楚軍也一起發喊：「爺爺們等著你！」其聲震雲霄，彷彿那斷州城和霍南山也都為之顫抖。

胡笳悠悠，金鼓雷動。

蕭未帥旗一揮，山上的蕭國大軍立如出籠猛虎呼喊著朝斷州城衝來。

蕭軍方至護城河前，頓時箭如飛蝗，冰火如注，撕心裂肺的慘叫和濃濃的殺氣充塞了整個天地。片刻工夫，城上已是鮮血橫流，城下屍橫遍野。

鼓聲如雨，蕭軍依舊前仆後繼，直朝城下衝來。

張承宗看著護城河裏蕭人的屍體越積越多，大是疑惑：「蕭未當世名將，莫非苦攻不下後，竟也想以屍體來填平護城河？」

卻在此時，通訊兵來報：「報元帥！西門發現敵軍，約三萬步兵和兩萬虎騎正在攻城，其間好像還有冰火兩系的法師，後面更有大弩火炮無數。請將軍定奪！」

「啊！」張承宗心頭巨震，但表面上他甚至連眉毛都沒動一下，彷彿西門出現敵軍早在他意料之中一般，他平靜地下了一個命令：「張龍、趙虎，聽令！你二人各領一萬人去援助西門。」

斷州城築於霍南山前，坐南朝北，北方正對蕭國，南方是廣袤無垠的蒼瀾平原，東西兩方也都是新楚疆土，西邊更是連接著楚軍三傑之一的百里溪所鎮守的梧州，是以張承宗於西門所派的守軍不足五千。

此時蕭軍竟從西門殺至，莫非梧州竟已被攻破？但為什麼沒有一點消息？

張龍趙虎趕到時，西門已是搖搖欲墜。塗了火油的箭矢，伴隨著法師發出的大量冰柱火焰，帶著密集的呼嘯聲，向城頭傾落。不時竟有幾道強烈的閃電落到了城頭，每一道閃電過處，便有一名楚軍百夫長以上的將軍殞命。

楚軍的法師部隊正奮力還擊，一時間，大片大片的冰火和箭雨覆蓋了整個西門。蕭軍的石炮向城頭打來，巨大的石塊接二連三地撞在城牆上，發出巨響，地動山搖。雲梯早已搭過了護城河，攀上了城牆，數百名蕭國軍士冒著巨木滾油爬上了城頭，正和守軍打得難解難分，而後面正有無數蟲蟻般的蕭國兵將衝了上來。

張趙二人領兵一到，立時將城頭的蕭軍殺死無數，暫時保住了城頭，但越來越多的蕭軍又殺上了城頭。

不知何時朝霞已盡，小雨淅淅瀝瀝地下了起來，火箭、火炮和法師的火球漸漸失去了效用，但水系法師們的法力卻因天時得到了加強，是以慘烈的廝殺越發加劇。

張龍正一刀砍向面前的蕭軍大隊長，一道閃電忽然自頭頂襲來，他慌忙朝側面閃身，但卻已遲了，那道閃電擊在了他的左肩膀上，雖然他有戰甲和罡氣護體，但整個左半邊身子已完全的麻木了。

那蕭軍大隊長乘機一刀砍了過來，血光過處，他一條左臂立時齊肩而斷。負痛之下，他本能的右手長刀一撩，那蕭軍大隊長被他劃破了肚皮，肝腸流了一地。

「臭蟲，你沒事吧？」趙虎趕過來殺掉了兩名撲向張龍的蕭兵，關切地問。

「病貓，你別擔心，一點小傷，死不了人！」張龍伸手點了肩旁數處穴道，咬牙道，「操他奶奶，這幫鳥人還真他媽的厲害，又有這麼多法師相助，我們想要守住此城絕不容易，得叫元帥再派些人來才行！」

趙虎隨手砍翻一名蕭國士兵，皺眉道：「北門那邊蕭未有三十萬人在攻城，我軍一共就只有十萬，若再抽調人手過來，怕那邊陷落得更快。」

張龍狠狠地罵了一聲，長刀劃過兩名蕭國士兵的脖子，猶自不停，又結束了一名小隊長的生命，忽回頭道：「操他奶奶！這些蕭狗也真有幾分本事！竟能撿在我們派了一半人前往柳州增援的時候來攻？難道蕭、陳和西琦這三國竟又結盟了？」

趙虎淡淡道：「這事等打退敵軍後再慢慢思考吧。」語畢不再開口，揮舞著大刀，又指揮兵卒殺敵去了。

但蕭軍殺不勝殺，剛殺退一波，又有一波如潮水般湧了上來。

黃昏時分，春雨不再細如花針，而是開始傾盆而注。巨鍋裏熬著的滾油金汁因此停止了沸騰，箭矢也失去了準頭，形勢對攻城的蕭國士兵更加有利起來。

張龍和趙虎二人對望一眼，心頭都閃過一個念頭：「莫非是天要亡我斷州麼？」因為先前蕭軍奇兵突出的緣故，在張趙二人未來之前就已登上了城牆，這讓楚軍處於無險可守的尷尬境地，此時蕭軍三萬步兵死傷慘重了近兩萬，但楚軍也已損失了一萬人。

在水系法師的零星閃電和悶雷幫助下，登上城樓的蕭國士兵已達到了五千人，並且已經佔據了一段短短的城牆。負責指揮攻打西門的蕭軍大將蕭成望著城頭慘烈的廝殺，眼裏彷彿燃起了一股火焰。

當不遠處的赫連鈞看到這樣的眼神出現的時候，他知道又一次決戰的時候到了。

果然，蕭成有力地揮了揮右臂，沉聲道：「猛虎的後裔們，勝利就在面前，你們還猶豫什麼？衝上去，殺光你們的仇人！女人，財寶，官爵，還有榮譽都在等著你們！」

這幾句沒有任何文采卻充滿了煽動性的話，一經他以深厚的內力傳出，立時傳遍了整個戰場，引來喊聲震天。兩萬五千名蕭國騎兵，除了一萬人繼續用弓箭火炮輔助那幾十名法師外，另一萬五千人齊齊下馬，朝城下奔去。

楚軍雖然還在拚命地抵抗，但因為蕭軍已經佔據了城牆一側的緣故，此時已無城牆之險可恃，看著越來越多的蕭國軍隊密集地爬了上來，士兵們的心裏都產生了強烈的恐慌：

已經五十年未被蕭國攻破的斷州城，難道就要於今天淪陷？

蕭軍卻氣勢如虹，勝利彷彿已在掌中。但就在這個時候，事情出現了一點小小的變化——一匹全身有如帶火的胭脂馬忽然從不遠處的一處密林中闖出，片刻間竟闖進了蕭軍的後營。

本來，這根本不足以對戰局產生什麼影響，但糟糕的是這並不是一匹無主的馬。馬的主人，一名紅衣少女，隨後就追了過來。

當然，這依然不足以引起什麼變故，但，當這名少女是慕容幽蘭的時候，情況就變得完全不同了。

慕容將軍並未注意爲何斷州西門來了如此多的蕭國軍隊，只是眼見胭脂馬闖進了蕭軍的後營（這裏有上萬頭空閒的戰馬），不由大急，若是任由牠闖進去，可就難找了，情急之下，她忍不住想起了一個從未一用的水系法術，當即雙手就疊加到了胸前，口中大喝一聲：

「以夏禹之名，諸天水之神力聽我之令，雷電天下！」

但很可惜，隨著她的雙手擊出的方向，連雷電的影子都看不到，胭脂馬已快融入了蕭軍的陣營，而有幾名騎馬的蕭國士兵也朝這個方向奔了過來。

這個時候，一直冷眼旁觀的李無憂跳下馬來，走到她身邊，嬉笑道：「慕容將軍，『雷電天下』要是隨便什麼人都能使出來，也不會號稱水雷法術之冠了；別鬧了，讓我使個尋龍法術幫你將貴馬召回，咱們找個地方避雨去吧。」

「哼！不許幫忙，本將軍自己來！」慕容幽蘭卻撇了撇嘴，手上又開始疊加起來，但這次依然沒有成功。

小丫頭撅著嘴，自顧自地將這個法術連試了九次，但卻依舊沒有半點反應。

李無憂搖了搖頭，伸出一隻手搭在她的肩膀上，同時將本身的水性靈氣渡了過去。但他立時嚇了一大跳，慕容幽蘭的丹田內有一股迴旋的靈氣漩渦，任自己輸入多少靈氣都如滴水歸海，而她本身靈氣之強比自己竟也不多讓，剎那間他冷汗直冒：「媽的！老子好像將什麼地方弄錯了！」

這個時候，慕容幽蘭大叫著「雷電天下」，第十次將雙手推了出去。

一個念頭忽然自李無憂的心際閃過：「小丫頭的水性法力既然並不在自己之下，那麼方才的九次施法就不該不成功，那麼唯一的解釋是，雷電天下其實是個延時法術……那這豈不是成了十次疊加？合兩位仙級法師的法力，外加十次幾何疊加……媽呀！」

一念至此，李無憂忙將浩然正氣遍佈全身，並同時輸入了慕容幽蘭的體內，而這個動作救了小丫頭的命，卻將他自己幾乎帶入了萬劫不復——巨大的反噬力如怒濤般不絕傳來，經脈中靈氣暴溢，就像細窄的河流忽然遇到了奔騰的大海。

他恍惚間聽見小丫頭大聲歡呼：「耶！我終於第一次成功了！」接著狂噴了一口鮮血，就此不省人事。

正在城頭交戰的蕭楚兩軍忽然覺得眼前一片大亮，所有的人都下意識地閉上了眼睛，但緊接著轟隆的雷鳴只讓他們以爲山崩地裂，又睜開了眼，接著，他們就看見了生平未見的奇景：大雨傾盆，但距離城牆百丈外，卻有一團橘黃色的烈火在燃燒，而以那團烈火爲中心，方圓三十丈之內的天地，全被一個密集閃電組成的閃電陣所籠罩，無人駕馭的戰馬群狂嘶亂奔，牠們的身下已躺了大片的馬屍。

雷電和烈火持續了不過十息，但蕭國的猛虎騎士們完全被這個忽然的變故搞蒙了，而他們胯下的戰馬也瘋奔起來。城下的蕭軍陣營立時不戰自亂，戰馬亂嘶，顯然先前忽然爆發的那一大片閃電陣讓蕭國騎士們神智開始混亂，他們搞不清楚到底發生了什麼事。

一名士兵手中的長槍在混亂中刺中了一名同伴的咽喉，而這引發了集體的瘋狂，被瘋馬群衝得亂成了一鍋粥的士兵們本來就已喪失了理智，他們以爲這是天神的懲罰，而拚命想逃離這個地方，那名同伴的死更讓他們看到了榜樣的力量，後面的人開始砍翻了前面的人，以求能快點逃脫這個恐怖的神罰之地。

蕭成大聲地呼喊，想控制住局勢，但很明顯這是個徒勞的舉動。處於瘋狂中的人是沒有理智可言的，他們唯一的念頭就是以最快的速度逃離這個受神所懲罰之地。人馬互相蹂躪，無數的士兵就這樣不明不白地丟掉了性命。蕭國七羽大將蕭成，也喪生於此——不知是誰的彎刀於混亂中砍在了他的脖子上。

城頭的楚軍見到這個變故，只當是天神保佑，人人有如神助，奮力殺敵。蕭軍卻恰恰相反，心膽俱寒，鬥志全無。同一時刻，從柳州來的援軍及時趕到了。西門的蕭國殘軍被包夾後全軍覆沒，而失去了西門配合的北門蕭軍也無法攻破有援兵趕到的斷州城，蕭未不得不暫時撤兵。

第九次斷州戰役，以楚軍的勝利而告終。

大雨已止，一鉤斜月竟然掛上了枝頭。枯敗的野花和一堆堆篝火，在春夜的涼風中搖擺，彷彿在訴說著戰爭的悲涼。張承宗輕輕吐出口濁氣，開始巡視士兵打掃戰場。

劫後餘生，每一個將士在哀痛戰友逝世的同時，也充滿了勝利的喜悅。見到張承宗的到來，興奮的士兵們紛紛以最高的禮節向這位斷州軍團的最高統帥致意，張承宗微笑著點頭。

鐵蹄濺泥，一匹快馬疾馳而來。

近了。趙虎翻身下馬，稟道：「元帥！末將有兩件事稟報。」

「講！」張承宗點頭。

「第一件，柳州之所以能及時來援，是因爲王天大將軍已徹底打退柳州的西琦和陳國聯軍的進攻，同時我們審問俘虜，得知梧州其實並未被攻破，而蕭國軍隊能從西門出現，是因爲蕭國國師獨孤百年一個月前在西邊的樹林發現了一個古傳送台，從那個時候開始，蕭國就開始傳送兵馬過來……」

趙虎的話沒有完，已經被張承宗打斷：「獨孤百年果然是獨孤百年，若是由他弟弟獨孤千秋出手，絕對不會用傳送兵馬這樣的小手筆，我們算是躲過了一劫……」

「元帥，屬下願意帶人去將傳送台破壞掉！」一名年輕的將軍立時請纓。

「破壞？」張承宗冷冷道：「宋真。我命令你立刻帶人去將傳送台保護起來。」說時再不看那將軍發愣的樣子，對趙虎道：「第二件呢？」

「我們在先前閃電陣的中心，發現昏迷的火鳳軍千騎長慕容幽蘭將軍，還有一名少年，屬下懷疑他們和那場雷電有莫大的關係。」趙虎回道。

「哦？」張承宗雙眼一亮，「是死是活？」

「都還活著。」趙虎皺了皺眉，「慕容將軍只受了些輕傷，昏迷了過去，不過那少年卻傷得很重，據歐陽大夫說他臟腑都已移位，經脈寸斷，存活的機率很小。」

「叫歐陽逆天全力搶救。」張承宗肅然道，卻立時又加了一句，「人若死了，我唯他是問。」

唐思伏在一個燈火不及的死角，凝望著不遠處的楚軍哨所，腦中開始了精密的算計。哨兵換崗的時間，那些雜亂無章的兵營是不是一種陣法，可能存在的反隱建築，狙擊弓箭手的隱藏位置，如是等等，都在瞬息間閃過她的腦際。

當然，無論眼前斷州軍團的二十萬兵馬，還是他們的統帥張承宗，唐思其實都未放在眼裏。

作爲大荒四大刺客組織之一「金風雨露樓」排名第一的刺客，她的成名一戰，就是四年前隻身於三十萬大軍中取下了當時妖邪榜排名第二十三的陳國大將陳戰的首級，而之後的數十次出手，從無失手的記錄，所以她的自信絕對說不上狂妄。

只是，她已經習慣了謹慎，習慣了周全。同時，這一次的目標，也讓她完全有理由如履薄冰。

這次要殺的不是人，而是神——雷神。江湖傳說，此神身高八丈，三頭六臂，面黑如炭，紅髮綠眼，並且生了十二對金色的翅膀。他有一把大神鍾和一面大鼓，座下一隻雷火獸。據說他只要大聲一吼，天上便要打雷，而他只要將手裏的神鍾朝巨鼓上一擊，整個縹緲大陸都要被閃電所籠罩。

蕭國軍隊之所以會一月前戰敗，就是因爲雷神感冒而不小心打了個噴嚏，斷州才降下了幾十萬條閃電。

雷神李無憂，這個在斷州戰役中如彗星般崛起的傳奇人物，當然不會有江湖傳說那麼誇張，但毫無疑問，能使出那樣可怕閃電陣的人物實力絕對接近甚至超過了慕容軒、獨孤千秋和燕飄飄這大荒三大法師。

對付這樣一個人加上二十萬精銳兵馬，若不小心謹慎，即便是劍神謝驚鴻出手，也絕對要飲恨收場，何況是僅僅妖魔榜排名第十四的唐思？

計算已畢，她默念隱身訣的同時，身形一飄，整個人立時融入了茫茫夜色。

即便營中布置了反隱法器，守衛的士卒也絕對無法能從這肉眼難辨的高速身法下看到她的影子。畢竟，江湖中武術雙修的人本來就如鳳毛麟角，更何況她的輕功實已臻化境。

順利地繞過九座聯營，躲過了十二處明哨和九處暗哨，巧妙地避過了三處凝滯結界和一座九宮法陣，唐思終於在指揮所的一間屋子前停了下來。

房子的外面零星但卻錯落有致地疊了一堆堆小石塊，顯然是個防禦陣法，但唐思卻看出陣眼的那堆石塊中的某一塊，已經偏離了它應有的方位，很明顯是有人動了手腳，應該是雇主吧！

輕輕地將臉貼在了牆壁之上，一縷呼吸傳入唐思的耳朵。

「若有似無，時長時短，有斷續處，無凝滯處，果然是仙級法師才能擁有的靈息，那屋裏的人應該是他不錯了。」她這樣想時，探手自乾坤袋裏掏出了一塊玉色的藥膏，微運真力，藥膏立時化成了一塊水。

不錯，是一塊水，一塊流動卻又聚於一處的水，金風玉露樓的無香玉露就是如此模樣。她掌勢一揚，那塊玉水無聲無息地透過牆壁，打進了屋裏。

片刻後，那呼吸聲開始變得均勻，漸漸平和。唐思滿意地笑了笑，收去隱身法，顯出身形來，立時默念穿牆訣，向牆一撞，下一刻，整個人已穿過厚厚的牆壁，跨進房裏。

一道白光夾著凌厲的勁風迎面射來，唐思大駭，身子一曲，以一個鐵板橋的架勢避過，但那道白光飛到她腰上時竟然定住，驀然變成一幢光幕，如山下墜。

唐思不愧是金風玉露樓的第一殺手，遭此巨變，依然能在招式未完全用老時，硬生生地將身子朝側面一旋，險險避過了那道白光。

白光墜地，卻無聲息，細細看時，卻是一張雪白的床單！

赤著上身的李無憂正好整以暇地看著這個闖入者，一臉的笑意：「唐思姑娘深夜來訪，李某無所招待，唯有贈卿羅衾，與卿同眠，不知姑娘何以拒人於千里之外？」

唐思本來已經抽出了背上的短刀，卻見自己要殺的目標非但沒被自己的玉露迷昏，反而叫出了自己的名字，她方才躲閃間暗自蓄積來施展的金風一擊的殺氣，在刹那間便消散了個乾淨。

作爲金風玉露樓排名第一的殺手，她明確地知道了自己迎來了生平的第一次，也是唯一的一次失敗，聽到李無憂的調笑，她竟也不惱怒，只是清秀的臉上不禁露出了一絲無奈，握短刀的手忍不住又緊了緊。

「呵呵，唐姑娘請先別想尋死，聽在下把話說完。」李無憂明顯看透了她的心思，「與桃花社、清風閣和斷玉堂不同，你們金風玉露樓是最後才來殺我的人，光憑這一點，唐姑娘已足以自豪了。」

李無憂一直在笑，但唐思的心卻沉了下去。李無憂所說的那三大殺手組織，向來與金風玉露樓齊名，他們的金牌殺手雖然不及自己，但相差極其有限，居然全數都折在了他手裏，自己失敗也是情理之中了。

「唐姑娘，不如我們來做個交易如何？」李無憂又道。

「我們能做什麼交易？」唐思大是詫異。

李無憂淡淡道：「你答應做我三年保鏢，我對外隻字不提你失手的事，並付給你十萬兩銀子的年薪，你看如何？」

「可以考慮！」唐思的聲音輕柔而綿軟，與她冷酷的外表完全的不諧調，「不過，我想先知道這究竟是怎麼回事？」

事情其實很簡單。當日斷州戰役因爲慕容幽蘭的胡鬧，雖然幫助新楚取得了戰爭的勝利，卻因此讓救助她的李無憂受了極其嚴重的內傷，若非李無憂本身體質經過五彩龍鯉的改造，而且有神醫歐陽回天的哥哥歐陽逆天的全力施治，早已喪命。

但饒是如此，還是讓他在床上躺了近二十天，而當他醒來的時候，悲慘地發現自己已經陷入了一個巨大的麻煩中——當日他與慕容幽蘭合力布陣擊敗蕭軍，不知爲何竟成了他以一人之力用雷電殺死了蕭國數萬兵馬，而江湖上人更送了他一個外號，叫「雷神」，以訛傳訛下，他的形象也越來越可怖，而實力卻越來越強。

當李無憂聽到流言的時候，他的實力已經達到大仙級，而名聲也已經和大荒三大法師並駕齊驅了。

大荒一共只有三位大仙級的法師，分別是大仙慕容軒、冥神獨孤千秋和天巫燕飄飄。三人分別屬於楚、陳、蕭這河西三大國。

以前曾有幾次三人參戰，造成了敵我的大規模的死傷。此後，三人彼此形成了一個牽制局面。

五年前，在菊齋齋主淡如菊的提議下，三仙於西琦訂下盟約，絕不再直接參與戰爭。此時楚國忽然多出了一位大仙級的法師，其政治影響當然是非常可怕的。

而當聲名與實力完全不相稱的時候，所帶來的就絕對是麻煩，雖然作爲賢人級武者的他，是有理由和三位大仙級法師相提並論。但當李無憂醒悟到自己成了老奸巨猾的張承宗威懾蕭國的一件工具的時候，他甚至還沒來得及大罵張老頭卑鄙無恥，刺殺就已接踵而來。

先是桃花社的首席殺手人面桃花，接著是清風閣的閣主葉清風。

在打發完斷玉堂的孫斷玉後，李無憂突發奇想，若是從這些頂尖刺客中挑一人來當自己的保鏢，自己每天就不用提防得那麼辛苦了。而張承宗對這件事也極其熱心，除了說願意為民族英雄提供金錢上的支援外，甚至主動減去了許多軍中的防守裝置以配合這次行動。

最後，唐思來了。

李無憂一一解釋，最後道：「只要你答應，並且和我簽下三年的主僕法契，我可以每年付給你十萬兩銀子！不知道唐姑娘以為如何？」

「每年十萬兩？你就一點不心疼？」唐思睜大了眼睛，這絕對是大荒有史以來最昂貴的保鏢合同。

李無憂嘿嘿笑了起來：「不錯，是每年十萬兩！」銀子既然是由張承宗出，有仇必報的李無憂如果說心疼，那絕對是心疼自己的出價太低了。

「這確實是個天價，我幾乎無法拒絕。但，我有三個條件，如果你都答應了，我們立刻可以施法結契。若不答應，請你殺了我。」唐思道。

「對此美妙月色，楚楚佳人，李無憂怎會做殺人這等大煞風景的事？即便思思不答應，在下也立時就放你走，而今天的事情，在下發誓絕不對外人提起半句。思思你有什麼條件，儘管講。」

李無憂邊笑邊將稱呼改了，以示親近。

「第一，預付我一年的工錢，保鏢的期限由我來定，我有隨時終止合約的權利。第二，不要追問我雇主是誰！第三，也是最重要的，請你不要叫我『思思』，因爲那樣讓我毛骨悚然，另外，請將摟著我腰的髒手拿開，同時我不希望以後還有類似的事情發生！」

唐思說到後來，言辭如冰。

「我主要是想檢查一下你的身體狀況，是否合適做一個合格的保鏢，嘿，真沒別的意思。」厚顏無恥的某人一本正經地將手收了回來，「你的三個條件，我都可以答應你。我以後叫你甜心好了（**唐思的臉變得越發地冷**）……嘿，別冷著個臉，那叫你小思吧？（**唐思的臉色和冰已經沒有區別。**）……那就叫思好嗎？（**唐思無奈地：你還是叫我小思好了**），呵，這樣也行，小思你看……」

說到這裏，他驀然提高了聲音：「蘭兒，你在門外鬼鬼祟祟的想做什麼！」

「哇，老公，你可真是厲害。我又是隱身術又是潛蹤法，居然還是被你發現了！」

隨著門嘎吱一聲被推開，一臉興奮的慕容幽蘭闖了進來。

「啊！蘭表妹！」

「表姐！」

聽到兩個少女同時失聲驚呼，懊惱的李無憂忽然覺得自己的頭大了好幾十倍。

李無憂在斷州軍營一住就是一個月。除了養傷和恢復武功，他和慕容幽蘭的感情在這一個月裏也突飛猛進。畢竟二人其實對彼此都是一見鍾情，而從未服侍過人的慕容幽蘭在內疚心作祟下，這一個月裏更是對心上人細心照料。

朝夕相處，耳鬢廝磨，本就彼此傾心的二人自然很快如膠似漆。若非李無憂身中奇毒女兒香，怕慕容幽蘭已早被他放到床上了。

這樣的時候，李無憂很自然的就想到了寒山碧，但卻分不清是埋怨多些，還是思念多些。

到第二十天的時候，唐思來了。此時李無憂的身體已恢復舊觀，而武功不但盡復，浩然正氣更是因禍得福的從第八重精進到了第九重。

慕容幽蘭與唐思久別重逢，自然無暇纏他，他也樂得空閒的在各個兵營之間遊蕩。

兵將們初時都將他視做神人，但不過半日工夫，李無憂就被撕去了神的外衣，被還原成鬼——每日裏和眾人大聲賭錢，大碗喝酒，偶爾耍賴，無論你原來是什麼神，都立刻會被打成酒鬼和賭鬼。

但如神仙一般逍遙的日子，終於還是有結束的那一天。

這日清晨，李無憂忽覺得耳裏奇癢難耐，睜眼看時，卻是慕容幽蘭拿了一根鳥羽在鼓搗，於是冷冷橫了她一眼，但後者全然不懼，還撲閃著大眼睛朝他吐舌扮了個鬼臉。

李無憂見嚇她不倒，大是沒有面子，便惡狠狠地威脅道：「你若再敢搗亂，可別怪老子非禮你！」

但慕容幽蘭的回答卻讓他哭笑不得：「老公，人家早晚是你的人，你無論對我做什麼都是應該的，又有什麼非禮合禮之分？」

「撲哧！」一個忍俊不禁的笑聲自門外響起。

「行了，臭蟲兄，既然來了就趕快滾進來。」鬱悶的李無憂沒好氣道，「少在外面亂放屁，那樣污染環境！」

獨臂萬夫長張龍快步走了進來，此時一張黑臉卻已漲得如豬肝：「操他奶奶，小白臉你少損老子兩句能把你憋死啊？」

「嘻嘻，憋死當然不會。不過，他很可能會被你臭死。」慕容幽蘭當然是要幫自己老公的。

「所謂『好拳難敵四手，好漢難敵兩口』。他們夫妻聯手，臭蟲，我看你還是投降算了。」趙虎即使在說笑，語氣都永遠是雲淡風輕。

張龍和趙虎這兩位義兄弟，現在分別是李無憂最好的賭友和酒友。但和二人相處越久，李無憂越覺得奇怪。

張龍屬於那種活力充沛得過分的人，平時更是善於搞怪，是活寶級的人物，但在賭場和戰場上都以勇猛著稱。

趙虎卻是那種對任何事都無所謂，任何時候都是淡淡的語氣，他的口頭禪就是「哦？是嗎？這樣啊」諸如此類。

他對酒的認識雖然不如自幼得文載道與青虛子二人特意訓練的李無憂那麼深刻，但論及淵博卻不多讓，從塞外十餘種燒刀子的區別，到天河東西一百三十六種酒的聯繫，甚至古蘭和齊斯各類名酒的藥用方法，他都瞭若指掌。但這個酒鬼在戰場上卻又冷靜得可怕，屬於那種天塌下來，他也一定知道其尺寸是不是合適當被蓋的人。

這樣兩個一冷一熱的人竟然是好兄弟！

奇怪歸奇怪，李無憂從來不放過損趙虎的機會：

「對了，病貓兄，下次可別躲在窗下偷聽我們的悄悄話，曲著身子，容易讓您看來似陽痿的病其實也是陽痿的病加重……要聽就進來聽嘛！不過，記得要買票哦，看大家這麼熟了，算你們八折，就八千兩一張吧！還有，別弄錯了，我說的是黃金。」

趙虎與張龍對視一眼，同時苦笑，說到詞鋒犀利，自己二人在斷州軍團也算是罕有敵手了，但李無憂絕對是二人的剋星，這個比他們小了好幾歲的小鬼，總是兩三句話就能讓張龍氣得吹鬍子瞪眼，再兩三句就一定可以讓趙虎鬱悶，但每次他們剛要發作的時候，李無憂卻又奸詐地轉移了話題，完全不給他們反擊的機會，比如現在，李無憂又笑道：

「對了，張大哥，趙大哥，你們找我有什麼事？」

說到正事，趙虎立時回復了平靜，淡淡道：「京城有聖旨傳來，皇上對上次斷州戰役的功臣大加封賞，而你作爲以雷電大破數萬蕭軍的傳奇英雄，更是被皇上封爲神電侯，需要立刻進京面聖……」

聽到封賞，李無憂非但沒半點高興的意思，反而大皺眉頭：「等等，前幾日，張承宗元帥明明答應我，上報朝廷的時候會將這件事全部歸結爲天象，他怎麼出爾反爾？」

「這個，我也不知道，你去問元帥吧！」趙虎淡淡的語氣裏竟然有一絲幸災樂禍。

一刻鐘後。帥府。

「老渾蛋！那件事你當時明明答應得好好的，現在卻又反悔！是不是故意整老子？」

李無憂故意裝出一副怒髮衝冠的樣子。

「我堂堂二十萬斷州軍總元帥，像是睚眥必報的人嗎？」張承宗微微惱怒。

「不像！」李無憂搖頭。

但某人剛剛微笑的臉立時又變得鐵青，因爲李無憂接著道，「不是像，而是根本就是。」

張承宗：「……」

四分之一炷香後。

鬱悶了良久的張承宗捋了一下花白的鬍鬚，無奈地解釋道：「唉，怪只怪這件事傳得太快，現在整個大荒都知道了雷神李無憂的大名，老大本想冒欺君大罪幫你掩蓋，卻不想聽到傳聞的耿太師已將此事奏了上去。」

李無憂心道：「老子信你才怪！不是你將事情奏上去的，老子把頭擰下來給你當球踢！」

這樣想時，他將游離在大廳外美婢們酥胸上的日光收了回來，隨口道：「你欠老耿多少錢？」

「十萬兩。」

張承宗隨口應道，不過話一出口，立知不妥，忙乾笑掩飾，「嘿！無憂你別誤會，事實上，我真沒半點陷害你的意思。」

越描越黑。

「不用說了！事實的真相，我想我已經全明白了！」李無憂冷冷說道，「我再也不能和你這樣無恥卑鄙之徒為伍，現在就要離開此地，至於皇上那裏，你就說老子重傷不治，已經嗚呼哀哉了。」說時作勢欲走。

「有事好商量嘛！」張承宗一把將他拉了回來，勸道，「名動天下，成為受萬人景仰的英雄，高官厚祿，從此享受榮華富貴，這只要是個正常的男人，都是不該拒絕的，莫非你……」

李無憂當然不會中了他的激將法，不過他也當然不會真的走，立即借坡下驢地停下腳步，嘆道：

「元帥你有所不知啊！小子並非不想名揚天下，不過家師曾常常教訓晚輩，當名氣與實力不成正比的時候，危險就已不遠。晚輩自知法力淺薄，絕對不足與大荒三仙等前輩齊名，是以並不以為這樣的名揚天下有何可取。同樣的道理，高官厚祿，能者居之，晚輩才疏學淺，若是竊居高位，怕於理不合，從而惹來殺身之禍。所以晚輩還是隱居退隱的好。」

這番看來開誠布公的話，其實半真半假，他之所以不願意當什麼神電侯的理由當然不差，但他也深知「與大荒三仙齊名」意味著自己已經無可奈何地被捲入了政治漩渦，一時是絕對無法脫身的，現在這樣說，不過以退為進，想多為自己爭取一些保命的本錢。

張承宗假模假樣地讚道：「人貴自知。無憂你能有自知之明，更兼謙遜有禮，當真不易。許多沙場老將，江湖名俠，就是因為沒有自知之明，而死得不明不白。不過，無憂，時勢造英雄，你能得到今日的機會，未嘗不是上天對你的眷顧。以你的蓋世文才，絕世法術，難道會怕面臨的挑戰？」

這番話先捧後激，連送了好幾頂高帽子，但絕口不提幫助，卻想空手套白狼，無糧差餓兵。

李無憂早已對這老狐狸有極深的戒心，當然不會中計：「元帥金石良言，振聾發聵，寥寥數語，已讓晚輩受益匪淺。不過晚輩閒雲野鶴慣了，不想受塵世羈縻，只想陪著心愛之人逍遙暢遊天下。上京一事，請元帥向陛下奏明，晚輩這就告辭。」

高帽子還給了送帽子的人，卻是任爾東西南北風，我自屹然不動。

「懦夫！」張承宗忍不住拍案而起，大聲斥道，「天下興亡，匹夫有責！李無憂，難道你連一個馬夫（匹夫）也是不如嗎？你就眼睜睜地看著敵寇侵我國土，殺我百姓？」

李無憂看老狐狸裝腔作勢的又罵又激，心道：「高帽子不行，就拿大帽子壓？但家國天下關老子鳥事啊？」

正要說話，卻不想剛才的拍案之聲，引來了數十名侍衛闖了進來，人人抽出刀劍指向李無憂。張承宗淡淡瞥了李無憂一眼，揮手讓眾人散去。

李無憂如何不明白這是老傢伙想以武力威脅，但李無憂是何許人也？他心頭大罵，卻裝出誠惶誠恐的樣子道：「前輩教訓得是，晚輩知錯了。」

「嗯！孺子可教。」張承宗的臉上露出了笑容，「那你知道該怎麼做了？」

李無憂點頭：「知道。我明天就去找個馬夫（匹夫）單挑，把他打敗，這樣的話，我就可以證明我比馬夫強多了。另外，以後敵人殺進來的時候，我都把眼睛閉上，這樣就不是眼睜睜地看著敵寇侵我國土、殺我百姓了。元帥以爲如何？」

張承宗：「……」

「走吧！走吧！」張承宗故作姿態地擺了擺手，又自懷裏掏出一本印刷精美的書來，自顧自地嘆道：「唉！看來這本帶彩色插圖的《癡婆子傳》只能我一個人欣賞了。」

「《癡婆子傳》？慶曆版還是崇禎版？」李無憂剛踏出門的左腳忽然定在了空中，整個人以一種詭異的身法猛然轉過身來。

「崇禎珍藏版！」張承宗的眼睛裏閃著狡黠的光芒。

「啊……這個……那個……元帥……」李無憂訕訕走了回來，「小子決定不走了。」

「為什麼？」老狐狸的神情看上去很是詫異。

「正如元帥所言，『天下興亡，匹夫有責』。值此家國存亡之秋，我輩熱血男兒，更該披堅執銳，外解民之倒懸，拯蒼生於水火，內報天子之宏恩，無憂身懷絕世神功，自當為國效力……」李無憂義正詞嚴地侃侃而談，儼然一位愛國人士。

張承宗心道：「解民之倒懸，拯蒼生於水火？老子看你『解羅衣於半懸，枕美女於床榻』還差不多！」不過卻立時裝出一副笑臉，「哦？李大俠迷途知返，真是我新楚之福，天下蒼生之福啊！」

「不過，封侯拜將絕對是件苦差事，元帥是不是該獎勵在下一些東西？」李無憂自然要打蛇隨棍上，眼睛貪婪地瞄著張承宗手裏的書。

「呵呵！沒問題，沒問題，你的條件我答應了。」張承宗見奸計得售，自然是大方至極，伸手將那本《癡婆子傳》給遞了過去。

李無憂伸手推開那本書，看著張承宗的眼睛，一字一頓輕輕道：「好！若有朝一日，李無憂不幸捲入大陸爭霸，我希望元帥能舉斷州之力——助我！」

「啊！」張承宗不可置信地睜大了眼睛。

大荒三八六五年，四月初六。

第九次斷州戰役結束後一個月，張承宗與李無憂密談後三天，李無憂帶著慕容幽蘭、唐思，與張龍趙虎這兩位萬夫長，踏上了遠上京城航州的路途。

航州自古繁華，新楚定都於此後，歷代天子更是大興土木，輕賦薄稅以招徠人才。二百年彈指而過，航州竟超越了陳國的大都和平羅的長安，成爲了大荒五京之首。

當然也有人說，蕭國的雲州建築大氣磅礴遠勝航州園林的精巧，還有人說天鷹國都城風州建築的如夢如幻，是航州遠遠不可企及的，但論及人氣、財富、文學、藝術等多方面的綜合實力，便是蕭國的宇帝蕭如故和天鷹的兆帝劉笑，都不得不承認航州五都之首絕不是浪得虛名。

經過近半個月的旅途，走過三千里路，李無憂五人竟然無驚無險地順利到達了航州。五人在京城最大（**也是最貴**）的客棧「風儀樓」住了下來。

張龍趙虎要去兵部報到，慕容幽蘭和唐思兩姐妹當即要去逛街。欠缺陪女人逛街雅興的李無憂打聽清楚了地形，便先去了孤山梅莊尋找柳隨風，打聽寒山碧的下落，但費盡心機和銀兩從下人口裏套得的消息，卻是柳隨風一大早就和手下人去西湖遊玩了，李無憂正好無事，便決定自去尋找，順便也遊覽一番這天下第一湖。

到西湖的時候，天空淅淅瀝瀝地下起了小雨。雨絲落在臉上的感覺，像極美人玉手溫柔的撫摩。

一縷悠悠笛音，忽穿透杏花煙雨，落到李無憂耳裏。那笛聲其遠如山，其淡如月，但後宮商跌宕迴旋，蒼涼刻骨，卻又哀而不傷，仿如仙籟。

李無憂佇立西子湖畔，人若癡呆，有行人不小心撞到，竟也未覺，但周身氣機自然感應，將那人震得跌出三尺開外，驚駭而走。

笛聲漸轉高亢，如東海潮生，南山雲起。未幾，陡轉直下，忽若金風蕭瑟，忽又似谷雨寂寥。

盞茶工夫，曲聲終於轉淡，漸不可聞，卻餘音嫋嫋，繞耳不絕。

「小心！」一個清脆聲音入耳的同時，一道冷冷的劍光已映入眼來，李無憂倏然驚醒，左手衣袖一撩，一縷指風隨勢亦自飛出。

「哧」的一響，指風竟將那劍壓得一曲，其聲如裂帛撕綢。

偷襲那黑衣人自空而落，浮光掠影，本無痕可尋，但李無憂身兼四大宗門武學法術之長，既經人示警，精神立進入菩提無樹之境，周遭動息全數洞悉。這縷以玄宗門玄天罡氣發出的捕風指才能以有破無，以巧對巧地激在了對方劍尖。

那人一擊不中，再無出手，只是借著一觸之機，反力逸去，於湖面幾個起落，已杳如黃鶴，一去無蹤。

李無憂欲待追時，已是蹤影全消，再找方才示警之人，煙雨茫茫，唯見十丈之外的湖心有一艘七彩畫舫。

無巧不巧的，畫舫之上，一張帶笑的絕世容顏也正朝這方望來。

二人眸光相觸，竟彷彿相識已是百年，各自微笑，彷若萬語千言瞭然。

「此曲只應天上有，人間哪得幾回聞啊！今日能聞盼盼姑娘仙笛，常某便是此刻死去，也是足矣！」一個雷霆般的聲音自畫舫上響起。

「羽衣常帶煙霞色，不惹人間桃李花。原來這就是十大美女排名第七的『羽衣煙霞，顧盼留香』朱盼盼。」

李無憂閃過這樣一個念頭的時候，那艘畫舫已駛遠，漸不可見。

李無憂心有所失，踽踽而行，不久竟又來到孤山。一個清麗的唱詞聲，忽透過茫茫煙雨與滿天杏花，飛入耳來，詞曰：

「楊柳堆煙，水光瀲灩。西湖春尚好，只是離別經年。憶當日，孤山梅冷，一笑嫣然，誤光陰竟千年。於天涯，將孤舟放了，煙靄畫遍。憑了斷，一夕纏綿？屈指，佳期已誤，韶華冰蓮。憂可傷人君應知，古鏡裏，白髮紅顏。嘆息罷，但傾杯。浮生事，且付昨昔今年。」

這首詞寫得不算好，卻有種說不出的哀傷來，經這少女柔柔語音唱來，便如在說一芳華已逝的女子舊地重遊，對著西湖水，見自己華髮早生，心上人卻遠在天涯，感慨物是人非，情何以堪。卻又似說一個綠衣少年於梅花綻放時節，偶遊西湖，邂逅一美麗女子，一夕纏綿之後卻因某種原因不得不黯然傷別。此後戰地黃花，玉闕高樓，兩兩相望。多年後，此生功名已就，當年的青衫少年已是兩鬢如霜，而玉人已逝，終於只能對水傾杯，感慨浮生如夢。

李無憂極目望去，唱詞那少女身形窈窕，九弦在懷。

語聲方落，叫好之聲大作。少女一驚，驀然回首。一位滿臉橫肉的惡少，一大幫跑腿的家奴，正狂流口水。

「啊！你們要幹什麼？」少女一如可憐羔羊，驚恐地望著這幫淫狼。

「拜託！姑娘，看看本少爺的造型，還有這幫手下，很明顯是流氓啊？」惡少對自己的瀟灑登場卻引來這小妮子這樣一句老土的對白很不滿意。

身側惡奴甲笑道：「敝家少爺今日暢遊西湖，心情大佳，於是乎有與小姐共謀一歡之念，望小姐不吝成全。」

一個耳光隨即扇了過來。

「媽的，你什麼時候見過流氓也文縐縐的？要弄清楚你的身分。」惡少語重心長地教訓道。

惡奴甲只痛得跌翻在地，打了幾個滾，卻依然恭謹回道：「謝少爺教誨。文長定銘記在心，須臾不敢有忘。」言辭之間，依然文韻十足。

「媽的，真是狗改不了吃屎！」惡少一副朽木不可雕的神情，復對嚇得正大哭的少女淫笑道：「小娘子，來，和大爺親熱親熱。」說時，一雙祿山之爪已經不客氣地向少女胸前抓去。

「嘿嘿！」一眾惡奴跟著淫笑起來。

「來人啊，救命啊！」少女掙扎著驚叫起來。惡奴乙、惡奴丙衝上去將她按住。

「孤山三面環水，又正值暮春，遊蹤縹緲，小姐你還是省些力氣爲佳。」惡奴甲搖頭晃腦道。

「靠！果然是屢教不改。」一眾惡奴齊聲譴責。

「哼！如此光天化日，竟然強搶良家婦女，爾等是吃了熊心豹子膽了。」一個白衣翩翩的美少年極合時機地出現了。

「臭小子，你活得不耐煩了，敢打擾你家少爺的興致？也不到航州城打聽打聽，老子是誰！」

被人攪了好事的人大抵都比較憤怒，這位惡少仁兄自也不例外。

那白衣少年瀟灑地淡淡一笑，道：「學生這廂有禮了。卻沒請教，閣下是？」聽其口氣，卻似是一書生。

那少女既見這絕世美少年，立時眼前一亮，只覺如在夢中，忽似想到什麼，竟一時滿面紅霞，呆立當場。

惡奴甲趾高氣揚道：「臭小子，你聽好了。我家少爺就是新楚國淮南王王妃娘家大姨媽的小舅子的爺爺的奶奶的遠方表弟隔壁鄰居的二大爺的乾孫子。嘿嘿！怕了吧？」

改進是有些了，卻也未免轉換得太快。

「原來貴府和淮南王居然有如此深厚的淵源啊！在下真是怕得要命！」白衣少年說這話時，卻無半分怕的意思，居然還面帶瀟灑笑意。

「飯桶！誰叫你說這個了？」惡少狠狠地瞪了惡奴甲一眼，喝道，「臭小子。你聽好了，我老子就是當朝兵部尚書張恨水。你家少爺姓張（卻是廢話），名小水。」

「啊！莫非閣下竟是赤髮仙翁的入室弟子、人稱江南四大淫俠之首的張小水？」少年書生似是大大地吃了一驚。

「哈哈！不才，正是小弟。閣下若是得罪了鄙人，後果如何，你自己想去吧。」張小水打開摺扇，優哉遊哉地晃了起來。

「公子！你還是走吧！此人你得罪不起。妾身認命了。」那少女輕輕嘆息一聲，語中似有無數哀怨。

卻不知這一句話，竟似激起了正自猶疑的白衣少年俠骨柔腸。他將白衣一撩，也不知於何處抽出一支長劍來，正氣凜然朗聲道：

「姑娘莫怕。路見不平拔刀相助，正是我輩習武之人分內之事。今日我柳隨風是救定你了。——張公子，得饒人處且饒人，別把事情做絕了。」

「好小子，不見棺材你不掉淚。來人啊，給我砍死他。」張小水極是惱怒。

一眾惡奴也不知於何處拽出一堆砍刀來，撲了上來。

柳隨風灑然一笑，振臂騰身，長劍下斜，只是酷酷的姿勢尚未擺好，刀劍已近。

「啊！你們講不講理啊，等人家姿勢擺好再動手不遲啊！哎喲！閣下怎使撩陰腿這等下作招式……啊！誰砍我頭髮，豈不聞君子非禮勿動……啊，我的肩……聖人言……啊！」他邊打邊叫，卻似個書呆子。

一場惡戰，只殺得天昏地暗，日月無光。

柳隨風膽氣頗豪，只是武藝似是差勁得緊，每一劍刺出，不是偏了方向，就是扎到自己。十餘招後，那幫惡奴倒未怎樣，他自己已弄得滿身是傷。

那少女見此，哭道：「柳公子，你快走吧！今日事已至此，小蓮永感盛情。」

「姑娘不要這樣說話，柳某……柳某……但有一寸氣在，絕……不會容忍這幫惡徒對姑娘不……不軌。」柳隨風邊打邊氣喘吁吁地安慰那少女。

卻把張小水看得開心大笑，「哈哈！你這書生，就這差勁功夫竟然也想救人。小的們，退下來，看少爺親自收拾他。」

他見這書生武功稀鬆平常，立時大喜，覺得這實是個表現自己武功的好時機。一眾惡奴立時退回，場中，只剩下那書生支劍於地，大口地喘著粗氣。

「抬刀來。」張小水大聲喝道。立時有兩人抬著一口九環大刀上來。看那二人吃力神色，小蓮心忖這刀怕有百斤以上，大聲道：「柳公子，你打不過他的，快走啊！」

柳隨風尚未說話，張小水怒道：「這娘們怎這多話，文長，把她嘴塞起來。」惡奴甲照辦。柳隨風對小蓮笑了笑，以示安慰。

「啊！吃少爺一刀。」張小水招呼未來，九環刀已當頭砍下。柳隨風一驚，忙揮劍去擋。刀劍相交，柳隨風力淺，立時被震得後退三步。

張小水哈哈一笑，大刀一揮，一式力劈華山當頭斬下。柳隨風忙側身一滾，狼狽避開。

附近一棵樹上，李無憂輕輕取下口中叼著的一枝桃花，微微搖了搖頭，自語道：「這傢伙就是柳隨風？武功這麼差，還學人家搞什麼英雄救美？真是沒前途。不過看在阿碧的分上，待會出手幫他一下吧。」

張小水得勢不饒人，手中大刀舞得密不透風，恰如雪花亂飛。那一片片的雪花，溫柔地飄向柳隨風的全身各處。未幾，那雪花漸漸變紅。竟無一刀是致命之傷，赤髮仙翁的弟子，刀法果然不凡。

柳隨風左支右絀，已是白衣染紅。只是他明澈的眼神中，卻露出一種堅毅以及一些別的什麼來。

張小水似已玩夠了，一刀迅疾向柳隨風腰間斬去。這一刀說不出的快，如水如風，正是赤髮仙翁縱橫江湖的抽刀斷水刀法中的上善若水。

樹上的李無憂大吃一驚，曲指欲彈，卻隨即心中一動，住下手來。

刀光堪堪砍近柳隨風白衣，他身子一低，火花冒起，刀卻砍在他腰間劍鞘之上，刹那間，柳隨風整個人當真如一條柳枝隨風搖擺，直飄出了三丈之外，朝小蓮與惡奴乙丙撞去。

「如柳隨風？」李無憂微微變色，「莫非這就是昔年江湖第一神偷柳逸塵的獨門絕技『如柳隨風』？」

那二人大駭，忙閃於一旁。卻聽撲通一聲，再看時，柳隨風與那小蓮如兩條隨風，唯有水面漣漪蕩漾。

「渾蛋！居然讓他們跳水跑了。追！」張小水歇斯底里地吼道。

李無憂身形一展，消失不見。

第七章　英雄本色

月滿西樓。

小蓮忽覺氣悶，胸口空得慌，睜開眼來，卻見一雙手正壓在自己胸間。她毫不猶豫，啪地甩了那人一耳光。

那人卻不著惱，當即收回雙手，只是笑問道：「你醒了？」她這才看清，面前這人正是方才救自己的柳隨風。

她想說什麼，卻口中一苦，忙一側身，吐出一口水來。原來方才，這少年竟是在救自己。她面色一紅，低聲道：「對不起，柳公子。」

柳隨風笑了笑，道：「無妨。是在下唐突在先，雖說情非得已，卻終是失禮。對了，姑娘是叫小蓮麼？」

「妾身劉冰蓮謝過柳公子救命之恩。」小蓮微微一福。

柳隨風面上總是掛著淡淡的笑容，此時忙以手攙她，只是未料足下一滑，整個人撲向劉冰蓮。後者猝不及防，被他撲倒在地。

柳隨風尷尬地壓在一個陌生女子身上，此時二人全身濕透，當即便有了反應。劉冰蓮面色如赤，豔若桃紅，口中吐氣如蘭，柳隨風只覺心脾如沁，晃似魂飛天外，一呆之下，忍不住在她臉頰輕輕親了一下。

「公子……」劉冰蓮如遭電噬，靈台霎時一空，只覺這般美妙滋味，實是出世以來，從未領教。

她雙目半睜半閉間，見柳隨風正傻傻望著自己，當即輕囈了一聲，又羞又急，掙扎開來。如此一來，肢體糾纏更是難解，陣陣銷魂之感如潮而起，浪浪相疊，再無停止。

柳隨風如癡如狂，便又吻了下去。劉冰蓮心知不安，只是一波波銷魂感覺襲來，她伸出欲推之手，竟不自覺成了摟抱之勢。

她心念一轉，自己既被這男子救了性命，保全貞潔，方才又那般羞人舉動，立時有了以身相報之意。神女既有心，襄王非無夢，一場好事卻是再也推不掉了。

屋頂，片瓦縫隙之間一雙明亮的眸了閃爍。俠肝義膽的李無憂大俠眼見一個迷途羔羊正陷入色狼的魔爪，只看得義憤填膺，憤憤道：

「奶奶的！爲什麼下面那男人不是老子？」

三個時辰後，孤山梅莊。

張小水洗去面上易容藥膏，一張英氣勃勃的臉，配上他魁梧的身材，竟也說不出的英武。他喝了口極品西湖龍井，斜斜地看了看對面的白衣美少年，問道：「隨風，這次的感覺如何？」

柳隨風將搭在桌上的左腿收回，吐了一口濃痰，方大笑道：「比上次那個好，居然是珊州某府的千金小姐，難怪細皮嫩肉的……嘿嘿。」

此時他依然白衣如雪，纖塵不染，儼然翩翩美少年，只是全身卻散發著一種詭異的邪氣。

「呵呵！小子，不錯啊。這次財色兼收了！」張小水笑道。

柳隨風撇了撇嘴，不屑道：「你知道我從來不收俘虜的，我已經騙她回去了。」

「隨風啊！其實憑你天生小白臉的本錢，還不是有無數美女投懷送抱，幹嘛非要用這種手段呢？」張小水半是調侃，半是不解。

柳隨風嘿嘿笑道：「這你就不懂了。和女子歡好，彼此心甘情願才有味道，投懷送抱的女子首先在品味上就差了一級，而對於那些骨子裏充滿英雄救美情結的少女來說，浪漫劇情的安排，是完全有必要的。」

「這都被你揣摩透了，閣下果然不愧是江南四大淫俠之首啊！」張小水笑罵道。

「虛名於我如浮雲，只有快意人生才是最重要的。」柳隨風不屑道。他看了看一旁全神貫注煮茶的惡奴甲，又笑道：「你說是不是啊？許大少爺！」

許文長沒好氣地看了他一眼，繼續專注於煮茶這極有前途的事業去了。

張小水笑道：「文長兄這次的友情演出，表現確實不錯，演得比你那個書生好了太多倍。特別是我假扇他那一耳光，那個痛楚的表情，嘖，嘖，想來就算是長安水雲軒的慕容小戲親自演出，也不過如此吧！」

柳隨風笑道：「你還別說，我們江南四少裏，就數文長兄最有表演天賦，我估計當今天下有資格成爲大荒第一淫賊的，非他莫數。」

「少扯淡了，有您老在一天，在下絕不敢有此奢望。」許文長終於笑罵道。

一室大笑。

廳外一棵參天的阿婆羅大樹上，李無憂苦笑道：「老婆，難道這就是你所謂的生平摯友？」

黃昏。煮月樓。

「呵呵！柳兄請了。」李無憂如鬼魅般竄到柳隨風面前。

其時，柳隨風正據了臨窗一桌，對著瀟瀟柳絮和斜陽煙波，怡然獨酌。

「這位公子，我們何處見過嗎？」柳隨風謹慎地打量面前這少年，卻已斷定自己並不認識。

「啊哈！小弟李友，對柳兄仰慕已久，只是柳兄世外高人，如神龍見首不見尾，一直無緣結識，直到今天上午，才在機緣巧合之下，見了柳兄半面，只是柳兄當時忙於行俠救美，未曾留意區區在下而已。正所謂聞名不如見面，一見之下，小弟對李兄的佩服又加深了。」

李無憂打了個哈哈，隨即一番噓寒問暖，但不鹹不淡的口氣實是半點佩服的誠意都欠奉。

柳隨風心頭暗罵：「媽的！原來是個偷窺狂！」口中卻謙遜道：「原來如此。呵呵！不過江湖兒女，仗義行俠本是分內之事。在下武功雖然低微，但好在多少讀過幾年書，捨生取義這個道理還是懂的。」

李無憂笑道：「巧的是小弟剛才不小心於孤山迷了路，撞到一所叫梅莊的院子，又一不小心，卻聽到柳兄豪放不羈的言語，那個……啊哈，使我對柳兄的佩服之情又加深了，呵，又加深了。」

柳隨風心頭一顫，卻面不改色道：「原來李兄上房揭瓦、斷鎖開箱的本事這般高明，小弟才好生佩服。」

李無憂謙遜道：「比起柳兄偷香竊玉、壞人貞潔的本領，小弟那不過是雕蟲小技，貽笑大方啊！」

柳隨風面上笑意也未減半分，卻道：「李兄何必太謙？竊人隱私，這種無恥下流之事，李兄做了居然還面不改色，還敢拿到光天化日之下來炫耀，這份奇厚面皮小弟不服都是不行。剛才我朋友那裏不巧丟了百兩黃金，李兄堂堂君子，想來定是閣下手筆吧？所謂竊鉤者賊，竊國者王，李兄如此大手筆，不日將封侯拜王，便是統一大荒也是指日可待啊！」

這番話連消帶打，極盡譏刺之能事。「君子」云云更是暗譏某人為「梁上君子」。被人當面揭穿醜事，還若無其事，且振振有詞地對別人譏刺連連，一番話下來，反是別人的錯一般，這人面皮之厚，辯才之巧，也算是由此可見一斑了。

李無憂何等樣人，豈是易與之輩？他微微一愣，即笑道：「柳兄此言差矣。須知物以類聚，人以群分。如柳兄這樣傑出人才的朋友，稱一句狐朋狗友，想來不過吧？既取狐狗財物，散之於民，乃是替天行道，與『賊』字何干？倒是柳兄，在下倒可多送君一個『淫』字。」

「唉！『淫賊乃雅號，無才莫當之』，自說這話的蘇慕白去後，天下可是無人再當得起了。」難得的柳隨風竟未再反唇相譏，眼神中露出一絲惆悵來。

李無憂這次倒是呆住，沒料到這傢伙居然有這麼一般見解，一時間，也不知是當哭還是當笑。

柳隨風悵然一嘆，忽將筷子擊在碗杯之上，且擊且歌：

「黃金榜上，偶失龍頭望。明代暫遺賢，如何向？未遂風雲便，爭不恣狂蕩？何須論得喪。才子詞人，自是白衣卿相。煙花巷陌，依約丹青屏障。幸有意中人，堪尋訪。且恁偎紅翠，風流事，平生暢。青春都一餉。忍把浮名，換了淺斟低唱。忍把浮名……換了淺斟低唱。」

李無憂一呆：這廝好端端的，唱什麼曲？

柳隨風直將那句「忍把浮名，換了淺酌低唱」又反覆唱了三次，方太息道：「傳言昔年江湖第一風流才俊蘇慕白，最喜唱柳永這首《鶴沖天》。只是像蘇前輩那樣領風騷百年的人物，如今也只是荒煙蔓草裏一抔黃土而已。」

說這話時他語氣雖淡，卻怎也掩不住眉宇間隱然惆悵。

「蘇慕白這淫賊去便去了，居然還流毒至今。」李無憂一臉的不可置信。

柳隨風冷冷道：「蘇前輩一生行事光明磊落，乃是個敢做敢當的真漢子、真英雄，其高風亮節，豈是那些庸碌之人所能解？唉！真想早生百年，好與蘇前輩共謀一醉！」

「蘇慕白一去，當今世上難道竟無可與柳兄淺酌共酒之人嗎？」李無憂詫異道。

柳隨風淡淡道：「這天下英雄才俊雖多，配與柳某共酒之人，卻屈指可數。」說時舉起右手，伸出中間三指，又道：「一月之前本只有兩人，今日加上李兄，卻也僅有三人半而已。呵！李兄高才，不知能否猜出其餘兩個半人都是誰？」

李無憂心道：「想考較老子？好！先就讓你大吃一驚！」當即微笑道：「有女寒山碧，以女兒之身，縱橫江湖，快意恩仇，行事大有古人之風，巾幗不讓鬚眉，是不是柳兄心中那三位英雄之一？」

柳隨風大訝：「李兄好見識！此女在柳某心中三個半英雄中排名第二。李兄論人不分黑白，只問行事，不愧是柳某推崇的三人之一。」

李無憂暗自偷笑：「推崇老子做什麼？難道老子真有什麼狗屁的見識了嗎？阿碧將你引爲她生平知己，她若不是你心中英雄之一，那才是怪事了。」面上卻謙遜道：「僥倖！」

柳隨風雙目放光，道：「卻不知柳兄能否猜出那一個半人是誰？」

李無憂道：「劍神謝驚鴻，三十年前就已天下無敵，乃天下公認當世第一高手，且胸懷俠義，重然諾，輕錢財，算不算得英雄？」

柳隨風搖頭道：「此人武功高強，睥睨當世，但太重兒女情長，為了一個女子反出謝家，原也無錯，只是因此虛擲光陰三十年，這樣的人又怎麼算得英雄？」

「不是劍神，難道是刀狂？還是雲海禪師？慕容軒？不會是燕飄飄吧？」李無憂連說數人，都是正氣譜上排名前幾位的絕世高手，柳隨風卻只是搖頭。

「獨孤千秋與程素衣又如何？」李無憂又道。

柳隨風依然搖頭：「冥神獨孤千秋處事果敢，鄙夷世俗禮法，實是位了不得的真漢子，不過行事狠辣，有失忠厚，不是英雄。凌波仙子程素衣臨凡不過兩載，本不足論，但以江湖聖地菊齋傳人身分，居然至今無法理清鐵衣盟和斷劍門的恩怨，其才具必然有限，不算英雄。菊齋齋主淡如菊與妖魔榜第一高手宋子瞻太過神秘，是隱士，不是英雄。狂刀、天巫，狂傲太甚，不知藏鋒，不是。天魔、蝶舞，手段毒辣，仁心不足，是梟雄，不是英雄；劍魔、妖羽，行事專走偏鋒，詭異有餘，堂正不足，不是。文九淵與龍吟霄正氣有餘，迂腐太甚；玄宗掌門太清子繼承有餘，創新不足，玄宗式微與其密不可分；上官三娘倒是巾幗英雄，卻獨獨少了一份俠氣……」

正氣譜和妖魔榜上的十大高手，一一被柳隨風否決。

一口氣評完當世風雲人物，柳隨風又道：「李兄，我說的是天下英雄，可不僅在江湖。」

李無憂心念一動，道：「莫非是以弱冠之年即削平叛亂，一統蕭國的蕭帝蕭如故？」新楚言風自由，只要不涉及本國天子，其餘諸事皆可隨意談論，是以李無憂才敢公然談論敵國帝君。

柳隨風搖了搖頭，道：「蕭國天子雄才大略，人中之龍，只是太過意氣用事，不算英雄。」

陳文帝陳繼風懦弱可以不論；宰相司徒不二專權而不識進退，伏誅只在早晚，不是英雄；滿朝文武守成有餘，進取不足，亡國只在早晚，也無英雄。

天鷹國兆帝劉笑烈士暮年，雖然壯心不已，卻無雄才，不足論；左右丞相，各自傾軋，不識大體；六部尚書中唯兵部趙固是將才，卻受制於奸臣，天鷹無英雄。

平羅恭帝李鏡文采蓋世，武略不足，不是；文武雙相，雖均是一時之傑，卻讓平羅裹足山陵數十年，可見無氣吞山河之心，不是；滿朝文臣，舉國武將，雖不乏像楚圓這樣的濟世雄才和呼延窟這樣的絕代名將，卻都非驚世之才，平羅沒有柳隨風心中第一英雄。

蕭國除宇帝蕭如故與其兄蕭如舊外，皆言過其實，至於名震天下的十八名將「煙雲十八騎」在李無憂看來，也不過是庸才。

新楚千古風流地，人物一問兩面天。但除了這「一問」的龍帝楚問不便論外，「兩面天」的軍神王天和太師耿雲天也都分別以「固執」和「氣狹」而被柳隨風否定，至於楚人自己推崇的「三英六劍七文章」這十六人在柳隨風口中說來，都成了欺世盜名之徒：「當時無英雄，方讓豎子成名！」

李無憂頹然半晌，苦笑道：「柳兄，實話給你說吧。小弟這幾年一直在深山學藝，於天下大勢實在不是很瞭解，無法猜出你心中之人，柳兄不妨直言。」

煮月樓樓臨西湖，本是竹溪佳處，又正值暮春，環樓便有堆煙楊柳，繞指柔紅。更兼徐徐和風，呢喃燕子，繽紛落英，正是閒暇大好去處。此時便有一青衣男子攜一童子登上樓來，正自李柳二人桌前走過。

「柳某心中這天下第一英雄，卻是我新楚國的司馬丞相。」柳隨風忽地滿飲一杯，語聲堅定地說道。

啊！這少年不取武功蓋世俠名滿江湖的謝驚鴻，不取驚才羨豔氣吞天下的蕭如故，甚至將天下英雄皆視做無物，卻將新楚國一個庸碌二十年無所作爲的右丞相司馬青衫作爲天下第一英雄！

那青衣男子聞此微微一呆，卻隨即搖行如故，揀了二人鄰桌的一張椅子坐下，那童子卻佇立一旁。

柳隨風看了李無憂一眼，續道：「李兄睿智，不難猜出柳某為何做此斷言。柳某心中三個半英雄，李兄已知道了三人。不知李兄能否猜出這最後半個人是誰來？提示一下，他可是近一月以來名動天下的風雲人物，與李兄一般是少年英雄。」

「恕在下冒昧，可是當日以一人之力，引天雷大破蕭國數萬鐵騎的雷神李無憂麼？」卻是那青衣男子微笑開口。

李無憂一愣之際，柳隨風已迅疾掃了那人一眼，微笑道：「先生好見識，正是此人。其實按說他本該也是柳某心中一位真正的英雄，只不過因為此人初出江湖，我不瞭解其過往經歷，所以不敢完全認可，只承認他是半個英雄。」

語聲至此一頓，又對李無憂道：「小弟既已說完，這就想聽聽，在李兄心中，當今天下都有誰是英雄，而誰又是那第一英雄？」

樓外，細雨如絲，一朵杏花被春風送進窗來，落到李無憂面前杯中。

李無憂看著那朵杏花道：「自鴻蒙初開以來，滄海桑田已是三千餘年，這『杏花煮酒論英雄』的風流韻事在大荒已不知發生了多少次。但諸位，你們倒說說何謂英雄？」

「英雄，當然是武功蓋世贏得天下人尊敬的人。有所擔當，能爲他人的快樂，而不惜自己的身軀。對不對？」

最先開口的竟是青衣人身邊那一直未發言的童子。

李無憂大笑：「『爲他人快樂而不惜自己的身軀』？小兄弟，你好像不是在說英雄，而是在說飄香院裏的姑娘吧？」

那童子聞言大怒，便要惡言相向，卻聽那青衣人輕喝了聲：「閒雲，休得無禮。」這才冷哼一聲，撇過頭去。

「英者，精英也。有非常之手段，能人所不能，謂之英。雄者，壯志也。以蒼生入懷，睥睨當世，實無可與抗手之人，謂之雄。」柳隨風淡淡笑道。

此言一出，只若石破天驚，那青衣人和閒雲都是悚然動容，唯有李無憂依然搖頭道：「所謂英雄，不僅僅是武功蓋世，也不止有所擔當，有本領、有抱負就可以的。真正的英雄，也不僅是敢於正視淋漓的鮮血，敢於直面慘澹的人生。真正的英雄，也不僅僅是要有過人的智慧，有一諾千金的誠信，有藏山納海的胸懷，有拯救蒼生的志向。」

說到這裏，他雙眼一亮，吐字如珠，「所謂英雄，其實不過兩字而已！」

三人聽他高談闊論，如在雲裏霧裏，此時聽他終於說道只有兩個字，均是露出詢問之色，閒雲更是忘了先前不快，開口問到底是哪兩個字。

李無憂笑而不答，卻問道：「三位以為昔年的李太白與成吉思汗算不算英雄？」

「嘿嘿！你問得真是好笑，這李太白當年號稱大荒第一高手，要再不算英雄誰是英雄？而成吉思汗更是統一了大荒不說，還將古蘭也納入版圖，他要不算英雄，這天下還有英雄嗎？」閒雲冷笑道。

李無憂淡然一笑，卻對柳隨風道：「柳兄以為如何？」

「即便是按小弟的標準來說，此二人也是當之無愧的英雄。」柳隨風正色道。

李無憂一笑，淡淡道：「此二人在小弟眼中，都算不得英雄。」

他話音也不甚大，卻不知為何，竟將梁上幾隻乳燕震飛。

青衣人輕咦一聲，道：「願聞其詳。」

李無憂道：「昔年劍仙李太白與藍破天一戰，一劍生生將大荒劃出一條貫通南北的天河來，武功之高，大荒三千多年歷史可謂無人能望其項背。更難得斯人文采風流，傲視當世。但，即便他能劍沉大荒，文動縹緲，也依然不是英雄。因為他沒有我所說的那兩個字。一代天驕的成吉思汗，橫戈古蘭，可謂古來帝皇武功之盛，但也僅是個只識彎弓射大雕的匹夫，他不是英雄。因為，他也沒有我所說的那二字。」

「那……究竟是哪兩個字呢？」

閒雲急道。「本色。」

李無憂淡淡道：「是真英雄，自本色。」

「何解？」這次是柳隨風問。

「靠！柳兄，你到底有沒有讀過書啊？」李無憂一副驚詫模樣，「所謂本色，就是說真英雄必須要好女色……喂，是哪個渾蛋拿杯子丟我？哇！這麼多茶杯……我閃……」

很多年後，柳隨風在他的回憶錄《萍蹤帝影——我在大帝身邊的日子》裏是這樣描述此時的情景的：

……當時的場面極其的混亂，陛下說出今日名震天下的「英雄論」的時候，現場的聽眾（其實只有三人）都失去了控制，他們讓大帝陷入了一個個恐怖的必殺武器中：唐門的漫天花雨（帶著茶葉的茶水）、霹靂堂的混元霹靂乾坤彈（半生不熟的雞蛋）、失傳已久的妖術紅藕香殘玉簟秋（不知道是哪個老處女的紅色肚兜）、傳說蚊蟲不漏的絕世暗器乾坤一斧（剛出鍋的臭豆腐），當然最厲害的還是只出現在五指山的隱藏法寶天羅地網（破了三個洞的臭襪子），寫到這裏，我不得不說一句，有人說這個法寶是我使出的，這絕對是污蔑、是誹謗、是完全不負責任的說法！大荒百姓都知道我對大帝一直是忠心耿耿，唯天可鑒，大帝親頒的「大荒第一忠心勇士」之名，難道是假的嗎？……

混亂持續了一盞茶的工大，終於停止。此時，李無憂已被無數必殺武器埋而不葬。

四分之一炷香後，洗盡「鉛華」的李無憂終於又得到了說話的機會：

「根據我的秘密考古所得，李太白在世一百三十二年，沒有一個女人！成吉思汗一輩子只有一個女人，我靠，一點都不夠好色嘛！大家說……這樣的人怎麼能叫英雄嘛……慢……等我說完再扔。」

看到諸人手中的必殺武器都沒有再出手的意思，李無憂正了正神，說出了一番日後流傳百世的「英雄本色論」來：

「是真英雄，自本色。一個真的英雄，首先必須要真情真性，灑脫不羈，想做甚，便做甚，絕不因世俗之力而放棄心中之志，是爲本色。其次英雄，當然要好色。正所謂英雄難過美人關嘛，沒有美人怎麼能證明你是英……哎喲，哪個渾蛋砸我？柳兄，咱們往日無怨，今日無仇，你幹嘛拿磚頭砸我？」

「啊……這個……那個……我以爲大家又要扔你，我想誰扔不是個扔啊，就想先帶個頭嘛……」柳隨風訕訕道。

李無憂：「……」

「那以李兄弟之見，這天下能做到『想做甚，便做甚，不拘俗禮』的英雄都有誰？」青衣人道。

李無憂一彈額際的一縷長髮（這在後來成為了他的招牌動作），輕嘆道：「唉！說起來真是不好意思，這大荒的第一英雄，就是你們面前這位英俊瀟灑玉樹臨風英明神武天下無敵多情……」

他邊說，邊將手指向柳隨風，後者的面上很配合地露出了微笑。

「……聰明絕頂風流不羈的……李友李大英雄了。」李無憂說這話時，已將手指收回，指著自己的胸口。

可以想見的是，立時又有無數絕世必殺武器如飛火流星撲向李大英雄。當然，其間動作最迅速的卻是日後號稱全大荒第一忠心勇士的某某。

……

三人又說笑一陣，青衣人倒了三大碗酒，對柳李二人道：

「你我諸人今日相逢，大是有緣，可惜在下還有要事在身，不便久留，請讓在下借花獻佛，敬二位一碗。此後江湖相逢，再當把酒言歡。」

李柳二人對望一眼，各懷鬼胎，卻都一乾二淨。

青衣人哈哈一笑，飲盡碗中之酒，將碗一拋，轉身揚長而去。

閒雲走過李無憂面前時，刮了刮臉，李無憂狠狠瞪了他一眼，後者嘻嘻一笑轉身跑了。

望著青衣人主僕漸行漸遠，柳隨風一臉崇拜的神色道：「此人儒雅風流，見識非凡，必非常人啊！」

「嗯，小弟也深有同感。更難得的是他走路的姿勢瀟灑絕倫，簡直是酷到了極點。」

「什麼賬？」

李無憂欷噓道，「可惜我們連名字都忘了問他，不知下次相見他會不會賴賬呢？」

「這老傢伙，爲了耍帥，竟然將名貴的青瓷碗亂砸，奶奶的，這還不是記到你的賬上嗎？」

「撲通！」柳隨風絕倒。

新雨已霽，縷縷清風，透過淡淡月色，透過風儀樓的天井，輕輕落到一臉愁思的李無憂身上。

是什麼，讓這輕披雪衣的翩翩美少年輕愁滿面，心情如雲起雲落？

「似此星辰非昨夜，爲誰風露立中宵？」一個似哀還怨的女聲忽然幽幽響起。

李無憂回頭，立時就看到了斜披羅裳，雪肌半裸的慕容幽蘭，當即笑道：「爲誰？當然是爲了我最心愛的蘭兒啊！」

慕容幽蘭秀眉一挑，撇嘴道：「真的麼？該不會是在想碧姐姐吧？」

前來京城的路上，李無憂曾將寒山碧的事和她說過，誰知從此後，小丫頭一路上只要見到有美女出現，便纏著李無憂問這人是不是碧姐姐，害得李無憂差點沒被唐思三人給笑死，此時見李無憂夜半不眠，獨坐中庭，自然又開始疑神疑鬼。

不過這次她卻猜對了。煮月樓一會的最後，李無憂終於還是告訴了柳隨風自己的真實身分，而後者驚詫之餘，卻告訴他，寒山碧在京城等了他三日不見人影後，留下一張寫著「誓殺負心人」的字條後，就去江湖上找他了。

李無憂當時淡淡一笑，心頭卻百感交集，對寒山碧本是有七分思念三分埋怨，竟全化作了一腔相思，又是心酸，又是甜蜜。

回風儀樓的路上，滿腦子都是那女子嫣然淺笑模樣。

睡至夜半，忽聽門外有風聲過庭，霍然驚起，披衣獨繞中庭，卻並無半個人影，舞了一回劍，終於意興索然，只是默然獨立，卻不想已將小丫頭驚醒，當即笑道：「別提那個可惡的碧丫頭了，來，蘭兒，讓老公抱抱。」當即張臂迎了上去，後者罵聲壞蛋，閃過一旁。

李無憂裝出惱怒的樣子，道：「嘿！老子就不信你能逃出我的手掌心。」

慕容幽蘭撇嘴，正要說話，忽見一道紅色箭形光芒如閃電般自不遠處憑空射來，驚叫道：「老公救我！」

李無憂叫聲「蘭兒莫怕」，龍鶴身法展至極限，整個人以肉眼難辨的高速朝她掠去。人至中途，心中一動，沒來由地竟感到自己和慕容幽蘭之間似隔了一道無形的牆，不及細想這是結界還是真氣牆，一拍背上劍鞘，倚天劍應勢出鞘，化作一道五色彩虹，朝前方撞去。

「哧」的一聲，電光飛濺，李無憂明顯感到那無形之牆已破了個大洞，當即真氣一吸，將倚天劍收回，同時身體已穿過那無形氣牆，落到慕容幽蘭身邊，輕喝一聲，左掌發出一道無堅不摧、無法不破的浩然正氣朝那紅光射去。

無聲無形，紅光當即消失了個乾淨。

自慕容幽蘭驚叫開始，李無憂朝她掠去，中間感應到氣牆，出劍，收劍，接著出掌，這一連串動作在慕容幽蘭看來，只若行雲流水，彷彿一切盡在他預料之中，瀟灑而自然。

但李無憂自己卻很是茫然，當日在斷州城外運靈氣幫助小丫頭發出「雷電天下」，接著又用浩然正氣幫她抵抗反噬之力，因此受了重傷。傷好之後，浩然正氣因禍得福地升至第九重，法術上卻無任何突破，但自己的感覺卻彷彿比以前靈敏了千百倍，對周圍事物的洞悉能力有了質的飛躍，剛才更是在掠出的剎那，莫名其妙地感應到那道無形的結界之牆，當真是玄妙非常。

他不及細想，抓住慕容幽蘭的手，關切道：「蘭兒，你沒事吧？」

不知爲何，慕容幽蘭竟臉頰一紅，低聲道：「傻瓜！有你在，我怎麼會有事？」

李無憂覺得她神情古怪，但強敵在側，也無暇細想，拍了拍她肩膀，以示安慰，接著喝道：「何方鼠輩，藏頭露尾？快給爺爺滾出……哎喲，蘭兒你幹嘛掐我？」

慕容幽蘭正要說話，一道白光閃過，場中已多了個中年文士。

那文士約莫三十歲，銀髮長衫，手中持了一把摺扇，李無憂覺得這人依稀有些面熟，卻又想不起在哪裡見過。

文士笑道：「無情牆，斷情箭，這兩樣法術也算是我昔年的得意絕技了，沒想到今天竟被你如此輕易就破了。果然是英雄出少年啊！」

慕容幽蘭見到這人出場，雙眼發光，問李無憂道：「李大哥，你說這位先生帥不帥哦？」

李無憂見慕容幽蘭看這人眼神露著熱切的光芒，醋意上湧，大聲道：

「帥，帥個大西瓜哦！你看看他，也老大不小了，好好的頭髮非要染成白色，手裏還拿著一把也不知從哪個妓院的垃圾堆撿來的破扇子，學人家裝風流，玩瀟灑，整個一不良中年嘛……哎喲，蘭兒你拉我袖子做什麼啊……喂！老傢伙，你笑什麼笑？算了，知道你長這麼大，也沒見過像本大俠這樣玉樹臨風風流瀟灑灑脫不羈的絕世大帥哥，就先原諒你一回。不過，老傢伙，你半夜三更不好好在家睡覺，非要跑到這來打擾人家談情說愛不提，竟然還意圖偷襲我最親愛最寶貝的蘭兒，你是不是活膩味了？不過算了，本大俠大人有大量，你若肯將指使你的人說出來，再從本大俠胯下鑽過去，老子就饒你一條狗命……蘭兒，你掐我胳膊做什麼啊，有什麼事待會兒再說……拜託，老傢伙，你別總是傻笑好不好？別以爲老子不知道你打什麼鬼主意，你是想用你那自以爲很迷人其實非常醜陋的笑容來迷惑老子，乘機好偷襲老子。不過，就你那些『昔年的得意絕技』，本大俠手指頭一動就能破他個千兒八百個，就不要拿出來獻醜了吧？喂！老傢伙，你怎麼越笑越大聲了？一看你那賤樣就欠扁，看來老子不教訓你一下你是不會……蘭兒，你手裏的刀應該去砍那老王八啊？怎麼衝我來了？媽呀！謀殺親夫了！」

中年人苦笑道：「蘭兒，難道這就是你喜歡的人嗎？看上去很不怎樣嘛。」

「爹！李大哥平常不是這樣的！」慕容幽蘭丟掉手裏的短刀，撒嬌道。

「喂！老傢伙，『蘭兒』是你叫的嗎？還有，她喜歡誰關你鳥事，什麼時候輪到你來管老子怎樣……等等，蘭兒，你剛才叫他什麼？」李無憂的口忽然張得老大，再也無法合上。

「白癡！」慕容幽蘭白了他一眼道，「你面前這位風流儒雅、瀟灑出塵的人，就是江湖上不世出的奇才、大荒三仙之一、正氣譜上有數的絕世高手、當世四大世家之一慕容世家的家主慕容軒，嘻嘻，當然最重要的身分，還是他是蘭兒的爹啊！」

她話沒說完，發現這個悲慘事實的李無憂已經白眼一翻，暈了過去。

半個時辰後，在風儀樓貴賓套房的後花園裏的一座涼亭裏，李無憂恭敬道：

「前輩找晚輩來，不知有何事吩咐？」

慕容軒背負著雙手，沉吟道：「你剛才破我無情牆的那把劍，似乎是一把罕見的真靈之劍，劍名叫什麼？」

李無憂心道：「乖乖！岳父你可真是老辣，倚天劍不過是露了一下，你竟然就認出這是一把真靈劍。」卻裝傻道：「真靈之劍？前輩你別說笑了，真靈之劍是既可以釋放法術，又可以釋放劍氣的神器。整個江湖也不過四把，晚輩怎麼會有？」

慕容軒見他裝傻，也不再追問，忽然話鋒一轉，冷冷道：「你和正氣盟是什麼關係？」

李無憂聽他語氣不善，忙道：「前輩放心，我和正氣盟的人是沒有半點瓜葛的。」

慕容軒冷哼道：「一點瓜葛沒有？正氣盟的鎮派神功浩然正氣能練到無堅不摧的境界，你竟和正氣盟一點關係都沒有？你這是當我慕容軒是白癡，還是侮辱你自己的智慧？」

李無憂乾笑道：「前輩有所不知。其實呢，這浩然正氣嘛，是我那年上山打獵的時候，在某個無名山洞裡拉屎的時候，發現了一具插著剛才那把寶劍的骷髏和一本秘笈，我照著秘笈練功，嘿，一不小心就練到今天這個地步了。前輩你也知道，江湖中秘笈成災，誰也弄不準自己拉屎撒尿的時候會不會撿到本絕世武功的秘笈什麼的啊。」

慕容軒輕哦了一聲，惋惜道：「那可真是可惜了，我慕容家和文家本是世交，剛才我本在想，你若是正氣盟弟子，我就考慮將蘭兒許配給你的，既然你不是，唉，那可真是可惜了！」

李無憂忙道：「這個前輩不用感到惋惜，山洞中那位前輩恰巧留下遺書，說我若能練成浩然正氣就收我爲徒，呵呵，事實上我也是正氣門下。」

慕容軒驀然轉身，一股強大氣勢立時將李無憂鎖定，冷冷道：「是嗎？二十年前，文老賊搶了我最心愛的人，從那個時候起，我就發誓，凡是遇到正氣盟弟子，必殺無赦！」

「哦！原來是這樣。」李無憂不慌不忙道：「不過前輩儘管放心，山洞裏那人雖然有遺言，但晚輩我生平最討厭的就是那些自命不凡的正氣盟的人，不瞞前輩說，其實晚輩最好的朋友王二就是死在正氣盟的一個馬夫手上，所以晚輩其實和正氣盟也有不共戴天之仇！我們是同仇敵愾的！」

說到後來，他簡直是咬牙切齒，面目猙獰，甚至連他自己都懷疑自己和正氣盟是不是真的仇深似海。

慕容軒先點了點頭，接著又搖了搖頭，道：「這樣當然最好。不過去年的時候，我和文兄在西湖會面，將當日的誤會已解釋清楚了。現在我們兩家的關係，比以前還要親密。你是他的仇人，那我更不能放過你了！」說時，鎖定李無憂的氣勢又加強了許多。

李無憂聞言嘆了口氣，正色道：「既然如此，事到如今。晚輩也不能再欺瞞前輩了，其實晚輩是正氣盟開山祖師文載道的隔代傳人，受他老人家臨終委託（不好意思，三哥，為了小弟和蘭兒的終身幸福，你就先犧牲一下了），暗中保護正氣盟的兩百年基業。剛才那麼說，只是爲了試探前輩是不是對正氣盟不利的人。呵！既然前輩不是，那真是再好不過了。我們依然是一家人。」

這一次，慕容軒哈哈大笑，大聲道：「你這小子，爲了娶蘭兒當老婆，竟如此反覆無常。果然是個不折不扣的小人！」

李無憂淡淡一笑：「爲了蘭兒，別說是小人，即使是敗類我也會做。再說了，我李無憂從來就不認爲自己是什麼君子、英雄、大俠一類的人物。」

慕容軒大有深意地看了他一眼，笑道：「你如此坦白，就不怕我看你不起？」

李無憂道：「亂世文章不値錢，亂世英雄如狗屎！當今大陸，風雲將起，根本沒有君子、英雄一類人的容身之處的。更何況，自古以來，成大事者，又有幾人不是小人？至於那些他們的英雄對手，除了少數人能僥倖落得個遠走他鄉的結局外，全無例外的做了他們刀下的亡魂。齊斯裘羽，金殿王明，東海太白，風州破天，這四人就是最鮮明的例子。裘羽、李太白二人除了贏得後世人幾聲毫無意義的掌聲外，當時慘況如何，想來前輩熟讀經史，那是再清楚不過了吧！至於李無憂，雖不敢說和王明、藍破天比肩，但自問能照顧蘭兒一生一世，卻絕無問題。」

「齊斯裘羽，金殿王明；東海太白，風州破天」這句話，是出自百年前的一代奇才蘇慕白的《淫賊論》。裘羽和王明都是文朝末年的義軍領袖，二人聯手推翻了文朝的統治，講好平分大荒江山，但剛剛攻下文朝國都長安，王明立時背信棄義，唆使部下從背後偷襲裘羽的部隊，造成後者實力大損，王明乘機攻打裘羽的領地，最後統一了大荒，建立金朝，而裘羽卻不得不亡命齊斯大陸，過著顛沛流離的生活。

《大荒野史》記載當年李太白之所以會遠渡東海，是因爲藍破天爲了和他爭奪當時的第一美女秦如煙，用計讓前者誤殺了秦如煙的父親，李太白萬念俱灰下，這才單人隻劍遠走異大陸。當他想通事實真相，再回大荒的時候，藍破天不但一統大荒，定都風州，而他與秦如煙的兒子也已長大成人。

李無憂此時引用這句話，可謂一針見血，極有說服力，慕容軒只聽得哈哈大笑，連聲讚道：「說得好，說得好啊！自古成大事者，永遠不拘小節，別說是坑矇拐騙，背信棄義，就是比這陰險一百倍也可以做。你這小子機靈百變，又有自知之明，除了偶爾有絕對不該的良心發現外，實是一個了不起的人才。這樣吧，只要你肯幫我殺一個人，我就將蘭兒嫁給你。」

李無憂聽出了他話中之話，「肯幫」而不是「幫」，意思就是只要李無憂肯參加慕容軒殺這人的行動，無論成功與否，慕容軒都會將女兒嫁過來，事實上，也就是已經默許了二人現在的關係。

是什麼人值得他下如此重的賭注？

李無憂動容道：「誰？」

「冥神獨孤千秋！」慕容軒一字一頓道。

「好的，沒有問題。」李無憂說話的口氣，好像慕容軒要他殺的人不是三大魔門之一的地獄門的門主，而是隔壁村賣豆腐的張三。但下面一句話卻將他的真實意圖暴露了出來：「不過，您和獨孤千秋都是大仙位的高手，我怕到時候幫不上你什麼忙。」

慕容軒道：「嘿！若我猜的不錯，你的武功早已達到賢人級的巔峰，若能領悟聖賢之別，一兩年內，就可晉級聖人級了。另外，你的法術似乎也已達到了小仙位的巔峰，精神力也初步成形了，待我告訴你大小仙位之秘，立時就可晉級大仙位了。這樣的實力，嘿嘿，當今天下，除了三仙四聖，又有誰是你的對手？再等你武功也晉入聖人級時，天下間怕已難尋敵手了。」

李無憂暗道：「岳父你好毒的眼光！」卻一躬到底，正色道：「何爲大小仙位之別？請岳父指點！」

慕容軒道：「其實大小仙位的區別，關鍵就是有無精神力。」

「啊！那……什麼才是精神力？」李無憂想到自己感應到無形氣牆以及剛才慕容軒鎖定自己的強大力量，已隱隱有悟。

「你既然是武術雙修，和你說起來就簡單多了。精神力與靈氣的關係，就好比劍氣、刀芒與真氣的關係。」慕容軒道。

「啊！您的意思是說，要將靈氣散出體外，從而接觸到對方的精神或肉體，以達到殺敵的目的？」李無憂瞠目結舌。

「孺子可教。」慕容軒點頭道，「不過，作爲靈氣的外延，精神力除了本身可以測敵、殺敵之外，尚是發動法術攻擊的媒介，只要你用精神力鎖定了一個人，就可以發動法術來攻擊他，這比普通法師和小仙位法師念動咒語才可以發動法術，提高的程度實是不能以道理計。所以，有人說進入了大仙位才算是真正登入了法術的殿堂，便是指此而言。」

「那……如何才能將靈氣像真氣一樣逼出體外？」李無憂道。

「呵！你不是已經說出來了嗎？」慕容軒笑道。

「說出來了？啊！」李無憂一呆，卻隨即大悟，「前輩你是說……咦，好快的身法！」

原來慕容軒已趁他呆立的時候，御風飛出了數丈之外。

「你好自爲之！十天之後，獨孤千秋會到京城，到時候我會來找你！」

說完這句，慕容軒已拐過走廊，消失不見。

「岳父，等一下，我還有好多問題……臭蟲，有什麼事？」

李無憂剛追出走廊，就見張龍一臉喜色地跑了過來。

張龍笑道：「呵呵！好事啊！有人請我們晚上吃飯。」

「你又不是沒吃過飯，這麼開心做什麼？」李無憂不解。

「操他奶奶！這次可是太師府、丞相府和靖王府同時邀請我們今天晚上去吃飯啊！哈哈！可以大吃三方，真是太他媽的好了！」張龍大笑道。

與某個沒腦子傢伙的白癡表現相反，李無憂的臉色變得難看起來，事情雖然早在預料之中，但竟然來得這麼快……

「喂！小白臉，你在想什麼呢？」

「我在想是不是該把你分成三塊。」

「操他奶奶！你爲什麼要這麼做？」

「你不是想吃三家的飯嗎？這三家的飯都定在掌燈時分開席，我將你分成三塊後，每家送一塊，這樣一來，你不是就可以一家不落下了嗎？」

「……」

「病貓，你實話告訴我，難道我真的很帥，不然怎麼會有三家同時請我去吃飯這樣的好事？」李無憂望著桌子上那三張燙金請帖，自嘲道。

「無憂，這飯可不好吃啊！」

趙虎對某人的幽默顯然不是很感冒，只是他的語氣雖然還是一如既往的平淡，但誰都聽得出他話裏的擔憂。

「聽說這三府都是名廚雲集，做的也都是真正罕見的山珍海味，這飯怎麼不好吃了？」慕容幽蘭眨了眨眼睛，不解道。

李無憂也不說話，迅快地在她臉頰上親了一口。

眾目睽睽，饒是小丫頭臉皮不薄，也羞得面紅耳赤，當即掐了李無憂胳膊一把，罵道：「死老公，臭老公，一天就知道欺負人家。」

李無憂苦笑道：「你看，我不過吃了自己老婆一塊豆腐，就被掐得青一塊紫一塊的，若是吃了這三家的山珍海味，我還不被大卸八塊啊？」

「啊！原來是這樣啊！」小丫頭恍然大悟。

但就在李無憂誇她冰雪聰明的時候，她又一句話卻差點沒讓眾人笑死：「不過老公，我今天好像沒買豆腐啊？」

第八章　滿堂花醉

當然，眾人的笑聲當然立時又引來小丫頭的惱羞成怒，這樣的直接後果就是可憐的某人胳膊上又多了許多瘀傷。

鬧了一陣，趙虎道：「無憂，這三家的飯局都在今晚的掌燈時分，現在差不多就該出發了，你決定去哪一家了沒有？」

李無憂道：「這個我可還沒想好。對了病貓，聽說今天晚上請我們吃飯的這三府，分別代表了當今朝廷的三大勢力，你知道不知道都是哪三大勢力？他們的關係如何？」

「你連這個也不知道？」趙虎訝道：「陛下有十位皇子，其中有資格爭奪皇位的有三位，分別是大殿下靈王、四殿下珉王和九殿下靖王，這也就是形成三大勢力的主要原因。支持大殿下的朝中大臣有耿太師以及工部、兵部和戶部三位尚書，另外據說朝廷五大軍團中的黃州軍團、梧州軍團也都是支持大殿下的。四殿下卻有司馬丞相以及禮部和工部兩位尚書的支持，另外就是軍神王天所統領的柳州軍團，也是擁護四殿下的。至於九殿下雖然只有吏部尙書和內官的支持，但皇上卻將禁軍的兵權交給這位最信任的兒子掌握，而他的母親朱貴妃也一直都是皇上面前的紅人，勢力比其餘兩位是有過之而無不及。當然這些都是傳言，但大體上是錯不了的。」

張龍和慕容幽蘭兩姐妹也點頭，表示認可。

李無憂皺眉道：「是這樣啊，那你們斷州軍團是支持哪位皇子的？」

「什麼叫你們斷州軍團？應該說我們斷州軍團！」慕容幽蘭抗議道，「你娶了本將軍，也已算半個斷州軍的人了。」

「對！」張龍立時起鬨給小丫頭助威。

李無憂嬉皮笑臉道：「老子說過要娶你了嗎？慕容孔雀，你少在那裏自作多情了！」

小丫頭聞言大怒，使勁在他背上掐了一下。

李無憂苦笑道：「連玩笑都開不起，果然是唯女子與小人難養也……」但下句「近之則不遜」硬生生在某人兇狠的眼神下吞了下去。

眾人哄笑，便是一直裝酷而不說話的殺手唐思也不禁露出了一絲微笑。

鬧了一陣，趙虎道：「事實上，張元帥只問軍事，從不問政治，我們斷州軍是誰也不支持也不反對的。」

李無憂嘆了口氣道：「亂世中立，本就不易。這一次，想要還保持原來不偏不倚的立場，怕是更艱難無比了。病貓，你有什麼好計策嗎？臭蟲，蘭兒，小思，你們也說說。」

張龍：「俗話說『兵來將擋，水來土掩』，這飯來嘛就吃了就是嘛！」

眾人：「廢話！」

慕容幽蘭：「我將有一條妙計！」

眾人（懷疑地）：「什麼妙計？」

慕容幽蘭：「暫時沒想到。」

眾人：「切！」

唐思：「我沒有意見。」

趙虎沉吟道：「不如，我們三家都不去好了。這樣一來，我們的態度就很明確了，誰也不幫。」

李無憂搖頭道：「這雖然也是個可行的法子。不過如此一來，我們就將這三大權貴都給得罪了。更有可能引來三家的猜忌！這樣吧，反正那帖子上說的是請我們四人（**唐思顯然是不在三家的情報範圍內**），嘿嘿，我們就兵分三路。我去丞相府。病貓，你去太師府。臭蟲、蘭兒你們兩個和小思去靖王府，記住！到了那裏，你們兩個一切都聽小思的，若有不方便回答的問題就直接說『不知道』，給他們來個莫測高深好了。」

眾人齊稱妙計，唯有慕容幽蘭不願意：「不行，老公，我也要和你去丞相府。」

李無憂嚇了一跳，心道你若去了，那老子苦心設計的泡妞計畫還不全得完蛋，眼珠一轉道：「蘭兒，你也算是見多識廣了，可你知道司馬青衫最大的特點是什麼嗎？」

小丫頭忽然想起什麼，花容失色道：「啊！我不去了。」

且不提江山如畫、詩酒風流，也不說兵強馬壯、富甲天下，光是人物風流這一點，便足以讓新楚成爲大荒諸國關注的焦點。因此，新楚朝中人物就更多的成爲各國民眾飯後的談資。

但無論是諸國認可的「新楚詩酒風流地，人物一問兩面天」，還是楚人自己推崇的「三英六劍七文章」，司馬青衫竟都榜上無名，堂堂新楚國丞相竟未和新楚風流扯上一點關係。

有一個典故是，在天河彼岸的天鷹國的某次宮廷聚會上，當有人問及三皇子劉曠對司馬青衫的印象時，劉曠卻反問那人，司馬青衫這娘們是不是已經到了絕經期。這當然只是個以訛傳訛的笑話，但諸國人眾對司馬青衫印象的淡漠，由此可見一斑。

沒有鋒芒、才能平庸是司馬青衫一個特點，但他最大的特點卻不是這個。在楚人自己心中，這位年過半百的相爺好像對上朝足半點興趣都欠奉，卻對煙花巷陌的環肥燕瘦瞭若指掌。甚至有傳說朝中眾大臣的妻妾生辰，他也能張口即來。

這曾搞得朝中人人自危，據說因此有很長一段時間龍帝楚問不得不在御案上闢了一個專區來擱置彈劾司馬青衫的奏章。所以杭州人都知道一個常識：要找司馬丞相，別去皇宮六部，也別去丞相府，而是要到飄香樓這樣的煙花勝地。

所以司馬青衫最大的特點是好色如命，這也是李無憂一問出這個問題後，慕容幽蘭再也不敢纏著去相府的原因。

但就是這樣一個沒有鋒芒、才能平庸而且好色如命的司馬青衫，竟已在新楚國丞相的位置上一待就是二十餘年。同樣是這樣一個丞相，卻讓視天下英雄如無物的柳隨風認爲是心中第一英雄。

司馬青衫，你到底是怎樣一個人呢？

「公子！丞相府到了。」馬夫彬彬有禮的聲音，打斷了李無憂的沉思。

下車伊始，便有一人迎了上來，那人邊走邊道：「神電侯大駕光臨，司馬青衫未能遠迎，恕罪，恕罪。」

「呵！堂堂丞相，親自出門來迎，李無憂你的麻煩大了。」李無憂暗自自嘲一聲，但當他看清那人樣貌時，更是頭大如斗，差點沒呻吟出來。

眼前這人青衫磊落，長髮如飛，卻不是當日於煮月樓中與自己和柳隨風杏花煮酒、縱論天下英雄的青衣人又是誰來？

坐落在航州城的正南方的丞相府方圓極廣，但大到亭臺樓閣小至清泉細石，都無不顯得別具匠心。整個宅院又渾然一體，錯落有致間盡見風流，顯示出建築這宅院的匠師廣博的胸懷與主人瀟灑的人生態度。

穿過了數道抄手遊廊，繞過了兩座假山，李無憂和司馬青衫都已自方才見面的震撼中恢復過來，此時更彷彿是認識多年的老朋友，司馬青衫更是親切地稱呼前者爲「李賢侄」，而李無憂也不稱他爲丞相，而是直接叫「前輩」。

對這個稱呼，李無憂的解釋是：「前輩縱橫花叢多年，已到『萬花叢中過，片葉不沾身』的地步，無怪柳兄說當世英雄人物，前輩第一！因此，雖然您是新楚丞相，但在晚輩心目中，您更是晚輩的楷模、偶像，是晚輩此生追求達到的最高境界。是以脫口而出的不是『相爺』，而是『前輩』。」

司馬青衫也順勢道：「哈哈！我是老了，已經不復當年之勇了。所謂『英雄出少年』

嘛。今後大荒美女的前途，我可就都交到李賢侄你的手上了哦。」

於是三言兩語，一大一小兩頭色狼不但已決定了大荒美女的前途，還因此變成了知己。

暮色漸濃，華燈初上。

二人又走過一條小橋，漸漸聽到人聲鼎沸，又繞過一座植滿曇花的花圃，終於來到一處軒廳。

司馬青衫親熱地牽著李無憂的手走進廳來，對眾人笑道：「諸位，我給大家介紹一下，這位少年英雄，就是當日以一人之力大破蕭國數萬鐵騎的神電侯李無憂李侯爺。」

「喲！我初時還道侯爺也如張將軍一樣氣吞天下、威猛雄壯呢，卻不想竟是這般溫文儒雅，瀟灑英俊，你們兩人可是盡占新楚風流了。」

說話的是一位約莫二十歲左右的紫衣麗人。她身邊站了位身高八丈的金甲將軍。

「呵呵！芸紫公主真是會說話。」司馬青衫笑道，「李賢侄，這位傾國傾城的大美女就是有『天鷹第一才女』之稱的芸紫公主了，而她身邊這位威風凜凜的將軍，則是九門提督參將張恨水張將軍。公主這幾日在敝國做客，聽我說賢侄你要來，是專程從皇宮趕來見你一面的。」

天鷹國三公主芸紫才名滿天下，性喜遊歷，常年輾轉於大荒諸國，但也因此豔名播於四海，傳說與她結有露水姻緣的男人數不勝數，李無憂一聽說是這位公主，暗自竊喜，忙道：「原來是芸紫公主和張將軍，久仰，久仰！」

芸紫公主嫣然一笑，那張恨水卻冷哼一聲，並不搭腔，李無憂不知自己哪裡得罪了他，但美女在旁，也無暇理會，又對芸紫公主道：「公主要見在下，只消派人打個招呼，在下自當即刻登門拜訪，如今卻玉趾親臨，教小侯何以敢當？」

芸紫公主道：「呵，那好。明日黃昏，芸紫在行館略備水酒，不知侯爺能否光臨？」有美女相約，李無憂哪裡會不去，忙道：「到時一定要來打擾。」

眾人紛紛豔羨這小子不但官運亨通，居然豔福也是不淺。

司馬青衫呵呵一笑，又為李無憂一一引薦旁人：

「李賢侄，這位見了女人就腳不能動的老色鬼，就是當朝的禮部尚書陸子瞻陸大人了。這位面黃肌瘦、腎虛腰軟的，就是本朝的柱石淮南王殿下；而這位看來英氣勃勃其實陽痿不舉的，便是官封正國公的許正許大人；至於這位看來陽痿不舉其實也陽痿不舉的，就是工部尚書周宏基，這些都是三英六劍七文章裏的傑出人物，有空你們多親近親近。」

這番別開生面的介紹，自然引來被介紹人一頓或真或假的斥罵，但除了張恨水冷著臉外，其餘人其實都面帶微笑。

李無憂一一見禮，心下卻大是忐忑：「老狐狸這麼介紹，到底是爲了向我示威，警告我不要投錯陣營，還是說我既然來赴宴，他已經將我當做自己人？」

接著，司馬青衫又指著一名英俊的年輕人和一名年輕和尚道：「李賢侄，我最後再給你引薦兩位今晚重要的客人。這位大師就是禪林羅漢堂首座無塵大師，而他身邊這位少年英雄，就是正氣盟的少盟主文治。」

無塵和尚看來年約二十五六，但李無憂卻知道，作爲雲海的關門弟子，禪林掌門虛心的師叔，這位年過八十的禪林長老之所以有如此容貌，是因爲他已將般若心經練到無我相後產生了返老還童現象。當即肅然行禮，後者微笑還禮，看他的目光卻似乎很好奇。

文治是今任正氣盟盟主文九淵的獨子，只有十九歲的他，已是官居平羅國的正氣侯，見到李無憂朝自己拱手，只是淡淡應了一聲，並不還禮，態度極其倨傲。

李無憂淡淡一笑，心頭卻已是大罵：「小王八蛋，老子可是你祖宗爺爺文載道的結義兄弟，按輩分來說也是你的祖宗。祖宗我肯給你拱手已經是天大的面子了，你小子態度還這麼惡劣，媽的，看老子待會兒怎麼收拾你！」

司馬青衫又替他介紹了幾位朝中要員後，眾人分賓主落座。李無憂作爲今晚的主賓，當然地坐到了司馬青衫下首左邊的桌子，而文治和張恨水二人力邀芸紫公主坐到自己身邊，後者婉言謝絕，卻坐到了李無憂的下首。

文張二人只恨得牙癢癢，朝李無憂橫眉怒目。李無憂這才恍然二人原來是將自己當做了情敵，暗暗好笑，心道：「龜孫子們！想和你祖宗爺爺搶女人，也不撒泡尿照照！好，老子今天就陪你們玩玩！」

酒宴一開，司馬青衫先說了一通廢話，接著敬了眾人三杯，便請眾人自便，同時叫來一隊歌姬助興，一時間音樂又響，鶯歌燕舞，好不熱鬧。

李無憂與芸紫很快就搭上話，海闊天空地聊了起來，他幼時四處流浪，見聞廣博，崑崙山上更是經四奇薰陶七年，可謂詩詞歌賦天文地理無一不精，而他有意氣文張二人，自然曲意討好芸紫，再加上他言辭詼諧，又旁徵博引，果然將芸紫逗得花枝亂顫，眉目如笑。

張恨水在一旁直恨得牙癢癢，文治雖然一杯接一杯地喝悶酒，但看李無憂的眼神已彷佛透著深仇大恨。

將一切都看在眼裏的李無憂自然暗爽，但同時暗暗心驚，初時他還當這芸紫公主只是個蕩婦，所謂才名多半是旁人吹捧出來的，卻不料她詩詞音律不說，分析起天下局勢來，竟也很有真知灼見，每深談一分，李無憂即對她的輕視就少了一分，而敬重卻多了一分。說到後來，李無憂已不僅僅是想借她氣文張兩個不順眼的傢伙了。

席間除了文張二人外，幾乎人人都來找李無憂這位大英雄敬酒，李無憂杯來酒乾，片刻之後竟已飲了三四十杯，但臉上卻連半絲紅意都沒有，眾人諛辭如潮，芸紫更是大讚他男兒本色。

飲了一陣，相府的總管忽然跑了進來，和司馬青衫耳語了幾句，後者雙目一亮，揮手示意舞姬和樂師退下，對眾人道：

「各位，各位，今天高朋滿座，已是鄙人莫大的榮幸，但更振奮人心的是，現在竟又來了一位難得一見的貴賓。」

他語音中夾雜著興奮，顯然那來賓身分很是特別。

今晚的宴席，表面上說只是個普通的朋友聚會，但眾所周知，今晚的主角是李無憂，而芸紫公主和文治的出現已經是異常大的變數了，現在這人竟能讓司馬青衫用「難得一見」來形容，那又是誰？

眾說紛紜，但猜測最多的當然還是四皇子珉王。

就在此時，一縷悠悠笛音，忽自廳外飄了進來。一張絕世容顏同時在李無憂腦中閃過，這讓他沒來由地心頭一顫：「是你麼？盼盼！」

那笛聲初時好像月照河塘，風過淺草，恬淡寧靜，但片刻後漸轉高亢，如滄海行舟，飄忽優遊。未幾，水聲漸大，怒濤翻湧，那小舟彷彿隨時都會被淹沒，卻始終隨波逐流，未曾傾翻，但片刻後，那笛聲一變，陡轉直下，由驚濤拍岸轉為如絲煙雨，並漸漸趨於平淡，良久後，那笛音一變，轉為哀傷淒涼之音，李無憂心頭一顫，彷彿看見朝露瞬逝，曇花乍放，那笛聲卻在此處戛然一止，接著響起三個短音，之後又漸漸平和，半晌後終於慢慢轉弱，漸不可聞。

萬籟俱靜，唯有紅燭垂淚，風燈畢剝作響。

眾人全都沉寂在剛才仙籟一般的笛聲中，甚至少有人發現一名橫吹玉笛的白衣女子是什麼時候出現在大廳門口的。

寂靜彷彿僅僅過了一剎那，卻又彷彿過了千萬年，終於有一人驚呼道：「大家快看，曇花開了！」

眾人朝著他手指的方向看去，果然，廳外花圃中那些原本只是含苞的曇花竟在剛才已同時開放！

朱盼盼橫笛佇立於怒放曇花間，仿如仙人。曇花如雪，白衣如雪。這一刻，所有的人都忘卻了世俗的爭名奪利，忘了恩怨情仇，完全沉醉在這奇妙的寧靜當中。

誰也不知過了多久，一個聲音終於道：「朱唇吹奏曇花曲，我願身爲碧玉簫。今日得聞盼盼姑娘簫聲，李某真是死而無憾！」

眾人回過神來，循聲望去，說話的正是李無憂。

朱盼盼面頰一紅，正要說話，一人已冷笑道：「橫者爲笛，豎者爲簫。某些人連這都分不清楚，就不要在大庭廣眾下亂說話，省得丟人現眼。」

說話的是張恨水，他早對李無憂嫉恨如狂，此時抓住李無憂混用的簫笛的錯誤，他哪裡肯放過這個機會，當即便出言譏諷。

經張恨水這一提醒，眾人也都醒悟，看向李無憂的眼神中立時就多了三分鄙夷和一分惋惜，心道這少年看來風流文雅，原來是「金玉其外，敗絮其中」，標準的草包一個。

唯有芸紫公主深知李無憂精通音律，絕不該分不清簫笛，不知他葫蘆裏賣的是什麼藥，就也不插口幫他辯解。

文治卻接道：「是啊，是啊！這詩詞音律乃是風流文雅之事，可不是憑四肢發達或者只會幾張鬼畫符就能弄懂的。」

這話一箭雙雕，「四肢發達」和「只會幾張鬼畫符」同時打擊了李無憂和張恨水兩個情敵。

李無憂淡淡一笑，並不接口，張恨水卻面有怒色，正要說話，卻見司馬青衫有如冷電的眼光射來，不得不住了口，但神色憤憤不平。

司馬青衫笑道：「其實這簫和笛都是管弦樂，外形相似，音色相近，李賢侄剛才又被朱盼盼有如仙樂一般的笛聲所迷醉，這簫笛互混，不過是一時口誤，請朱盼盼不要放在心上。」

這話明顯是替李無憂說話了，場中眾人不是精乖的老狐狸就是縱橫一方的風雲人物，哪裡還看不出司馬青衫對李無憂有看重維護的意思？當即便有陸子瞻一臉沉痛道：

「李侯爺是一時弄錯了，但子瞻慚愧啊！我一直都沒弄明白這簫笛之別，多虧了丞相的指點，不然他日陛下問起來，非但我這禮部尚書當不成了，不定還會落下個欺君的大罪，連性命都保不住！丞相你真是子瞻的再生父母啊！」

為了巴結上司，禮部尚書都可以無恥如此，其他大臣當然也不會閒著，淮南王楚陽接著就說自己對音律其實一竅不通，今天終於又長了見識；而正國公許正也坦承自己是個土包子，連音律是什麼都不知道，今天聽到司馬青衫的話，如「撥雲見日，好不暢快」！而工部尚書周宏基更是說司馬丞相為自己解決了「二十年都不明白的大問題」，晚上回去要叩謝神恩。

其他官員也紛紛附和，最離譜的是有一名武將竟坐到了地板上，一把鼻涕一把淚地痛哭起來，旁人問他原因，他卻道：「小將祖宗十八代都是農夫，根本不知道那竹筒一樣的東西居然能吹出如此動聽的聲音。聽了丞相的話，才知道原來那是笛，我又長了見識！我感動啊！」

李無憂只看得暗自狂笑，同時很是慚愧：老子白以爲算是天下厚顏無恥第一了，見了你們，才知道老子原來只是個容易害羞的大姑娘而已。

張恨水雖然性直，但終究是在官場打滾的人物，見了這個架勢，哪裡還敢繼續在這個問題上糾纏下去，誰知文治卻不是楚臣，一向孤傲慣了，根本不買眾人的賬，冷冷道：「司馬丞相雖然言之成理，但李侯爺笛簫不分，唐突了朱盼盼，應當道歉才是。」

李無憂面帶微笑，對他的提議不置可否，暗自卻爽翻了，心道：「白癡龜孫，這下你可將場中人全都得罪完了，你這小子有命回平羅，那才是怪事！」

果然，聽到文治如此不給面子，所有的人都變了臉色，若非司馬青衫用眼神阻止，好幾個人當場便要借題發揮一番。但饒是如此，眾人看文治的眼神就都變得陰冷起來，其中一些有遠見的人更是已經想到正氣盟將來極可能是此人接管，對其前景開始持懷疑態度，而很多與正氣盟有生意往來的官員，更是暗暗決定回去後要趕快撤出自己在正氣盟的股份。

「文公子此言差矣。」朱盼盼輕啓朱唇道：「李侯爺非但沒有唐突，而且還是盼盼生平第一知音呢！」

眾人看這位如仙女子的神色不像說笑，均是露出凝重神情。

文治臉色微變，不服氣道：「某人不學無術，明明將笛當做了簫，盼盼姑娘不必爲他開脫。」

朱盼盼搖頭道：「盼盼不是爲李侯爺開脫，盼盼剛才奏的那首《刹那芳華》雖然是用笛，但此曲實是脫胎於《潮汐》、《弄舟》和《曇花》這三首失傳的古簫曲，而李侯爺卻是三年來第一個聽出其中簫意的人，『生平第一知音』絕非虛言。」

「哦！」眾人恍然，同時對李無憂的觀感也由鄙夷變爲佩服，而芸紫看李無憂的眼神更是透出了一絲崇拜。

司馬青衫笑道：「我就說嘛，能吟出『朱唇吹奏曇花曲，我願身爲碧玉簫』這樣的絕唱的風流人物，即使是爲朱大家神魂顛倒，也斷不該分不出簫和笛，敢情我們的李才子是話裏另有玄機啊。可惜的是，本相還在那裏枉做小人地爲他辯解。」

這話說得眾人都笑了起來，緊張的氣氛也漸漸地緩和。

李無憂不過是說了一句話就迫得文治左支右絀，心中大樂，看了後者鐵青的臉一眼，笑道：「丞相過譽了，這朱大家的『生小第一知音』在下可不敢當，小子只是僥倖而已。不過古人說『曲藝相通』，音律造詣到了朱大家這種境界，別說是易簫而笛，就是易琴為笛也非難事。這與武功法術到了極致，會殊途同歸，相互轉化是同一道理。」

「易琴為笛……易琴為笛……啊！我明白了。」朱盼盼喜道，「多謝李侯爺，盼盼終於明白如何演奏那首古譜《高山流水》了。」

看她興奮的樣子，顯然是李無憂這句話竟然幫她解決了一個苦思許久不得解的大難題，眾人對李無憂又妒又佩，同時也刮目相看。

「荒謬！雖然古來有罕見的絕世天才可以武術雙修，但武功是武功，法術是法術，怎麼可以相互轉化？」卻是文治冷冷道。

今晚的宴席，李無憂出足了風頭，而他不但得罪了一大幫人，而且丟足了臉，此時終於又抓住李無憂話中那句「武功法術到了極致，會殊途同歸，相互轉化」大做文章，希望挽回一點顏面。但可惜他的反應又已被李無憂算計在內。

李無憂等的就是他這句話，當即冷冷道：「井底之蛙，怎知天外有天？」

「你說誰是井底之蛙？」一如李無憂所料，文治簡直是怒髮衝冠。

李無憂淡淡道：「誰搭腔我就是說誰。」

文治拔出身上配劍，怒極反笑道：「好！好！李侯爺這麼說，想來必是已經通過法術練成了武功。那好，請在場的諸位做個見證，今日若是李無憂能用武功擊敗文某，我文治就自廢武功，從此退出江湖。但若李侯爺因此敗在我的劍下，就請他不要赴明晚芸紫公主的約會，而且以後也不能再和芸紫公主在一起，不知李侯爺有沒有這個膽量？」

此言一出，立即引起巨大的波瀾。

文治這個賭約看起來似乎是李無憂占了便宜，但旁人卻都知道這絕不公平。因爲千百年來，武功和法術就好像太陽和月亮，各自光芒四射，但通常不可能同時出現在同一個天空。即便是有幾個絕世天才能夠貫通武術，武術雙修，但也必定會有一項強另一項弱，這就好比一天中的早晨和黃昏這兩個時候日月會交輝，但交輝的時候，不是月亮更明亮些就是太陽更明亮些。

現在的李無憂已經與大荒三仙齊名，法力之強是毋庸置疑，但也正因如此，即便他是武術雙修，武功也必定極其有限，文治要在武功上擊敗他自然易如反掌，畢竟不是誰都能像李太白、藍破天或者大荒四奇這樣在武術上都有通天貫地之能。

退一萬步說，即便李無憂是像他們一樣的例外人物，於武功法術都有極高的天分，但他年紀比文治小，內功自然比文治要弱，而以文治深得正氣盟真傳的武功說來，李無憂又憑什麼擊敗他？所以，文治的話表面大方，其實用心極其惡毒，但武術殊途同歸這話李無憂確實說過，誰也不能怪他過分。

芸紫公主忙道：「你們別比武了，因為我臨時想起一件事，明天晚上的約會，我已取消了。」言下已經表明自己對李無憂的愛慕，但也同時暴露出她其實也不看好李無憂的武功，希望後者不要比武。

這話非但未讓文治收手，反而因此對李無憂更加妒忌如狂，看他的眼神似乎都帶著火。

司馬青衫忙圓場道：「算了，二位皆是當今世上難得的少年英雄，誰受了傷都不好啊！」

陸子瞻也道：「兩位分別是新楚和不羅的侯爺，若因任何一人的損傷影響了我們兩國的關係，必定大為不美。依老夫看，兩位還是共飲一杯，化干戈為玉帛算了。」

除了朱盼盼微笑不語，無塵和尚閉目養神外，旁人紛紛附和，叫李無憂不要答應比武。

李無憂還未說話，文治又已道：「算了！早聽說楚人都是些只會放狂言而不敢實踐的懦夫，今日一見果然名不虛傳！這武不比也罷，我這就返回平羅，結盟之事就此作罷！」說時作勢將長劍還鞘，同時大踏步朝門外走去。

這番話言辭激烈，雖然將李無憂逼到了非戰不可的絕地，但也再一次將在座的楚人全部都得罪了，顯然文治是想孤注一擲了。

勝者爲王是亂世法則，因此這一戰的後果無外乎兩個，一就是他將聲勢正如日中天的李無憂斬於劍下，自己聲名鵲起，到時他之前的一切作爲就不再是魯莽、氣量狹小，而將全部成爲他機智和勇氣的見證；另一個後果卻是他從此聲名掃地，不得不自廢武功，從此成爲一個廢人。

可以說這是一場豪賭，眾人紛紛皺起了眉頭。

李無憂雖不明白文治說的結盟是怎麼回事，但看他做戲如此賣力，心道這龜孫也並非草包一個，當即裝出一副正氣凜然的樣子道：

「文治，你數次得罪本侯，本都是必殺之罪，不過念在你一身武功練來不易，在座諸位大人和兩位美女也都爲你求情，已決定放你一馬，但你現在竟然辱及我新楚國威，那是誰也救不了你了。不過在動手之前，我有件事情可要說明白，芸紫公主喜歡和誰在一起，那是她的事，李某無法做主，當然也無法拿來做賭注。所以，我若輸了，就自散本身靈氣，從此退出江湖。至於文侯爺若是輸了，也不用自廢武功，只要拜我為師，並為剛才的話道歉就可以了。」

這席話不但說得鏗鏘有力，擲地有聲，而且面面俱到。第一句語氣不卑不亢，在顯示自己心胸寬廣的同時，又給足了場中眾人的面子，第二句卻在將自己塑造成一位不計較本身榮辱但注重國家聲譽的愛國人士的同時，更是順帶點出對方將芸紫作為賭注是對其不尊重的表現，而更加襯托出她在自己心目中的地位。第三句話一反剛才的柔弱，話中透露出一股一往無回的英雄氣概。至於第四句卻又奇鋒突出，除了再次顯示自己肚量大外，更是以「拜師、道歉」兩個條件給文治施加了心靈壓力。

這幾句連消帶打，非常厲害。眾人聽得都是紛紛叫好，而芸紫和朱盼盼看李無憂的眼神更是耐人尋味，前者雙目放光，熱切如火中，隱隱透著一絲擔憂，後者卻淺笑盈盈，雙眸如水，顯是對李無憂抱有極大信心。

司馬青衫但笑不語，卻也微微頷首，慶幸這樣的人才是投入了自己的隊伍。可以說李無憂寥寥數語，已是鋒芒畢露。

文治聞言大怒，冷笑道：「好！好！只要我輸了，別說拜你為師，叫你爺爺都可以！

多說無益！咱們武功上見真章吧！」說時身形一飄，於空中數折，瀟灑地落到廳外院中。

李無憂淡淡一笑，眾人也不見他如何作勢，人已飛到了院中，忙緊隨其後走出大廳，來到院子中央，在二人周圍圍成了一個約莫七丈方圓的大圈子。

站定之後，李無憂道：「你動手吧！」

文治奇道：「你不用兵刃？」

李無憂下山後，一直將倚天劍包了布背在身上，但今夜來赴宴，自然不方便帶在外面顯眼，已經收到了隨身攜帶的乾坤袋裏，聽到文治的話，笑了笑，走到院子的一角，折下一根柳枝回來，隨手舞了舞，說道：「好！你現在可以開始了。」

文治狐疑道：「你這也算是兵刃？莫非想借此施展什麼法術？」

李無憂淡淡道：「劍法練到極致，草木竹石皆可爲劍，甚至是無劍勝有劍。我劍法還沒練到最高的無劍勝有劍，就用這根柳枝當劍好了。」

旁人只覺李無憂不是狂妄無知就一定有什麼詭計，文治卻聞言變色，想起父親傳授武功時對自己說過的一句話來：「治兒，本門的至高劍法叫浩然氣劍，這種劍法是以浩然正氣爲根基，灌注到劍身，有驚天動地的威力，據說這種劍法練到極致，草木竹石皆可爲劍，甚至可以無劍勝有劍。唉，練劍到這個地步，才算是真正的得法。」這少年莫非竟會這種劍法？不對，據說這種劍法連爹都沒練成，他又怎麼會了？一定是這小子不知從哪裡聽到這個傳言，故意唬我。嘿嘿！沒那麼容易！

他當即冷冷道：「好！你既然存心尋死，本侯爺就成全你！」說時手中長劍劃出一道曲弧，朝李無憂刺來。

李無憂嘆了口氣，心道：「三哥，我已提醒過他了，可你這曾孫實在是太蠢。只好讓我幫你教教他了。」見長劍近體，也不閃躲，柳枝憑空一劃，後發先至地擊在劍身，長劍立時蕩開。

「好！」圍觀眾人發出震天的喝采聲來，雖然人人都知道李無憂肯定會武功，但誰也料不到竟是高明如此，今晚有好戲看了。

文治大吃一驚，卻不死心，迅疾地連刺七劍，正是正氣門絕學碎玉劍法中的絕招碎玉七擊。劍身未至，森寒的劍氣已撲面而來。

李無憂淡然一笑，柳枝或挑或劈，或擋或刺，毫無規則的連續七式，每一次柳枝都擊在長劍的劍身，而那些劍氣一近他的身就消失得無影無蹤。

七式一過，文治快如急電的碎玉七劍全數落空，他人也被柳枝上傳來的雄渾內力震得倒退三步，持劍的右手陣陣發麻。反觀李無憂，卻由始至終連腳步都未曾一動。

圍觀眾人中不乏像無塵這樣的武學好手，見到李無憂這幾招劍法雖然都是守勢，但每一招都是擊在對方劍勢的斷續處，批亢搗虛，妙到毫巔，卻又都如羚羊掛角，無跡可尋，合乎天地至理，果然已突破了劍招本身，達到了無招勝有招的劍法極境，駭然之下，都是嘆為觀止。

文治臉色慘白，這李無憂劍法實是高明得駭人，自己每一招每一式彷彿都在他算計當中。但此時騎虎難下，只好硬著頭皮又挺劍疾攻而上。

一時間李無憂整個人又被籠罩在一蓬劍雨裏，他邊揮舞柳枝擋架，邊痛罵道：

「白癡，碎玉劍法的精義是一往無前，寧可玉碎不為瓦全，你沒有必死的決心怎麼能發揮這路劍法的威力……胡鬧，正氣八劍是以浩然正氣為魂，乾坤八劍為魄，像你這樣手足毛躁，魂散魄離，算哪門子的正氣八劍？唉，蠢材，蠢材，要知道劍術之道，講究如行雲流水，任意所至。你使完這招『山河作劍』，劍尖斜左，難道不會順勢右擺以接『天地為心』嗎？劍招中雖沒這樣的姿勢，難道你不會別出心裁，隨手變化麼？」

這一陣比鬥，李無憂只守不攻，文治只攻不守，攻方攻得酣暢淋漓，守方守得滴水不漏，但李無憂如同閒庭信步，瀟灑怡然，文治彷如狂風驟雨，奔雷閃電，只將圍觀眾人看得心曠神怡。

文治自己卻已是越打越是心驚，李無憂柳枝所指，無一不是自己劍法中的漏洞，若非他招式都是凝而不發，自己早已落敗多時，但就是如此，也逼得自己不得不慌忙變招，旁人只道他出招如電，千變萬化，卻不知他實是被李無憂逼得不得不變招，苦不堪言，但更可怕的還是李無憂口中所說的話，不是以前父親傳授劍法時的教誨，就是自己以前從未想到的本門劍法的精義。他既不是正氣盟弟子，本門劍法又能用到如此高的境界，難道他是曾祖爺爺文載道轉世不成？

又鬥盞茶工夫，文治此時已是冷汗狂冒，進退失據，李無憂見此長嘯一聲，右手一揚，柳枝脫手飛出，文治不防他忽然由守轉攻，大吃一驚，惶急下將直進之劍改爲倒豎去擋，出乎他意料，那柳枝一觸劍鋒竟立時斷成兩截，速度卻不減反增，「噗」、「噗」兩聲，射中他曲池、檀中兩穴，全身真氣立時被封。

風燈搖曳，剛剛盛開的曇花爲方才劍氣所激，四處飛揚。眾人如癡如醉，竟都忘記了鼓掌。

文治將長劍一拋，俯身拜倒，熱淚盈眶道：「師父在上，請受弟子一拜。」

月華如水，落英繽紛中，李無憂背負左手，右手倒持柳枝，面色沉寂。遠遠看去，這藍衫淡漠的少年，孤高清遠，彷彿遺世而獨立。

朱盼盼和芸紫忽覺得自己的眼角有些濕潤，這使得她們芳心深處沒來由地一陣悸動。她們都知道，從這一刻起，此生歲月，自己再也無法忘懷李無憂倒持柳枝的藍衫背影。

司馬青衫與陸子瞻看去，這倒持柳劍的少年，睥睨當世，顧盼間已是王氣縱橫，彷彿天下無人能與之爭鋒。

一直默然旁觀的無塵和尚忽雙眼圓睜，一臉虔誠地看著場中那少年，如見佛祖。

有位當時在場的朝中學士，見了此情此景，回去後作了一幅《文治拜師圖》，時人驚爲神品。後來此圖流入集市，有人千金買走，此後萬金不易。據說，古蘭魔族皇室有人聽到此畫的名氣，想用百金求其贋品，竟然未能如願。

比武結束，結局皆大歡喜。重返大廳，司馬青衫吩咐下人重開酒宴。

此時眾人看李無憂的眼神都透著崇敬，而文治更是幾乎將李無憂視作曾祖轉世了，圍在他身邊問東問西，搞得李無憂少了好多和朱盼盼和芸紫二女聯絡感情的機會。

這次輪到他恨得牙癢癢了，心下惱悔自己剛才爲何要看三哥的面子而不將這隻蒼蠅給殺了。但也正因少了李無憂的打擾，二女卻彼此熟絡起來，各自佩服對方才氣了得，很快好如密友。

飲了一陣，朱盼盼和芸紫率先起身告辭。李無憂對文治耳語兩句，見後者爽快點頭，也隨即對司馬青衫提出告辭。

司馬青衫挽留一番，見三人去意堅決，也不再強留。

出了相府，芸紫對李無憂道：「李侯爺，小妹有事在身，先走一步，你送朱姐姐回去吧。還有，別忘了明晚的約會。」

李無憂明白她的心思，朝她感激一笑，說道：「公主放心，李無憂必定送朱姑娘安然返回。」

朱盼盼俏臉微紅，正要說話，芸紫已笑道：「姐姐你可別辜負了侯爺一番好意啊。呵呵！姐姐若是有空，明晚也請同來一敘！」

不等朱盼盼說話，已帶著護衛上馬車離去。

「那天……」

「那天……」

「朱姑娘你先說。」

「侯爺你先說。」

接連兩次，兩人同時說了相似的話，二人對視一眼，都是尷尬一笑。

問明了朱盼盼暫住在西湖畔後，李無憂提議二人走路回去，朱盼盼頷首應允。

月色如水，夜風裏流動著清新的氣息，吹在臉上，柔和的，涼涼的，說不出的舒服。

已是子時，大街上不見人影，李無憂和朱盼盼兩個人默默享受靜謐的恬淡，誰也沒有說話。

忽然朱盼盼微微咳嗽了兩聲，李無憂解下外衣，從背後溫柔地給她披上，柔聲道：

「更深露重，朱姑娘小心著了涼。」

朱盼盼感激地看了她一眼，低聲道：「侯爺若不嫌棄，直接叫我盼盼就可以了。」

李無憂喜出望外，忙道：「好啊！盼盼，你也叫我無憂吧。」

朱盼盼俏臉一紅，以幾不可見的幅度點了點頭。

李無憂暗自詫異，聽說朱盼盼來歷神秘，但常年遊歷大陸，可謂閱人多矣，怎麼如此容易害羞，口中道：「盼盼，那天真是多謝你提醒，不然我可就沒命了。」

朱盼盼道：「侯……無憂，那天我不過是湊巧看見，舉手之勞而已，你別放在心上。事實上，也是你自己武功高強，才能從冷鋒的劍下逃生。」

「冷鋒？你是說那人就是傳說中從未失過一次手的神秘殺手冷鋒？」

李無憂聽到這個名字，除了大感頭疼外，心頭也隱隱有一絲竊喜，自己竟讓冷鋒失手了。

朱盼盼道：「就是這個冷鋒。你以後還要多注意。聽說冷鋒此人不達目的不甘休的。另外，你知道不知道是誰要殺你呢？」

李無憂苦笑道：「誰要殺我？老實說，我也不是很清楚。也許是司馬青衫，也許是耿雲天，甚至是皇上，呵呵，說不定是你呢？」

朱盼盼聽他說到自己，雖知是玩笑，但不知為何聞言心頭竟是一窒，面上便有了薄怒。

李無憂忙道：「盼盼，我是開玩笑，你別介意啊！」

朱盼盼轉過臉去，淡淡道：「沒事。我到了。」面前是一間尼姑庵，大門上方三個醒目大字「言靜庵」，在淡淡月光下顯得神聖而莊嚴。

李無憂笑了笑，道：「那好吧！我就不送你進去了。」忽然想起一事，又道：「盼盼，我有位朋友中了一種奇毒，需要數種奇藥，你常年遊歷大陸，不知能否幫我找幾樣東西？」

朱盼盼想也不想道：「好的。你說，我回頭幫你找找。」

李無憂道：「百溟玄冰五錢、東海神木一克、十年以上的臭豆腐若干、七足蜈蚣三條……」

朱盼盼俏臉又是一紅，低聲道：「這些東西我暫時都沒有，不過如果你這位朋友中的毒是『女兒香』的話，還有另一種方法。」

李無憂大喜過望，抓住她雙肩道：「盼盼，你知道哪種秘法？可以告訴我嗎？」

朱盼盼臉更紅了，湊過朱唇在李無憂耳畔輕輕一語，隨即不著痕跡地擺脫他的雙手，跑進庵去。

伊人已去，但陣陣幽香猶自環繞身旁，耳朵發癢，李無憂如癡如醉，心道這難道就是顧盼留香麼？咦！她剛才說什麼來著？

「解鈴還需繫鈴人」？什麼意思？該不會是說解毒還需下毒人吧？這誰不知道？奶奶的！為什麼現在的人都那麼喜歡打啞謎！

鬱悶！

第九章　眞靈神劍

李無憂回到風儀樓的時候，慕容幽蘭和趙虎等人都已先回來了。趙虎那邊一切順利，太師府今晚果然也是賓客雲集，甚至大皇子靈王也來了。耿雲天雖然對李無憂未親來略有微詞，但趙虎在表達了歉意後，就並不在此話題上和他糾纏，而是巧言帶過，說起耿雲天幾件得意的往事，後者果然立展笑顏，於是賓主盡歡。

最後，耿雲天還是很委婉地問起了斷州軍支持誰繼位的立場，趙虎卻和他玩起了太極：「趙虎不過是一介粗魯匹夫，又懂什麼軍國大事了？何況龍帝陛下英明神武，心中早已定下人選，我們做臣子的只要遵循陛下的聖諭就可以了。」

耿雲天卻不死心，當即問起了趙虎對三位皇子的觀感，趙虎回答得更絕：「三位皇子都是真龍之子，我輩凡夫俗子怎可妄言評斷？」

總之，任耿雲天和靈王如何試探，趙虎的回答都是滴水不漏，不偏不倚。最後，二人無奈之下，只好接受了斷州軍團暫時的中立態度。

靖王府的事，一切也都在李無憂的預料之中。有了唐思的暗中提點，除了張龍偶爾鬧出些禮儀上的笑話外，慕容幽蘭並沒有給他惹什麼麻煩。

至於靖王問起斷州軍團的立場問題，二人充分演繹了李無憂傳授他們的三字真言的精髓，無論靖王問什麼問題，得到的答案都是「不知道」，靖王除了苦笑還是苦笑。

唯一的意外是，靖王見到慕容幽蘭，當即就有了驚豔的感覺，直接地表達了好逑之心，遭到後者近乎蠻橫的拒絕後，非但沒有止步，反而大讚她有個性。顯然，李無憂又多了個實力強勁的情敵。

一夜無事。

第二日，是龍帝召見李無憂的日子，他早早來到了皇宮。

皇宮在航州城的正中央，周圍都被高八丈厚三丈的城牆圍在其中，宏偉壯麗的宮殿組群，規模龐大，氣勢磅礡。除了中軸線上的數座主要建築物外，其餘建築物都是標準的左右對稱格局，正大光明殿，就座落在皇宮的正中央。

在值事太監的引領下，李無憂穿過北方的玄武門，展現在面前的是一個可容納萬人的大型廣場，李無憂雖然都見過斷州城的演武場，但見到皇宮的內院也能有如此大的一片空地，當即嘆爲觀止。

跨過廣場，穿過金水河上的白玉橋，終於到達了止大光明殿門前。殿裏面已經有十幾位大臣正在談笑風生，司馬青衫、陸子瞻等人赫然在列。

看到李無憂進來，一位金冠紫龍袍，年約三十上下的英俊男人微笑著迎上前來，說道：「早就想見見當日斷州城下憑一人之力，大破數萬斷州鐵騎的神電李侯爺。呵呵，今日一見，本王才知道什麼叫『英雄出少年』！」

這人語音沉厚，聽在耳中有種說不出的舒服。

「這位王爺是……」李無憂微笑中帶著一絲疑惑地問道。

緊隨這人身後的司馬青衫介紹道：「李侯爺，這位是四皇子珉王殿下！」

李無憂忙躬身施禮道：「李無憂參見珉王千歲！」

不待李無憂彎腰，珉王一把抓住他的雙肩，連聲道：「不必多禮！」

珉王和李無憂身高彷彿，本身英俊無匹，成熟穩重，再配上金冠龍袍，端的是玉樹臨風、瀟灑出塵，更難得的是他看來平易近人，但同時又不怒自威，整個人散發著一種讓人臣服的淡淡王者之氣。總之，這個人的身上同時具備了親和與威嚴，確實有讓人願意爲他賣命的氣質。

李無憂曾聽趙虎說過，當朝的四皇子珉王文武雙全，一身武藝出自禪林無相禪師門下，一套般若神掌於京城罕逢敵手，沒想到他還如此英俊。

李無憂心念電轉時，珉王又爲他介紹身邊同樣身穿龍袍的中年人道：「李侯爺，我身邊這位是我大皇兄靈王殿下。」

靈王年約四十，與珉王的玉樹臨風不同，這位大皇子頗爲粗壯，一張國字臉也略顯滄桑，雙手過膝，環眼圓睜，若非他頭上的金冠和身上的滚龍袍，很讓人懷疑這只是某個鄉下農夫。

見到李無憂朝自己行禮，靈王微笑點頭，說道：「昨日晚上太師府設宴，本王聽聞李侯爺也要光臨，專程前往，卻未能見到侯爺，真是遺憾啊！」

李無憂陪笑道：「因爲昨夜首先接到了相爺的邀請，未來前往拜見太師和殿下，還請兩位不要見怪。不過有趙將軍前來領略二位的絕世風采，下官也一樣感同身受。」

這句話的言下之意是，趙虎來了就等於李無憂來了，也就是說李無憂雖然去了相府，但斷州軍團其實並不偏向任何一方。

靈王滿意點頭，卻又有一金甲將軍上前，伸出右手道：「聽說昨晚李侯爺在相府柳劍卻敵，一招擊敗正氣盟少盟主，劍法之強，舉世無雙。恰巧鄙人也會些粗淺劍術，不知侯爺能否抽空指點末將一下？」

李無憂伸出右手迎了上去，才一握住那人右手，一股排山倒海的凌厲內勁就猛攻了過來，幸好他早有所備，手中浩然正氣運至第六重，臉上還要不動聲色地笑道：「將軍過獎了，小侯昨晚只是僥倖獲勝！」

金甲將軍只覺得自己的內力暢通無阻地攻入了對方經脈之中，正自大喜，卻不想下一刻那些內力全如泥牛入海，不知所終，同時對方手上更有一道沛然勁氣隱隱反擊過來，他大駭之下，慌忙加緊催運內力，以防被攻進心脈。但卻在此時，李無憂的手已不著痕跡地抽了回去，他用足勁力的右手忽失目標，當即握成了拳頭。

李無憂笑道：「將軍盛意拳拳，那李某就恭敬不如從命，抽個時間咱們好好切磋一下吧。」

眾人看到那人緊握拳頭，李無憂說什麼「盛意拳拳」，當即大半部分人大笑起來，而另外的人卻沉默不語。

那將軍怒道：「好！耿雲天一定奉陪。」

「什麼！」李無憂只疑自己聽錯了，「老兄？你是耿太師？」

「正是！」那金甲將軍惱怒地一揮手，轉身走開。

「這個……他媽的！太師可是文官，你怎麼穿起盔甲來了？」李無憂望著耿雲天遠去的背影，瞠目結舌。

「切！難道有人規定文官就不能偶爾穿下盔甲的嗎？」眾人不屑道。

司馬青衫上前同情地拍了拍他肩膀道：「耿太師是武將出身，曾有大功於國家，如今雖然做了文官，但皇上特旨允許他穿盔甲。」

「我靠～～～」李無憂忽然覺得頭大了十倍，他怎麼也沒想到第一次見到耿雲天，就將這出了名的小氣的老傢伙給得罪了。陰暗的前途啊！

忽聽金鐘鳴起，值事太監大聲道：「皇上駕到！」一隊頂盔戴甲、身形剽悍的御林軍手持刀戈從後堂行出，分成兩列站在龍椅前的臺階上。

眾人忙分文武兩班站好，靜候皇帝的大駕。果然就見耿雲天一人身穿金甲站到了文官行列，李無憂看了暗自痛罵老渾蛋嗜好與眾不同，自己卻站到了武將一列的中間，側目而視，偷眼瞧著上面的動靜。

環佩叮噹，兩名美麗的宮女肅容行出，緊隨其後的正是一名老太監攙扶著的新楚國當今皇帝，號稱「龍帝」的楚問。

李無憂一見之下，忍不住微微失望。不高的個頭，削瘦的臉頰，淡淡的笑容，這一切都讓已經年過七十歲的楚問看來更像一位和藹可親的老者，而不是一朝天子。

眾人三呼萬歲，跪地伏倒。

楚問微微抬了一下手，身旁太監以閹人特有的陰陽怪氣的語調道：「皇上有旨，眾人平身！」

眾人謝恩立起。

那太監又尖聲尖氣道：「李無憂何在？」

李無憂忙出列跪倒道：「微臣神雷威武侯李無憂叩見皇帝陛下！」

「嗯，李愛卿抬起頭來，讓朕好好看看你。」

「微臣遵旨！」李無憂抬起頭來，仰首和正在仔細打量他的楚問眼神相交。

楚問雙眼一亮，點頭柔聲讚道：「嗯，英雄出少年，無憂你果然沒讓朕失望啊！」

這句「英雄出少年」是李無憂近日來聽得最多的一句話，他甚至懷疑搞不好連阿貓阿狗可能都會說，但無論別人是讚賞還是諷刺或者是別有用心，李無憂其實從來沒放到心上，但此時楚問如此說，並且直呼他的名字，他沒來由地心頭一熱，隱隱感到對方是真心欣賞自己，鼻中微微一酸，連忙叩頭掩飾。

楚問對李無憂顯然頗為喜歡，接著親切地詢問他的出身，聽說他自幼父母雙亡，當即溫言安慰，李無憂自然沒理由不給皇帝表演他仁愛的機會，將自己幼時的慘況又添油加醋了十倍不止。

楚問嘆息連連，當即愛心大贈送，賜了李無憂一座府宅十名婢女不說，外加萬兩黃金，綾羅綢緞無數。

眾大臣見李無憂如此得寵，心中都是起伏不定。司馬青衫和珉王交換了一下眼神，兩人眼中都是露出了微笑，彷彿李無憂已經是自己手中的一枚棋子。耿雲天卻眼中先是露出一絲惋惜，隨即殺機一現即隱。靈王卻依然面帶微笑，不見動靜。可惜靖王這個情敵卻沒有在場，不然表情應該更精彩吧。

楚問笑了一陣，忽然不經意道：「無憂，聽說昨天晚上你以一根柳枝擊敗了平羅國的正氣侯，可有此事啊？」

李無憂不知他態度如何，回道：「回稟陛下，確有此事。不過微臣也是被逼無奈，才出手反擊，請陛下恕罪。」

楚問面上不見喜怒，朝身旁那太監道：「朱公公，你宣布朕的命令吧。」後者微笑點頭，然後對庭下大聲道：「陛下有旨，李無憂聽封。」

眾人知道李無憂的神電威武侯已是一等侯爵，說來雖然尊貴，但終究是個虛銜，而依他此次在斷州城立下的大功，絕對會得到一個掌有實權的職位，但昨天晚上卻得罪了平羅國的使節，這就平添了些變數。是以，人人都翹首以待。

卻聽朱太監道：「奉天承運，皇帝詔曰：神電威武侯李無憂年少英雄，忠君愛國，月前憑一人之力，大破蕭國數萬鐵騎，已是有大功於國，昨夜又與平羅國達成商業聯盟協定，功勳更著。現升李無憂為一等威武伯，加封為九門提督，總攬京城政務、節制城防兵權，欽此！」

啊！眾人都聽呆了。此人一月前還是一介布衣，數天前升為一等侯爺已是奇事一件，現在得罪了外國使節，非但無事，還因此促成了商業聯盟，連升三級，做到了一等伯，而且還坐上已經懸空三年的九門提督一職。升遷速度之快，除了百年前那位十二歲就做到新楚宰相的蘇慕白外，怕無人能及了。

天下還有比這傢伙更幸運的人嗎？

所有的人都迅速地開始估計形勢，重新制定籠絡或者巴結，打壓或者刺殺等策略。更有人開始分析這件事到底是誰促成的，李無憂到底已經投向了三方勢力中的哪一方。

不同於旁人的豔羨，李無憂卻是感慨萬千：「老子不過是昨天晚上隨口吩咐文治儘快促成商業聯盟，沒想到這小子連夜就辦好了。嘿！辦事效率還真高！這小子一定在皇上面前沒少說老子的好話，這個徒弟好像沒收錯。不過，『總攬京城政務，節制城防兵權』的九門提督，老楚，你未免太看得起老子了吧？」

在一長串的繁文縟節後，李無憂從朱太監手中接過伯爵勳章和提督金印、兵符。緊接著，朱太監又宣布了一些新楚和平羅兩國達成商業聯盟協定的重要條款，之後楚問似乎不經意地對李無憂道：「無憂啊，今年的『天下武林大會』輪到在我國舉行，你作爲九門提督，希望能辦好本次大會，不要將我們剛剛打敗三國聯兵的威風給墮了，否則可別怪朕治你的罪。」

「天下武林大會？就是每三年一次，而每次都是一定在五月一號這天的天下武林大會？」李無憂問道。

「是。」

「那大會已經準備多少天了？」

「尚未開始！」

「那也就是說，臣還有七天時間可以用？」

「確切地說是六天，因爲明天開始你才能去上任。」楚問微笑道。

李無憂看著這張微笑的臉，實不知是該衝上去在豬臉上一邊一拳，還是將他一腳踢翻在地，肆意踐踏，但終於還是理智戰勝了衝動，心下苦笑：「老王八！你想玩死老子啊！」面上卻不動聲色道：「陛下，此事太過緊急，臣希望做事的時候能便宜行事。」

「好！朕賜你金牌一枚，准你先斬後奏！」

朝堂一片譁然，御賜金牌，好大的權柄！這少年竟然如此得皇上寵幸？

「謝陛下！」李無憂大喜。

這一天是大荒三八六五年，四月二十三，離天下武林大會還有七天。

李無憂出了皇宮後，並沒有立即回風儀樓，而是一個人四處閒逛。來京城後不過短短兩天，卻發生了好多事情，他必須理出一個頭緒來。

第一個問題就是，自己坐上九門提督這樣一個足以呼風喚雨的高位，到底是誰的大手筆呢？

第一當然是楚問自己。楚問在封自己爲九門提督後，又交給七天內辦好「天下武林大會」這麼高難度的任務，原因不外乎兩個可能。一個可能當然是楚問真心欣賞喜歡自己，著意栽培，這次的任務也只是想讓自己有傑出表現，好叫朝中反對自己做九門提督的人閉口，到時候辦好了當然是好事一件，即便辦不好他也可以隨口遮掩，畢竟好還是壞全在他說。

另一個可能就是朝中某派勢力。給自己如此大的實權官職並非楚問所願，不過一來肯定是迫於朝中某派的勢力的壓力，二來自己在斷州所立的功實在太大，若是不封賞顯然難以給斷州軍團交代，這才施了這招馬後炮，讓自己舉辦大會，而在大會結束後，隨便找個藉口將自己撤職了事，至於御賜金牌也只是故示大方而已。

如果是前一個可能的話，形勢就非常簡明，自己之後要做的就是要左右逢源，遊刃於三大勢力之間，再決定到底投向誰還是誰都不投奔。

如果是後一個可能的話，就頗費思量了：到底是誰將自己捧上去的呢？

嫌疑最大的當然是司馬青衫和珉王一系，畢竟這樣的大手筆才像是司馬青衫「不鳴則已，一鳴驚人」的行事風格，而他和珉王的能量也有實力將這件事做得如此神不知鬼不覺，事前連自己都沒有聽到風聲。

其次是耿雲天。聽張承宗的口氣，他們二人似乎很有些交情，說不定張承宗表面誰也不支持，其實是偏向於大皇子靈王的，畢竟此人才是傳統意義上的皇位繼承人，名正言順。如果是這樣的話，那麼今天早上自己和耿雲天發生的矛盾，就是他故意製造假象，以掩人耳目，而這也才符合一代梟雄的性格。耿雲天若是表面所表現出來的那樣一個氣量狹小不能容人的庸才，怕早就被老狐狸司馬青衫擊倒了，哪裡會有今天三家並存的局面？

最後嫌疑最小的才是靖王，畢竟他的影響力是三派中最小的，要作出如此大的手筆，肯定要花費巨人的代價，自己的立場目前非常曖昧，他沒有必要冒險。但朱貴妃這個枕邊人對楚問的影響力怕也不容小窺，所以靖王一系也並非不可能。

那麼，到底是三大勢力中的哪一位呢？付出如此大的代價，他就這麼肯定自己會投入他的陣營？

第二個問題是，到底是誰想殺自己。在斷州戰役之後，自己就屢次遭到四大殺手組織的刺殺。桃花社的人面桃花，清風閣的葉清風，斷玉堂的孫斷玉，還有唐思，對方出動的都是四大殺手組織中最負盛名的殺手。到了京城後，連江湖中最神秘的殺手冷鋒也出動了。聘請如此多的成名殺手，這人好大的手筆！按理說應該是其餘四國的人下的手，但也不排除本國人士的可能性。

唉！傷腦筋！

第三個問題就是慕容軒爲何要殺獨孤千秋，他又是如何肯定十日之後獨孤千秋要來航州的？不是說天下武林大會每年參加的都是年輕人嗎？嘿！有意思。

第四個問題是，既然寒山碧早就在尋找自己，今時今日李無憂三字又已名動天下，爲何到目前爲止她依然沒有找到自己？莫非出了什麼意外？

除此之外，文治、芸紫、朱盼盼，這每一個人的身上，似乎都隱藏著一些自己不知曉的秘密，很可能會爲自己的將來產生變數。

李無憂望了望天上的浮雲，長長地吐了一口氣，自語道：「真他媽讓人期待啊！」

一番胡思亂想下來，他人已經停在了一家無人光顧的打鐵鋪前，猛然想起倚天劍雖然神威驚人，但難保不被人認出來，就乘機買把劍吧。

鋪裏只有一名年約四十歲左右的高大鐵匠，正錘煉著一把尚未完工的鐵劍。無人拉那笨重的風箱，但爐火卻非常的旺，李無憂知道這是一件很普通的風系法寶，忽然想起下山的時候曾死皮賴臉地向三位哥哥和四姐要了好幾件東西，除了佛玉汁救阿碧的時候用過外，法寶卻是一件都沒動過。呵！不知道他們怎樣了，是不是已經快修煉成神了呢？

見李無憂一身華服，那鐵匠的眼裏非但沒有熱情，反而隱隱透著幾絲鄙夷，淡淡問道：「客官是要買兵器還是訂做器具？」

李無憂也不惱怒，笑道：「我想買一口劍，不知師傅這裏可有好劍？」

鐵匠低下頭，繼續錘煉手中一把尚未完工的鐵劍，說道：「什麼才是好劍？吹毛斷髮，割玉分金？這樣的凡品，我這裏可沒有。」

吹毛斷髮，割玉分金竟然是凡品？李無憂大奇，心知今日遇到了高人，笑道：「當然，我也不是要這樣的凡品。師傅這裏可有好劍？」

聽李無憂第二次問這個問題，鐵匠抬起頭來，看了他一眼，說道：「我手中這柄劍尙未煉成，客官你看如何？」

李無憂看了那黃澄澄的劍形鐵塊一眼，精神力掃描一遍，只覺那劍質地均勻，細密相間，笑道：「這劍正是吹毛斷髮一類，不算好劍。」

鐵匠一驚，點頭道：「公子好眼力。」說完從懷中摸出一塊黑乎乎的鐵塊，放到劍上，錘煉起來，過了片刻，又問道：「公子再看此劍。」

李無憂又將精神力掃了上去，但此時映入腦中的只是一塊頑鐵，再無質地細密之分，心中一動，笑道：「雖然加了隕鐵，但這依然不是一把好劍。」

鐵匠倏然變色，說道：「先生好眼力。」說完，忽將手指朝身旁鐵臺上一柄劍上一抹，隨即滴血到鐵劍之上，黃澄澄的鐵塊立時變作了紅色。待那鐵塊變得紅似鮮血的時候，鐵匠舉出鐵錘又錘煉起來。

過了半個時辰，那劍終於成形，鐵匠放入水中冷卻後，遞給李無憂，說道：「先生再看此劍。」

李無憂精神力又透入那劍，那劍冉不是一塊頑鐵，劍內隱有一道紅色光華在遊走，當即讚道：「已經是一把好劍的雛形了。」

鐵匠虎軀巨震，肅然道：「先生神人，請賜此劍以魂。」

李無憂點了點頭，一股浩然正氣輸入劍內，看了看天上烏雲密布，當即將劍舉過頭頂，大聲道：「天雷來！」

一道強烈的閃電應聲從雲霄落下，直貫劍尖，李無憂整個人被籠罩在一個電光罩裏，周身閃電激繞，哧哧著響。

鐵匠跪倒在地，淚流滿面，顫聲道：「師父！弟子終於煉成一柄真靈神劍了。」

此時方有雷聲隆隆，天空忽然下起了瓢潑大雨。

閃電終於消失，李無憂精神力再次透入那鐵劍，先前那紅色光華已變成一束紅黃白三色光芒繞在一起的奇特光束，而劍身時而冰冷，時而熾熱，並隱隱有一股熟悉的沛然力道傳到自己手心。

李無憂輕撫劍身，曲指一彈，龍吟之聲不絕，同時乾坤袋裏的倚天劍竟也蠢然欲動，李無憂嚇了一跳，忙使出精神力將它鎖定，不讓其動彈，片刻後，倚天劍終於安靜下來。

李無憂道：「師傅，將此劍賣給我如何？」

鐵匠搖了搖頭，說道：「此劍不賣。劍是我所鑄，劍內的精血也是我的，但讓其天人合一，灌注真靈之氣的卻是先生你，所以，這劍其實是你我二人共有。你若答應我一個條件，這把劍，我就送你如何？」

李無憂大喜，忙道：「什麼條件？」

鐵匠一躬到底，沉聲道：「當今之世，唯先生是識劍之人，所以請先生允許我段治此生追隨左右。」

李無憂看了看他，淡淡道：「我非常人，這一生注定要在風雲變幻中度過。你不後悔麼？」

段治道：「此生不悔。」

李無憂道：「好。你先在這裏待著，幫我將劍裝上劍柄和劍鞘，過幾日我會派人來找你。嗯，我的名字是李無憂，這柄劍就命名為『無憂』吧。」說完這句，轉身而去。

段治望著他遠去的背影，面上露出震驚之色，喃喃道：「原來是他，難怪，難怪！」

回到風儀樓的時候，戶部派來送伯爵府鑰匙和地契的侍郎王玖已經等了很久。慕容幽蘭和張龍趙虎正和他聊得高興，唐思卻不見蹤影，李無憂一問之下才知道四人見自己許久不歸，派她來找，暗自感激，卻不露聲色，和王玖聊起伯爵府來。

原來那裏以前是已故青州總督耶律齊雲在京中的府邸，耶律齊雲為官清廉，一生未曾娶妻，無親無故，他死後這座宅院就被朝廷收管，一直到今日。

李無憂見王玖神色間略略有些不自然，便肅然道：「王大人，這座宅子可是有什麼地方不妥，你可別瞞我？」話裏暗暗加了三成的精神力。

王玖果然神色一變，苦笑道：「伯爵大人多心了。皇上御賜的府邸，會有什麼不妥？這座宅子不但占地極廣，而且建築也美輪美奐。不過是有一件美中不足，聽說這宅子自去年開始就鬧鬼。」

慕容幽蘭瞥了李無憂一眼，接道：「我們這可有個人比鬼還兇，鬼見了可只有跑的份。」

「咦！」李無憂訝道，「蘭兒你什麼時候這麼有自知之明了？」

慕容幽蘭也是「咦」了一聲，盯著李無憂左半邊臉道：「老公，你的臉上髒髒的是什麼啊？讓我看看。」

「是什麼啊？蘭兒。」李無憂不疑有他，將臉湊了過去。

「啪」的一聲，響亮地挨了一個耳光，李無憂剛回過神來，慕容幽蘭人已跑出了門外，朝他扮了個鬼臉道：「嘻嘻，老公，你現在可明白了麼？得罪本姑娘可是沒你好果子吃的！」

張龍趙虎二人只笑得人仰馬翻，唯有王玖久處官場，深明上下之分，想笑卻又不敢，樣子很是尷尬。

李無憂摸了摸臉上的指痕，苦笑道：「正確答案原來是，指痕！」

王玖乾笑著岔開話題道：「鬧鬼不過是傳說，何況伯爵大人法力高強，呵呵，收妖伏魔都不在話下，何況區區幾隻惡鬼？現在您就可以搬過去住了。」

李無憂恨恨道：「王大人放心，這隻惡鬼，我一定會將他收服的。」

眾人看他眼光去的方向是瞪著慕容幽蘭，都是心中雪亮，某人要收拾的惡鬼好像就在眼前吧。

當下王玖就要領眾人前往伯爵府，李無憂對張龍趙虎二人道：「臭蟲病貓，你們也一起搬過去吧。」

趙虎道：「不必了。聖上前日已封我們爲車騎將軍，兩日後就要起程回斷州了，這兩天就住在客棧好了。」

李無憂嘿嘿一笑，二人只覺發毛，同時有了不好的預感，卻聽王玖詫異道：「二位將軍難道還不知道嗎？今天早上爵爺向陛下請旨，將你們調到他身邊當二品貼身護衛了。呵呵！讓堂堂車騎將軍當護衛，皇上對爵爺真是寵愛有加啊。」

王玖話音未落，李無憂已經施展生平最快的身法逃出了房間。身後傳來「劈里啪啦」

的聲響，茶杯、凳子、臉盆亂飛，同時夾雜著一陣諸如「畜生，你給老子站住」「賤人受死」「神啊，請換一種方式懲罰我吧」「上天，你為什麼讓我認識這個人渣」「賠老子的前途」這樣的咒罵和抱怨。

當晚除了耿雲天沒來外，收到消息的司馬青衫和三大皇子六部尚書等人都親自來賀，楚問雖然沒來，但也派人送來了一幅御筆親提的「御賜伯爵府」的金匾。另外，芸紫公主的約會也就改在了伯爵府進行。唯一美中不足的是，朱盼盼不知為何竟然沒來。

今天提督衙門早早就進行了一次大掃除，自天光微亮，全體人員就自發地集中到了大廳，自府尹駱志和參將張恨水之下，人人面色肅然，靜等新任九門提督的到來。

新楚的九門提督最初只管京城的防務和治安，而由航州府尹管理政務，但因為很多時候軍政密不可分，又彼此掣肘，曾出了好幾次樓子，楚問繼位後有感於此弊病，就讓提督集權，而府尹成了提督的下屬，並增設提督參將，讓府尹和參將分管政務和軍事。如此一來，就形成了一個以九門提督為最高長官，下轄府尹和參將的軍政一體管理系統，自此之後果然再沒出過什麼大的亂子。

三年前上任提督、耿太師的侄子耿勁莫名其妙地死在任上，曾是轟動一時的大事。楚問龍顏大怒，下令刑部徹查此事，但刑部尚書一年內換了四任，依然毫無結果。雖然如此，但大家都清楚此事多半是珉王和靖王做的手腳，因爲耿勁死後最有希望接任提督的駱志和張恨水，就分別是這兩系的人。

提督府的權力平衡被打破，這當然不是當權者願意看到的。但出乎眾人的預料，楚問並沒有再讓人擔任提督，而是任其懸空三年，而府尹和參將就成了事實上的政務和軍事的最高長官。有識之士認爲這可能是楚問認爲靈王一系的勢力實在是太龐大了，因此乘機削減。

事隔三年之後，沒有任何政治背景的李無憂忽然上任，這一著棋，實在是讓人看不透，是以人人早早就來到衙門，希望給新上司留下一個好的印象，而張恨水前晚曾得罪過李無憂，更是謹小慎微，除了昨晚送了一張萬兩面額的銀票做賀禮外，今天更是早早沏好了一杯上好龍井，靜等李無憂的光臨。

但這一等就從辰時初等到了午時末，足足一個上午。

日正當中，映照在「大楚京畿九門提督衙門」這一行金字上的時候，一襲藍衫便衣的李無憂提督才姍姍來遲，他舉起拳頭狠狠砸在門口那口大鼓上。「通通」鼓聲響徹整個提督衙門。

「敲你爺爺的喪鐘啊！現在什麼時辰了，想告狀，下午再來。」

從朱紅的大門背後轉出來的衙役一見只是個少年，衣著尋常，頓時毫不客氣地罵道，並順勢想將剛才八字開的大門徹底關上。

李無憂上前一步，一股龐大的壓力順勢發出。

那衙役立覺手中木門如重千斤，再也不能移動分毫，正自發呆，李無憂已經笑道：「現在什麼時辰了？」說時順手塞上一錠白銀。

「現在是午時，衙門不辦公。你要告狀麼，下午再來吧。」衙役掂量出那銀子的重量，說話的時候就客氣了好多，臉上也有了笑容。

「哦！才午時啊！看來我還是來得太早了。」出乎那衙役的預料，李無憂竟然頗爲懊悔地說。

他似忽然想起什麼，問道：「對了大哥，府尹和參將現在在不在？」

「不在，不在，他們都吃飯去了。」衙役聽到少年居然如此不識趣地想見府尹和參將，當即沒好氣道。

「哦！不在？嘿嘿！那可太好了。」

李無憂不懷好意地笑了起來，衙役尚未覺察到情形不對，抬起頭來，正要呵斥，只見李無憂一臉的肅殺，雙眼中寒光大盛，當即嚇了一跳。

李無憂亮出腰牌，淡淡道：「我就是新任提督李無憂。駱志和張恨水既然不在，你去將其他在衙門的人都給我叫來。」

那衙役看到那腰牌，嚇了一大跳，雙腿一軟，跪倒於地，惶恐道：「小人有眼不識泰山，大人恕罪，大人恕罪。」

李無憂不耐道：「去，去，限你半炷香內快去將人都給我召來，少了一人，本官就治你個辱罵朝廷官員，怠慢上司之罪。」

「大人請到內堂休息，小人這就去叫人。」衙役心膽俱喪，連滾帶爬地跑去叫人。

「恐嚇小人這樣的粗活，應該讓手下人去辦才對啊！可憐老子堂堂一等伯爵，身邊連一個像樣的手下都沒有！真是命苦啊！」

李無憂苦笑一聲，走進大堂，裏面空無一人，唯有一隻燒了水的火爐猶旺，他在几案上找到一壺碧螺春，老實不客氣地沏了一杯香茶，喝了起來。一會兒工夫，人接二連三地跑了進來，李無憂也不言語，抬手示意他們坐下。

半炷香不到，剛才那衙役自己也跑了回來，陪笑道：「大人，所有在衙門的人都給您找來了。」

李無憂似笑非笑道：「真的都來齊了嗎？朱富。」

那衙役陡然被叫出名字，嚇了一跳，忙道：「回大人，都……都來齊了。」

李無憂道：「那好！我問你，提督衙門一共三百二十一人，出去吃飯的是一百五十七人，現在這裏是一百六十三人，還有一人去哪裡了？」

朱富大駭，心道：「早聽說這少年法力高強，是神仙一流的人物，沒想到竟神通如此！」當即再不敢隱瞞：「回大人的話。小人所有的人都通知了，但財院書記黃瞻卻說此時是午休時間，即便是大人召喚，也不用理會。」

李無憂輕哦了一聲，道：「那好吧！他不來，本督也不強他。你去跟他說，他現在不來，以後也不用來了，財院書記就由你當了。辦完這件事後，你去將參將和府尹兩位大人給我請回來。」

朱富大喜，領命去了。

李無憂喝了一口茶，對眾人道：「現在本來是用餐休息時間，本不該打擾諸位，但不如此，本督無法辨明諸位才是我提督府的棟梁，一心為公的忠心人士啊！」

眾人本有滿腹怨氣，只是懾於他總督官威，敢怒不敢言，此時聽他如此說，當即是怨氣全消，洋洋得意起來，其中更有幾人是因為拉肚子而沒出去吃飯的，竟也因此成了「提督府的棟梁」，笑得樂不可支。

眾人中頗有些有見識的人，細細一想，都對這位少年提督佩服不已。原來自耿勁死後，提督衙門就輪到駱志和張恨水當家，二人已將耿勁餘黨清掃一空，府中眾人不是依附駱就是投奔張，但也有一部分是因爲各種原因沒有投靠兩人的。一來這些人中也確實有些有用之才，棄之可惜；二來張駱二人也需要這些人來進行勢力緩衝，這些中間派竟然在衙門中立穩了腳跟。

平時中午休息的時候，府尹和參將兩黨的人都是分別聚眾而去，順便聯絡感情，制訂陰謀等，而中間派的人卻都願意圖個方便就在衙門的食堂吃飯。李無憂於此時出現，確實一下就大致分清楚了三黨。

一中年人讚道：「大人妙計，胡龜年佩服之至。」

李無憂點頭：「原來你就是戶院副書記胡龜年啊，早聽說你頗有見識，今日一見果然名不虛傳。」

胡龜年嚇了一跳，自己不過是戶院的一個副書記，這少年竟已聽過了自己的名字，當然是來之前做足了工夫，當即一凜，回道：「大人謬讚了，下官見識沒有，脾氣不好倒是出了名的。」

李無憂笑道：「這我知道，你一個，黃瞻一個，都是出了名的壞脾氣。呵呵，有本事的人嘛，哪個沒有點脾氣？別說是你，小督的脾氣也不好得很，動不動就想砍人頭啊什麼的……呵呵，開個玩笑而已，看你們臉色都變了，好了，不說這個了，胡龜年，以後就在我手下好好幹，我必定給你施展抱負的機會。」

胡龜年心頭一熱，拜了下去，李無憂伸手攙起。餘眾聽李無憂對各人底細都如此清楚，當真是又驚又佩，暗自震懾。

當即李無憂就問起諸人對舉辦本次「天下武林大會」的看法，這些投閒已久的不得意人立時暢所欲言，爭著在新任提督面前表現一番。

李無憂這才知道諸國舉辦大會都是提前一月就開始準備，有時候甚至是提前兩月就已開始。但今年輪到新楚舉行，府尹駱志早就上書楚問希望早點準備，但後者的批覆卻只有一個字「等」，就在旁人都以爲今年的大會可能會取消的時候，不想楚問竟讓李無憂出任總督，並負責主辦本次大會。

眾人當即提出了自己的方案，任李無憂一一篩選。

李無憂選了四套方案，正自沉吟，忽聽廳外一個帶著憤怒的粗獷聲音道：「李大人，你憑什麼撤了我的財院書記？」

話音方落，一個身形極高的魁梧大漢衝到李無憂座前，對李無憂怒目而視。

李無憂淡淡一笑：「黃書記既然來了，誰又敢撤你了？」

李無憂有言在先，黃瞻不來才撤了他的書記，黃瞻一愣，頓時作聲不得。

李無憂哈哈一笑，拍了拍他的肩膀，示意他在自己旁邊坐下，說道：「行了，黃書記，你的大名我可是早已久仰了，只是書記出了名的剛直不阿，本督才不得不出此下策，激你來此啊。吶，這裏有四套方案備選，你幫我看看。」

黃瞻面色緩和，看也不看那些方案，說道：「不用看，能入大人之眼的，一定是胡龜年、劉五、朱思和古忽烈四人的方案了，各套方案應該是各有千秋，不過依下官之見，真要說可以實行的，還是胡書記那套方案。但那也不是盡善盡美，我昨夜已做了一套方案，請大人過目。」說時遞上一個文本。

胡龜年和其餘三人都露出了不服氣的神色。

李無憂接過一看，先是擊掌叫絕，繼而眉頭一皺，笑道：「黃書記，胡書記，你們看看彼此的方案，再告訴我該怎麼辦。」

二人看了半晌，齊聲道：「依屬下之見，不如將兩套方案綜合利弊，再實行。」

李無憂哈哈一笑，連聲道好，叫胡龜年將自己的方案寫到黃瞻的文本上。

過了一陣，大門口傳來一頓細碎腳步聲響，嘩啦啦撞進一群人來，徑直走進大廳，紛紛跪倒，口稱「屬下參見提督大人！」卻是駱志接到朱富的消息，帶著手下人慌慌張張地趕了回來。

駱志躬身道：「提督大人駕臨衙門，下官未曾遠迎，請大人恕罪。」

李無憂微笑道：「府尹大人太客氣了，是本督來的不是時候，怪不得大人。其實本督早上就該來的，奈何昨天晚上睡得太晚，呵呵，早上就起不來，勞府尹大人和諸位等了我一上午，真是抱歉，待武林大會過後，本督在飄香樓做東，請諸位痛飲三杯當是賠罪。」

駱志嘴上連道不敢，心頭卻雪亮：李無憂再貪睡，也不可能一個上午都起不來吧？卻在自己屁股還沒坐熱的時候來叫自己，這是大人的下馬威了。媽的！官大一級真是壓死人。

原來提督掌管整個提督衙門，公務和應酬都很繁忙，因此朝廷律法規定，提督不必時刻在衙門出現，而政務和軍事等細則都可以交給府尹和參將以及手下五院的人去辦。當然，在下班的時候，提督的召喚，除非是緊急情況，眾人也可以不必理會，只是這樣一來，肯定就將這皇上面前的紅人給得罪了，駱志無論如何也不會做那樣的蠢事的。

李無憂正要說話，門外又傳來腳步聲，卻是朱富和張恨水一系人回來了。

見了面，張恨水的說辭和駱志大同小異，李無憂的答覆也幾乎不變。

寒暄過後，李無憂掃了眾人一眼，對駱志和張恨水道：「駱府尹，張將軍，客氣話本督也不多說了，皇上下令本督辦好本次武林大會，所剩時日不多了，必須立刻開始行動。

具體怎麼辦，本督已經定了下來，方案就放在了桌子上。」

說到這裏，他將那已經過胡龜年修改過的方案書拿到手裏揚了揚，又道，「但本督事務繁忙，無法具體負責這件事，所以想請你們兩位中的一位幫我負責這件事。辦好了，是大功一件，辦得不好，過錯由本督扛了，不知兩位有誰願意擔此重任呢？」

二人先是一愣，接著恍然：「這小狐狸想找替罪羊！他說的好聽，什麼『辦好了是大功一件，辦得不好錯由他承擔』，事實上絕對是恰恰相反。辦好了功勞是他的，旁人只會誇他用人有方，領導得力；辦得不好，他就直接朝自己頭上一推，自己就成了他送到皇上面前的替罪羊！更何況，誰知道他那方案裏都寫了些什麼亂七八糟的東西？這小子，年紀輕輕的，就深諳爲官之道，計謀這麼老辣，難怪這麼快就能當上九門提督。」

他們卻不知道這是李無憂少年時流浪四方，混得的無賴本事。說穿了，朝廷高官和市井無賴其實都並無不同，不過是前者的手段更隱秘，後者更明顯些而已。

駱志道：「提督大人，張將軍統管軍隊多年，極有領導才能，又武藝高強，辦武林大會，實在是再合適不過了。」

李無憂道：「嗯，說的有理，張將軍，你看……」

張恨水忙道：「大人，下官是個粗魯武夫，向來只管城防治安，像舉辦大會、外交應酬，這樣的事向來是駱府尹的長處，下官是拍馬難追的，提督大人知人善任，想來必定會將此事交給府尹大人負責吧？」

李無憂點頭道：「這也有理，駱府尹，你覺得……」

駱志嚇了一跳，忙道：「張將軍忠君愛國，英明神武，請大人務必將此事交給他負責。」

張恨水忙道：「駱府尹有經天緯地之才，濟世安民之能，大人還是將舉辦大會這樣偉大的任務交給他辦吧。」

「大人，交給張將軍吧！」

「大人，交給駱府尹吧！」

「還是張將軍好了。」

「不，不，還是駱府尹好！」

二人誰也不願意接這個燙手山芋。

「提督大人，既然參將大人和府尹大人都不願意承辦此事，請大人將此事交給下官吧！」黃瞻道。

「啊呀！大人，黃書記學識淵博，才高八斗，正是舉辦大會的不二人選，請大人恩准！」駱志見有人願意朝火坑裏跳，哪有不推他一把的道理？

「嗚嗚！黃瞻，本將軍果然沒看錯你，不愧是國家棟梁、朝廷柱石，好，這件大功本將軍就讓給你了。提督大人，請您允許黃書記全權負責主辦本次大會。」張恨水也是落井下石的高手。

李無憂沉吟道：「你們二人真的不願意主辦這次大會？我本來打算，誰要是願意主辦，本督就封他爲副提督呢！」

「嘿嘿！朝廷從來沒有副提督一職，再說，封這樣的大員，也不是小子你說了就能算的！你想利誘老子也不換種方式再來？」駱志和張恨水同時這樣想，當即齊聲道：「下官認爲黃書記正是副提督的不二人選。請大人不用再猶豫了。」

李無憂故作惋惜道：「二位真的不再考慮一下？」

二人齊聲道：「下官已經考慮得很清楚了。」

李無憂嘆息道：「唉！那好吧。本次的事，本督就交給黃書記了。黃書記，你可別讓本督失望啊！」

黃瞻大喜，當即跪下，道：「謝大人成全。」

李無憂擺了擺手，笑道：「先別謝我，你先去謝謝皇上吧。」

黃瞻一奇，卻聽李無憂道：「昨天晚上，我曾和皇上提過爲我增設副提督一職，皇上已經答應下來。既然你願意接受本次任務，那副提督的位置就非你莫屬。一會兒吏部會派人送來印信，你吃完飯就去各院挑人，按照這個方案開始辦事吧。」

此言一出，眾人都是豔羨不止，暗暗懊悔剛才爲何自己沒有去接受這項任務。黃瞻更是狂喜，心中暗自下定決心，要終身追隨這位少年提督。

駱志卻臉色蒼白，呆立當場，原來從一進門開始，自己就已落入了李無憂的陷阱當中，張恨水又悔又恨，指著李無憂的臉破口大罵道：「小王八蛋，你好陰……」

話一出口，他立知壞了。

果然，李無憂倏然變色，一掌扇在他臉上，冷喝道：「張參將，你好大的膽！竟然敢當眾辱罵上司！來人啊！將他給我關進大牢，嚴加看管！沒有我的命令，誰也不許放他出來！」

新楚言風自由，下屬甚至可以在公共場合隨意議論上司的得失，但若公然辱罵上司那卻是一條重罪，眾目睽睽，張恨水是無論如何也賴不掉了。

當下李無憂封了張恨水的氣脈，讓他至少十五天內失去武功，有衙役上前將他押了下去。

張駱兩系的人都只看得脖子發涼，這少年提督好深的心計。黃瞻、胡龜年這些中立派的人卻見這平時囂張無比的參將被拿下，都暗自叫好。

李無憂對駱志道：「駱府尹，此次大會關係皇命，無論有任何外力相阻，都希望府尹大人能好好配合黃副都督的工作，不要像張參將那樣讓本官失望才好。」

駱志聽出這話中濃濃的警告意味，忙道：「下官一定盡力配合黃大人的工作。」

李無憂滿意地點了點頭，又道：「那好！你一會兒吃完飯去幫我擬一張禁武令，大意是從今天開始到大會結束，凡是敢在此期間在京城內私鬥的，殺無赦！明天除了貼遍全城的大街小巷外，京都各大報紙我也要看到這條消息，明白了嗎？」

駱志點頭答應。

李無憂最後道：「打擾各位用餐，真不好意思。大家請繼續去吃飯吧。哦，朱富，你留一下。」

眾人依言散去，朱富只道李無憂要治自己的罪，陪著小心問道：「大人有何吩咐？」

李無憂笑道：「你別那麼緊張。我想讓你幫我做一件事，不知你有沒有這個膽量。」

朱富聽他不是怪罪自己，當即心情一鬆，拍著胸口道：「無論是上刀山還是下油鍋，大人您吩咐一聲，朱富若皺一下眉頭，就不是好漢！」

「哦？是麼？」李無憂淡淡道，「那我讓你去暫代參將之職，你看如何？」

「什麼?!」朱富只驚得雙目翻白，暈倒在地。

李無憂一腳踹了過去，笑罵道：「媽的！還好漢呢！」

第十章　邪羽神刀

李無憂上任的第一天，就以雷霆手段將張恨水投入監牢，提升黃瞻爲副總督從而架空駱志，這兩招狠辣手段讓他將提督府牢牢地控制在手中，三大勢力的人都還沒來得及消化這個變化，他接著又提議升一個既毫無資歷又不懂兵法，而且還不會武功的朱富爲參將，將朝中眾人全搞得稀里糊塗，誰也弄不清這少年提督葫蘆裏賣的是什麼藥。

但讓眾人大跌眼睛的還是楚問的批覆，他不但將張恨水撤了職，貶爲千夫長，還真的將朱富任命爲新任航州參將。

李無憂是皇上面前的紅人！幾乎所有的人都收到了這個訊號。

這是一個陰謀！所有的陰謀家都警覺地嗅到了危險的氣息，小心地收斂自己的行動。就是在這樣的一種情形下，武林大會的準備工作進展得異常順利。

大會擇在城北可容納萬人的大校場舉行。黃瞻和胡龜年二人都異常賣力，不過是三日工夫就已將校場基本布置妥當，現在唯一日夜趕工的只有中間最大的那個擂臺了。

李無憂不但讓朱富調集了三千軍隊嚴密保護施工的正常進行，自己也布下了極其厲害的禁制，同時還派了趙虎這個高手去監督。

隨著大會日期的臨近，航州城裏隨地都可看到提刀背劍的江湖人物往來，而提督衙門負責報名的桌子前，每日也都排著長長的人龍。好在「雷神李無憂」這五個字的威力實是驚人，禁武令下，無人敢挫其鋒，這讓負責維持京都治安的朱富和張龍大大地舒了口氣。

旁人都忙得要死要活，提督大人自己卻整日裏窩在伯爵府的溫柔鄉裏盡享齊人之福。芸紫和朱盼盼現在成了府上的常客，每日裏來找李無憂談風吟月，笑論古今。

慕容幽蘭初見二人，就敏銳地察覺到二女對李無憂的情愫，看她們的眼神就很帶著敵意，但當聽說這二人一個是名聞天下的大鷹才女公主，另一人卻是自己的偶像朱盼盼的時候，立時高興得手舞足蹈，嚷著要二人簽名。

這個時候，某人就酸溜溜地說：「老子也是大荒名人，爲什麼就沒人來找老子簽名？」

三女就齊聲打擊道：「誰叫你長得醜呢？」三女語畢同時撲哧笑出聲來，緊張的氣氛當即得到緩和，之後漸漸融洽，到當日分手時都是難捨難分起來。

這日，送二女回去的時候，慕容幽蘭纏著要留在芸紫的行館，李無憂讓唐思也住下順便照顧她，自己一人回到伯爵府。

不久，黃瞻來報告說工程已經全部完成，而各項準備工作也都已就緒，只等明天武林大會開幕了。李無憂大喜，著實誇獎了他幾句。

送走黃瞻後，已是黃昏時分了，新來的婢女小翠送來一碗蓮子羹，李無憂喝了一口，微微皺了皺眉頭。

小翠極其精乖，當即道：「老爺，若是不合您的口味，奴婢去叫廚房重新做一碗吧？」

李無憂擺了擺手：「算了。慕容小姐不在，沒人能煮出那種味道。對了，以後不用自稱奴婢，也不要叫我老爺，我叫你小翠，你叫我……李大哥吧。」

小翠也不矯情，爽快道：「好的，李大哥。嫣紅姐姐說大哥爲人隨和，我先前還不信呢，現在才知道是真的。」

李無憂笑了笑，卻想起一事：「嫣紅是誰？我都沒聽過。」略一沉吟，抓起毛筆，運筆如飛，寫了幾張字帖，對小翠道：「小翠，我寫了幾張告示，你叫人給我貼到城裏最繁華的街段去。」

「好字！」小翠讚道，「李大哥，你是要招聘總管嗎？」

李無憂點頭，讓她去了。

又看了一陣公文，李無憂直起身來，走到窗戶前透透氣。書房的外面是一個人工湖，此時夕陽殘照，湖面浮光掠影，湖圍的垂柳在晚風裏微微纖擺，一片的寧靜。

看著眼前的一切，想起數年前自己還是一個四處流浪的無賴少年，現在卻不但官居極品，而且還有了如此大的一片府邸，今夕對比，當真是情何以堪。這樣的時候，他越發思念讓自己有今日成就的三位義兄和姐姐來。

唉！三年，難道真的要三年後才能找到破穹刀嗎？也許大哥說的其實是倚天劍的力量要到三年後才能解封吧。倚天劍現在只相當於一柄和無憂劍威力相若的真靈劍，其中真正的力量好像一直被什麼東西壓制著。

忽然一個異景吸引了李無憂的眼光。湖畔的垂柳根根都是隨風無規則的舞動，但書房附近的一株柳樹的一根枝條的舞動，卻是以一個極其固定的頻率在左右輕輕地擺動。

這在旁人看來也許沒有什麼奇怪，但落入李無憂眼中，這卻是件極其不尋常的事。他心念一動，精神力隨著湖面蔓延過去。

咦！精神力竟然無法掃描出那根柳枝的質地。這樣的情形是他經慕容軒指點晉級爲大仙位高手以來從來沒遇到的情形。

「聽王玖說這裏原來鬧鬼，會不會和這裏有點關係？」

想到這裏，他再次放出精神力，不過這次他掃描的是那棵柳樹以及周遭的泥土，但這次依然沒有成功。啊！那到底是什麼東西？

李無憂的好奇心被激起，從窗口掠了出去，落到樹下，觀察片刻，施出禪林擒龍手，右手虛抓住那奇特的柳枝，使勁朝下一拉，不想那柳枝卻似乎連著一座山，渾不見半絲動靜。

李無憂大奇，擒龍手運至第十重，奮力拉下。

「咕」的一聲，那柳枝應聲被拉下三寸。但周圍卻並無任何異象。他失望的將勁力鬆掉，又是「咕」的一聲，柳枝反彈了回去。

「怎麼回事？」李無憂自語道，眼睛無意間落到了湖堰上。花崗石砌成的堰牆不知何時已多了一道半寸高的濕痕！

「好巧妙的設計！」李無憂讚了一聲，明白過來，精神力隨即湧入湖水當中。

掃描的結果證實了他的猜想。但怎麼下去呢？

嘿！有了，片葉須彌！

下一刻，心有千千結心法使出，擒龍手拉下柳枝的同時，禪林高級法術片葉須彌也被精神力傳達到了柳枝上，於是先前輕飄飄的柳枝立時變得重如須彌山，暫時是不會縮回去了，而此時李無憂已無聲無息地投入湖裏。

剛入水下，立時右下方傳來一股巨大的吸力，而其餘八方卻有暗流如排山倒海般壓來，李無憂慌忙運起護體罡氣護住全身，身體卻在巨大的吸力和推力之下，身不由己地朝下面飛去。

眼前先是一黑，然後忽然一亮，然後整個人已經落到了一處長而寬的甬道當中。甬道約一人半高，寬一丈，上下和兩側都是堅硬的花崗石，兩側的牆壁上每隔十丈就有一顆閃閃發光的珠子，李無憂識得那是罕見的夜明珠。兩邊牆壁的下面各有一條窄而深的排水管道，裏面正有水流游動。身後是已經關上的兩扇石門，上面分別畫了一個八卦和無數的道符。

「原來是磁山符和太極六合陣，難怪有那麼強的吸力和壓力！」李無憂自言自語起來，「不過看那石門的年代，絕對有幾百年以上的歷史，是誰竟然有本事讓符咒和陣法的效力維持百年以上？——嘿嘿！前面一定有寶藏或者絕世武術的秘笈！」當即抽出無憂劍，抬腿朝甬道的前方走去。

甬道一直是平平直直，竟不見半個拐彎，一路上卻再不見有機關符法，也不見有鎮守的妖怪，出現神秘寶藏的先兆是一個都沒有，李無憂不禁大失所望。

行了約莫頓飯時光，前面終於出現了一個拐角，而一陣窸窸窣窣的聲音也隨即傳了過來。

「嘿！有怪物！可以升級了！」李無憂停下腳步，將無憂劍一橫，密切地注視著前方的動靜。

一個尖尖的小腦袋冒了出來，接著是一個拳頭大小的身體，一根細細的尾巴！靠！媽的，原來是隻普通得不能再普通的白老鼠！

李無憂虛驚一場，收回長劍，對那老鼠道：「喂！小白，過來一下。」

那老鼠似乎能聽懂他的話，「咯吱」「咯吱」地叫了兩聲，竟真的跑了過來。

「暈！你還真能聽得懂我說什麼啊？好，有前途。以後就跟我混了，有沒有問題？」李無憂道。

那老鼠「咯吱」地叫了一聲，歡呼式地跳了起來。

「好！真有你的。老兄！」李無憂苦笑道，「要是喜歡，就到我乾坤袋裏來住下吧！」

老鼠又叫了一聲，隨即飛了過來，撞到乾坤袋，立時消失了個無影無蹤。

「嘿！真是怪事年年有，今年好像特別多。」

李無憂就這樣莫名其妙地收了一隻老鼠當手下，只剩下自嘲的苦笑。

拐過彎去，路途依然沒有任何的新意，依然是清一色的花崗石加夜明珠。

甬道的盡頭也有一道石門，不過這次石門不是在正前方，而是在甬道的天花板上。

石門上畫的是太極六合陣和五嶽符，看來這道門是無法從外面開啓。正對石門的下方，有一具插著長劍的骷髏，骷髏的旁邊似乎有一本竹簡模樣的東西。

「這樣的情形，似乎在哪裡見過？」李無憂並沒有立即上去尋寶，而是站在原地琢磨起來。

終於，他失聲笑了起來：「哈！老子記起來了。前幾天似乎和岳父說過老子獲得浩然正氣的秘笈就是在這樣的情況下。媽的！命裏有時終須有，運氣來了，躲也躲不掉。」

走上前去，骷髏面前一行蝌蚪文樣的東西落入眼來，李無憂大吃一驚：「金鼎文！這不是蠻荒時代的文字嗎？還好書呆子曾逼老子學過這種古董文。」

但當他看懂那行文字的時候，更是驚得再也合不上嘴：

老夫不慎為開天劍所傷，自知命將不久，特將畢生所學及上古瑰寶《盤古心經》記錄在簡，留贈有緣！後世子孫習之，當用以濟世安民，否則必遭天譴！切記！

逍遙子於大荒二〇六九年

「靠！這逍遙子還真是有意思，人都掛了還管別人是不是用他的武功來濟世安民？

咦！等等，開天劍，盤古心經？那不是傳說中創世神秦乾的東西嗎？那老子豈不是可以縱橫天下宇宙無敵了？」

「哦！不好意思，原來是看錯了，是開心劍和《盤子心經》。應該是一把逗人笑的寶劍和一本教人如何洗盤子的秘笈，老子就說嘛，哪那麼好的運氣，一下子就無敵於天下了。」

為了對這位送來山寨版道具的逍遙子前輩的表示感謝，李無憂決定在收取那柄劍和竹簡之前，給那人意思一下——磕了一個不算很響的頭。

「刷刷刷！」三支帶著藍汪汪顏色的勁箭貼著頭頂飛了過去，花崗石砌成的牆壁竟被沒入七寸！

「靠！老子就知道有這一招！不過逍遙老兄，你下次一定要計算準確些，老子要是再長高幾寸，還不是照樣會被你射死？」

李無憂罵咧咧地將開心劍和盤子心經收入乾坤袋，一腳將那具骷髏踢開。

「轟隆！」石門隨即打開，一大堆泥土掉了下來。

這踢開骷髏的一腳，竟然就是開啟石門的機關所在？

「靠！老子算是服你了。老兄，你竟連我要踢你這一腳都算到了。佩服！」李無憂心中漸漸有了敬畏。

下一刻，一股清新的空氣和淡淡的月光撲面而來，門外果然已是地面。

李無憂大喜，飛升而起，但聽一聲「李無憂看招」，一團黃兮兮的東西已經迎面射來。

李無憂的頭剛剛冒出，那黃色暗器已經射到面門。是什麼人竟然算到自己此時會在此處現身，不差分毫的發暗器暗算自己？

他本能地將頭一偏，想避過那暗器，卻不想那暗器忽然化作零星的無數點。啊！漫天花雨的暗器手法！來人竟是斷玉堂的殺手？

千鈞一髮之際，李無憂將玄天罡氣運至面門。「噗」「噗」數聲，暗器射中他的面門立時反彈了出去。

糟糕！臉上怎麼還有些東西是濕濕的，黏黏的，臭非是一種恐怖的毒膏？

敵人在哪裡？李無憂於空一翻，穩穩落地，環目四顧的同時將精神力展至極限，搜尋敵人的蹤跡。

但很顯然這是浪費，因爲找到敵人實在是比他想像的容易了千萬倍——他的身前和身後各有一個三歲大小的男孩子，瞪著圓溜溜的黑眼珠正朝他看，而他身前那個小孩的手裏正殘留著剛才的恐怖暗器——牛糞。

堂堂大荒雷神李無憂，竟然被一個幼童抹了糞。傳出江湖，絕對是個爆炸新聞。

「不對！這一定是殺手的陰謀！」李無憂可不是那麼容易騙的，「這兩個小孩一定就是傳說中的天地雙煞那兩個侏儒假扮的！」

精神力當即掃描了過去。

「媽呀！有怪物。」

面前那小孩忽然哭著跑了出去。

「媽呀！小三用黃泥變出一個人來了。」身後那小孩也哭著跑了。

不會吧？掃描的結果顯示──真的是兩個小孩！

就在李無憂發愣的時候，其中一個小孩消失的方向傳來一個婦人呵斥的聲音。

「李無憂，娘和你說過多少次了，那些是牛糞，不是黃泥！以後不許再和小三玩了，知道嗎？」

「無憂知道了。」

淡淡月色下，涼涼夜風中，名震天下的雷神李無憂呆若木雞，哭笑不得。

秘道的出口原來是在航州城郊的一個小村的牛棚外。

李無憂施展法術將秘道重新封上，同時在石門上畫了兩道隱藏符，好讓秘道不被村民發現，接著按泥土的乾濕重新將地面還原，又加了一個凝結咒，此時這塊土就和周圍看來一模一樣了。

做完這一切，李無憂展開輕功，迅速地離開現場，朝航州城掠去。

夜色深沉，野地上除了野草和大樹，並無人影，偶然傳來幾聲犬吠，卻更讓荒野顯得空曠而深遠。

前方是一片小樹林，李無憂正自思考是不是該繞開，忽聽林子的另一端隱隱傳來衣袂破空之聲。他好奇心起，迅速掠進林去，找到一棵大樹，默念青木訣，隱身進去。

「追日步和長河孤煙身法？這不是地獄門的獨門功夫嗎？嘿嘿！」看到兩道青影一前一後的由遠而近，李無憂異常興奮，「咦！前面逃的這人好深厚的內力！但怎麼奔行速度這麼的慢……莫非他不會運用？」

近了，李無憂才看清楚逃的人和追的人卻是一條彪形大漢和一個黑衣少年。

大漢剛奔到李無憂所在那棵樹前兩丈，面前黑光一閃，那少年已瞬移到他面前。大漢無奈定下身形，將手中一把三尺長的尖刀一橫，警惕地看著面前的敵人。

此時李無憂才看清二人的形貌。那漢子年約三十，蓬頭亂髮，暴眼圓睜，豁鼻闊口，上身只著了一灰布坎肩，厚實的胸肌隨著呼吸起伏不定。

黑衣少年身材瘦長，面如冠玉，卻予人冷峻之感。

「吳兄！識時務者爲俊傑，不如將那件東西交給在下吧？我以人格擔保，絕不加害於你。」黑衣少年微笑道。

大漢抹了一把汗，呸地吐了口濃痰，冷笑道：「人格？百里溪的走狗，又有什麼人格了？」

百里溪？就是那個梧州軍元帥百里溪嗎？他的人怎麼到這來了。

「走狗？」黑衣少年不禁失笑，「追捕吳兄確是百里元帥的委託。不過，不論吳兄你信不信，我獨孤羽再不成器，也不會淪落到做百里溪的手下的地步。」

邪羽獨孤羽？李無憂嚇了一跳，這少年就是和天魔門的劍魔任獨行並稱魔道近年來最傑出的「奇才」的獨孤羽？嘿，地獄門的人還真是無孔不入啊！

聽到獨孤羽的話，那大漢卻哈哈大笑起來。

這一笑只若天河怒濤咆哮，林中倦鳥驚飛，走獸惶奔。獨孤羽也已是江湖上的絕頂高手，但聞他這一笑卻也忍不住耳目一眩，心下暗驚這傢伙好深厚的內力，難怪要自己抄小路才將他追上。

笑聲落下，大漢一揚眉，冷冷道：「要打便打，說那麼多廢話幹嘛？老子若是皺一下眉頭，就枉稱大荒第一刀！」

李無憂大吃一驚：「大荒第一刀？好大的口氣！這大漢難道就是傳說中與劍神謝驚鴻齊名的刀狂厲笑天？除了他，誰還敢自稱大荒第一刀？」

獨孤羽驚道：「您就是大荒第一刀？」

大漢傲然道：「吳某生平不說謊話！你到梧州城中的殺豬場去打聽打聽，看有誰不知道我大荒第一刀吳明鏡的！」

「吳兄原來是消遣在下來著。」獨孤羽冷笑一聲，身形一動，右手已一掌朝吳明鏡面門印去。

這一掌不但迅疾絕倫、手法俐落，似還暗藏了好幾般變化，更妙的是這一掌不過是虛招，真正的殺招還在他背在身後的左手。

吳明鏡似是吃了一驚，手中尖刀卻猛地一抖，一刀自上而下劈了下來。

這一刀若是讓江湖上那些所謂的「一流高手」來看，一定會失聲大笑，只因用「平平無奇」來形容這一刀都嫌浪費，確切地說，這一刀實在是粗陋不堪——簡直不能稱爲刀招，只不過是市井無賴鬥毆時常用的一刀直劈。

但無論是場中的獨孤羽，還是樹裏的李無憂都露出了凝重的神色。

獨孤羽凌厲無比的一掌，被這一刀給逼得硬生生收回，而左掌出招的路線也被這一刀給封死。刀勢猶自未止，只將他逼出三步開外。

這樣幾乎不能算是招式的一刀竟有如斯威力！

獨孤羽清嘯一聲，身形一閃，整個人如鬼魅般圍著吳明鏡旋轉，剎那間幻出八尊人影，同時於八方朝大漢擊出了十六掌。

李無憂倏然動容：「天魔八幻！」

吳明鏡大驚失色，手忙腳亂下大刀亂揮，奇的是，他的周身竟隨即產生了一圈刀光。刀光過處，幻影消散一空。獨孤羽踉蹌倒退三步，胸口竟多了一道三寸長的刀口！

「好高明的刀法！」李無憂暗自喝了聲采道，他隨即又不解，「他剛才若能在獨孤羽倒退時，順勢再進一招，獨孤羽即便不死也要身受重傷了！況且他既然有如此高明的武功，完全有能力和獨孤羽一戰，何必要逃得那麼辛苦？莫非……」

下一刻，獨孤羽忽然雙手一抖，射出一道黑光，朝吳明鏡飛去，後者忙揮刀去砍。「噗」的一聲，那黑光應刀暴開，在他身周形成一蓬煙霧。

「啊！你……」吳明鏡怒斥一聲，雙膝軟倒於地，尖刀再也拿捏不住，「哐噹」一聲掉落在地，他掙扎著想站立起來，但手足酸軟，全身沒有半絲力氣，試了幾次，終於不甘地癱倒在地。

「果然是個身懷絕世武功卻不懂運用的白癡，剛才那兩招應該是隨著本能反應出招吧。」李無憂喃喃道，「獨孤羽也不簡單，竟然能和老子同時看出這傻大個的弱點。」

獨孤羽凌空兩指點出，封住了吳明鏡的環跳和麻闋二穴，這才走了過去。

李無憂見此，暗自訝異，心道：「冥神煙號稱天下第一迷香，他竟然還出手封穴，這廝好謹慎！」

獨孤羽彎下腰去，搜遍了吳明鏡的衣服和隨身大包，但除找到幾兩碎銀和一些乾糧外，別無他物，他竟也不嫌髒，當即脫去吳明鏡的鞋和臭襪子，但依然一無所獲。

獨孤羽摸了摸下巴，優雅笑道：「呵，吳兄果然是個有心人。但成王敗寇，你已經沒有任何的籌碼和我鬥了。只要你告訴我那東西在哪裡，我剛才的承諾依然有效。」

「你真想知道？」吳明鏡嘆了口氣。

獨孤羽聽他口氣鬆動，喜道：「自然！吳兄請說！」

吳明鏡道：「那東西就在……就在……」他聲音越說越小，漸如蚊鳴。

「你說在哪？」獨孤羽慢慢湊耳到他口邊。

「呸！」一口濃痰狠狠地砸在了獨孤羽的臉上，吳明鏡大聲道：「去你媽的！龜兒子，我新楚的男兒可有怕死的？你趁早殺了你爺爺！想要那東西？門都沒有！」

獨孤羽掏出一張綢巾，優雅地擦掉臉上的痰，將綢巾一扔，鼓掌笑道：「好，好！吳兄忠君愛國，存心要爲國捐軀，小弟豈有不成全的道理？但螻蟻尚且偷生，吳兄這麼做就不怕對不起父母養育之恩嗎？呵呵！看你神色猶豫，顯然是生死兩難。我這人一向有成人之美，這就讓你嘗嘗這求生不得，求死不能的搜魂手的滋味吧！」

話音一落，獨孤羽右手閃電般在吳明鏡的周身十六大穴上拍擊了一遍，後者立時全身抽搐，汗如雨下，一張臉一會兒紅一會兒白，顏色變幻不定，想大聲痛罵，卻連抬嘴的力氣都沒有，只有一雙環眼裏彷彿要噴出火來。

李無憂早聽說魔門的搜魂手是江湖中最陰毒的三種整人絕技之一，此時見吳明鏡如此痛苦，全無半點憐憫之心，只是暗想：「奶奶的！倒不知道搜魂手比我的憔悴掌如何，若是能同時在他身上試試就好了……嘿嘿。」

獨孤羽伸手在吳明鏡身上點了一指，止住後者的痛苦，陪笑道：「吳兄，不知我的服務你還滿意不？」

那神情不像是一個征服者對被征服者的凌辱，反像是妓女伺候完一個嫖客後，低賤地討賞。

吳明鏡冷哼一聲，狠狠地朝自己舌頭上咬去，但他很快發現一個悲慘的事實，自己並無多餘的力氣將舌頭咬斷。

獨孤羽似乎不好意思地笑了一笑：「吳兄，剛才我用搜魂手的時候，不小心順勢封了你頷下的人中穴，吳兄你大人大量，你不會因此責怪小弟吧？」

「啪，啪，啪！」三聲很有節奏的掌聲忽然響起。

獨孤羽吃了一驚，驀然回首，就見到了淡淡月光下，嬉皮笑臉的李無憂。

「長夜漫漫，無心睡眠。我以為只有我才睡不著，沒想到二位兄台也有如此雅興在此賞月，呵呵，真是有緣啊！」李無憂道。

獨孤羽嘆道：「兄台說的不錯，明月如霜，好風如水，正是良辰美景。唉！可惜我大哥剛剛羊癲瘋發作，我要先送他回去醫治，就不打擾兄台的雅興了。」說時，他伸手架起身後的吳明鏡，輕聲說「大哥，你小心點」，扶著後者朝林外走去，二人親密的樣子絕對比親兄弟還要親。

吳明鏡張口想說什麼，卻發現自己竟說不出半個字。李無憂心知一定是獨孤羽扶他時順勢透進真氣封了他的啞穴，暗道這傢伙果然是個厲害角色。

「真是可惜，那你們慢走。」李無憂擺了擺手，但他立刻似想起什麼來，「咦！這不是明鏡兄嗎？怎麼癲癇病又發作了？唉！早叫他去找歐陽回天看看了，就是不聽我的話——原來你就是他兄弟吳龜？」

「小弟正是吳龜。」獨孤羽一臉驚異道，「但請問大哥你是？」

李無憂聽他自稱是烏龜，心頭狂笑，面上卻一副往事不堪回首的樣子道：「想當年……陸乘風和吳明鏡一起笑傲江湖，快意恩仇，蒼瀾兩岸黑白道上的英雄聽到我們梧州雙俠的名頭，哪一個不豎起大拇指讚一聲好漢子？那是何等風光啊！唉！可惜天妒英才，明鏡兄他偏偏有這病，不得不忍痛退出江湖，俠義道損失慘重啊……那個時候，你還在穿開襠褲吧。唉！一晃就十多年了哦！」

獨孤羽眼中淚珠滾動，哭道：「原來大哥你就是家兄常在我面前提及的陸大哥啊，小弟朝思暮想就是想見大哥你一面，今日終於天遂人願，嗚嗚，吳龜真是太高興了。」

說到這裏，他眼中露出一絲驚奇，「咦！陸大哥，過了十多年，您風采依舊，看來比小弟我還年輕幾歲，嘖嘖，真是可喜可賀啊！」

李無憂嘆道：「江湖歲月催人老啊，你別看我現在和你年紀差不多，事實上我比你哥還大幾歲，已經是四十歲的人了。唉！多虧了我殺龜神功略有小成，才不顯老相啊！」

獨孤羽臉上立時露出了佩服的神情，道：「陸大哥內功深湛，小弟佩服得五體投地……」說時真的摟著吳明鏡，整個人拜了下去。

李無憂忙伸手去扶，刀光驟閃！

獨孤羽本是下拜的左手裏忽然多了一柄短刀，急刺向前者的胸膛，同時扶著吳明鏡的右手也如蛇般滑開，以一個詭異的角度掏向李無憂的襠下。

李無憂笑道「何須多禮」，本是平伸出去的右手一低，變爲禪林擒拿手的鶴形拳，施展空手入白刃的功夫去奪獨孤羽的短刀，左手向下一撥，去擋獨孤羽的陰招。

獨孤羽不等短刀招式用老，忽然改刺爲削，疾砍向李無憂鶴形手的鶴嘴，左手卻與李無憂右手實在地交於一處，一觸之後，各自分開，二人都是雙手一麻，暗道對方好深厚的內力。

短刀卻削在了李無憂的左手上，中間的三根指頭立時被削去了一截，血光亂射，獨孤羽一招重創對手，卻立知不對，心頭警兆閃現，將輕功展到極限，向身側瞬移。他見機雖快，但背後的一道掌風還是掃到了他的肩膀，踉蹌著向前衝了三步，同時向吳明鏡射出九道泛著綠光的飛刀。

二人這番交手只在電光火石之間，自獨孤羽撇開吳明鏡出招到他再射出飛刀，吳明鏡的身體才剛剛有一個朝下落的趨勢。

李無憂恨得牙癢癢，剛才在未現身前，他就施展了李代桃僵的法術爲自己做了一個假身，聲東擊西，這才好不容易贏得了優勢，正要趁機將獨孤羽置於死地，這傢伙卻不攻自己，反去射吳明鏡，顯然是圍魏救趙的招數。

若在平時他絕對不會理會，自己又不是大俠，幹嘛要去管旁人的死活？但此刻吳明鏡卻很可能是關係到百里溪的梧州軍的一根重要線索，絕對不能讓他斷了，無奈下只得施出萬流歸宗的手法，將飛刀一一接收。

但就這一耽擱，獨孤羽已如一片輕羽飛入夜色下的樹林裏，同時一個聲音在林中迴旋道：「李兄一掌之賜，獨孤羽他日必定加倍奉還。」

這傢伙好快的反應，居然能從自己既會武功又會法術中猜出自己的身分，李無憂只感頭皮發麻，今日讓這傢伙走脫，來日必成心腹之患。唉！自己還是太托大了，早知道剛才就偷襲好了。

但後悔不是李無憂的風格，他瀟然一笑，扔掉飛刀，走過去扶住吳明鏡已是半倒的身體，同時一股柔和的浩然正氣順著後者的手走入經脈，片刻工夫後走遍了他全身大穴，氣息所到之處，獨孤羽輸入體內的搜魂手勁道消失了個乾淨，接著從乾坤袋裏掏出一瓶佛玉汁，滴了幾滴到他口裏。

片刻之後，吳明鏡呼出一口黑氣，臉色不但恢復正常，還顯得神采奕奕。

「多謝恩公您的救命大恩。」吳明鏡身體一復原，立刻跪倒在地，磕起頭來。

李無憂不想這廝這麼耿直，卻也不扶他，笑道：「呵呵，老子向來懶得管閒事，但遇到兩樣情況卻是非救不可的。第一，遇到美女落難，那是拚了命一定要救的。第二，就是像吳兄這樣的硬漢子，呵呵，素來是我所敬仰的，也是非救不可。不過，老子不是什麼大俠，所以我救人一般都圖回報，今日救了你，可不是磕幾個頭就能算了的。」

吳明鏡斬釘截鐵道：「只要讓我將那件東西送到皇上那裏，恩公你即使讓我上刀山下油鍋，我也絕對不皺一下眉頭。」

李無憂笑嘻嘻道：「我讓你做這件事，可比上刀山下油鍋難多了。」

吳明鏡大聲道：「恩公請吩咐！」

……

請續看《笑傲至尊２艷絕人寰》

笑破蒼穹 ①千年奇才 (原名：笑傲至尊)

作　　者：易 刀
發 行 人：陳曉林
出 版 所：風雲時代出版股份有限公司
地　　址：105台北市民生東路五段178號7樓之3
風雲書網：http://www.eastbooks.com.tw
官方部落格：http://eastbooks.pixnet.net/blog
信　　箱：h7560949@ms15.hinet.net
郵撥帳號：12043291
服務專線：(02)27560949
傳眞專線：(02)27653799
執行主編：朱墨菲
美術編輯：吳宗潔

法律顧問：永然法律事務所　李永然律師
　　　　　北辰著作權事務所　蕭雄淋律師
版權授權：蔡雷平
初版換封：2015年2月

ISBN：978-986-352-123-5

總 經 銷：成信文化事業股份有限公司
地　　址：新北市新店區中正路四維巷二弄2號4樓
電　　話：(02)2219-2080

行政院新聞局局版台業字第3595號
營利事業統一編號22759935

定 價：280元　特價：199元

國家圖書館出版品預行編目資料

笑破蒼穹 / 易刀著. — 初版. —
臺北市 ： 風雲時代, 2014.12
冊 ；　公分

ISBN 978-986-352-123-5 (第1冊：平裝)—

857.9　　103024454

有華人的地方就有

龍人的作品